包光寒 著

悲凉的火焰

百花洲文艺出版社
BAIHUAZHOU LITERATURE AND ART PRESS

图书在版编目（CIP）数据

悲凉的火焰 / 包光寒著. –– 南昌：百花洲文艺出版社, 2018.1
ISBN 978-7-5500-2617-9

Ⅰ.①悲… Ⅱ.①包… Ⅲ.①长篇小说 – 中国 – 当代 Ⅳ.①I247.5

中国版本图书馆CIP数据核字（2017）第324615号

悲凉的火焰

包光寒　著

出 版 人	姚雪雪
责任编辑	赵　霞　朱　强
书籍设计	方　方
制　　作	何　丹
出版发行	百花洲文艺出版社
社　　址	南昌市红谷滩世贸路898号博能中心一期A座20楼
邮　　编	330038
经　　销	全国新华书店
印　　刷	江西华奥印务有限责任公司
开　　本	720mm×1000mm　1/16　　印张　15.5
版　　次	2018年3月第1版第1次印刷
字　　数	160千字
书　　号	ISBN 978-7-5500-2617-9
定　　价	33.00元

赣版权登字　05-2017-546

邮购联系　0791-86895108
网　　址　http://www.bhzwy.com
图书若有印装错误，影响阅读，可向承印厂联系调换。

目录

1.我是个杀人犯

我是个杀人犯，我犯了滔天大罪。

你若看到我一定不会相信我是个杀人犯，你一定会想我怎么会成为一个杀人犯。是的，一个二十八岁风华正茂，满心向往美好生活的姑娘怎么会杀了人？但千真万确，我是杀了人。我给受害者的家人造成了重大伤害。我向他们忏悔。如果真有来生，我一定要倾我全力去帮助他们，补偿他们，哪怕我去卖春，也要赎我的罪孽。

但我不向死者忏悔。坚决不！此刻，我非但对他没有一点忏悔心情，相反对他更充满了仇恨，若来人他还出现在我的生活里，还是这样对待我，我还是要把他杀了！因为是他毁了我的一切！因为他的罪大恶极逼得我不得不杀死他。

西山这个表面上道貌岸然温文儒雅充满绅士风度魏晋风采被人们称为大作家大书法家的人，本质却是个十足的流氓地痞恶霸黑社会。他彻底地毁了我的生活。两年来，认识我的人谁都认为我过着比天堂里的人还要幸福的生活，认为我是这个世界上最幸福的女人。可是，在这个世界上，往往很多表面看上去很美好很崇高的事情，实质却是十分的丑恶肮脏残酷和无耻。现在，我要告诉你，实际上我过得是极端屈辱和苦难的生活。我敢说就是那些吃低保的家庭的人，那些靠捡拾旧物度日的人，也要比我好上千百倍。你放开你的思想任意想象，只要你能想象得到的屈辱苦难，只要你能想象得到的罪孽行径，只要你能想象得到的丑恶下流，西山这个被人称为大作家大书法家的绅士先生都让我经历了。我实在忍受不下去。我不能在他的淫威下度过一生。我只得杀了他。

现在我一点都不后悔，因为，我不杀他，他是不会让我再过平静的正常的生活的，更不用说美好的生活了。因为，我不杀他，让这个坏到根的浑蛋还活在这个世界上，上帝都不会原谅我。他像罩在我身上的一张无边的黑网，在我的生活中，他像一面巨大的黑旗帜每时每刻在我的上空猎猎飘荡。我怎么挣扎也无济于事。他就像赞比亚狼蛛慢慢地吸干我的血我的肉。我知道，就是我杀了他，我也过不了平静更不用说美好的生活。但只要法院不判我死刑，只要我活着，就是监狱里的生活也一定比在西山淫威下的生活要好上一千倍。就是判我死刑我也不后悔。

你们一定知道藤原纪香。藤原纪香是个非常漂亮的女人。我说到藤原纪香是因为你们一定会关心我这个年轻女杀人犯的长相，你们一定在想，我是不是一个长相凶恶的人？或者脸上终日写满仇恨，好像全世界都欠我一样。你们若是这样想就错了，我说到藤原纪香就是因为我长得和这个日本明星一模一样。在这里我没有一点夸张，我给你举个例子。因为我长得像藤原纪香，平时便时常按着藤原纪香的服饰穿着，当然我不可能去买藤原纪香穿的那种高档衣服。有一次，我按着藤原纪香照片妆扮自己，头发弄得和她一模一样。我走到淮海路上，一些纪香迷都拥上来要我签字。我笑着说我不是。可怎么解释都没用，他们还惊叹于我的中文讲得这么好。我只得代藤原纪香签名。有的疯狂的纪香迷让我把字写在他们的白衬衫上，有的甚至让我写在他们的光背上。从那以后我再也不敢打扮得和藤原纪香一样了。

我曾经把自己的资料和藤原纪香作过比较，几乎让我吓一跳：我们两人在其他地方也有惊人的吻合。

藤原纪香的身高体重是171cm和50kg，我的身高体重是172 cm和52 kg。

藤原纪香和我的星座都是巨蟹座。

藤原纪香的身材三围是B88 W58 H90 （B是Bust胸围的意思，W是Waist，腰的意思，H是什么，我也不太清楚，反正是臀围的意思，我也不想去弄清楚，我夜大所学的屁股是buttocks，bum），我的身材三围是B90 W58 H90。

藤原纪香的兴趣嗜好是看格斗、篮球、钓鱼，我呢，是看足球、看书。

藤原纪香和我的血型都是A型。

藤原纪香的出生地是日本东京，幼时就读的学校是"白百合学园"，这点我就和她有天壤之别，我本来也是应该出生在大都市赛壬的，但我出身在边疆，小学是在四处漏风的房间里读的。

藤原纪香毕业于私立神户亲和女子大学英文科，我毕业于赛壬大学英语学院夜大。

藤原纪香的出道机遇是获日本小姐冠军，然后是风光无限，而我是十七岁到塞壬讨生活，历经了巨大磨难。

可能就是这样，对一些人来说，永远是缺憾，是辛酸，是苦难，是不幸。就像命相书上所说的，你生出来就在一个恶运的格。中国有句老话叫作：够格不够格。有的人一生无所事事从不努力却荣华富贵。有的人一生刻苦辛劳勤奋终日但凄苦悲辛。这全是命，全是这个格给你框定了。当那个算命先生告诉我说，你的生辰八字不好，运程多坎坷，以后多半是走红颜薄命的运。当时我还有些不太相信，心想，我从荒凉的边疆来到了繁华的赛壬市，多么好的运程啊！这应该是大运。况且我了解自己，我是个做任何事情都努力认真的人。我想，通过自己的努力我应该有一个好的或者比较好的前途，上帝也应该赐给我一种比较过得去的生活，起码和大多数人一样的平静正常的生活。但我的经历验证了那位老者的话，我的命运不够格，我在劫难逃。

　　我的眼前是一片漆黑。事实上是我始终闭着眼睛。我的眼睛感受不到黑暗，是我的心灵时时刻刻感受到了无穷无尽的黑暗。事实上这几年来我的心灵一直被绵绵不绝的黑暗包围着。现在我一动不动地躺在肮脏的床上，不得不相信当初来到塞壬时，遇到的那个老人对我说的话了，不得不相信人是有命运的。若姐夫和我一样是一个没有结婚完全自由的人，我的生活是不是会变得充满阳光幸福灿烂呢？如果没有姐夫在我的人生中刻下痕迹，或者说我的人生中没有遇到姐夫这个人，但丁是不是会和我结婚？但丁和我结婚了，我是不是就能过上幸福的日子呢？但话又说回来，姐夫若不是我的姐夫，我怎么又会遇到在大学里当数学教授的姐夫呢？

　　我又看到了姐夫，我的眼泪滚了下来。我的意识中走进许多人，他们都在法院的审判大厅里坐着，当我被法警带着走进法庭时，法庭里嗡嗡的一阵骚动。我仿佛还看到了刘枫、周总还有画家大卫。他们表情各不相同，但有一种表情是一样的，他们对我充满惋惜和遗憾。我看到他们，心里非常难过。我又看见文一兵静静地靠墙站着，我又专注地看了他的左耳，那时却什么也没有，光光的，看上去非常刺眼和别扭，只有刺目的丑陋的怪异的一个小小的肉洞。我的心被锥子狠狠地扎了一下，心里立刻涌起对西山的刻骨仇恨。同时内里翻涌着无可名状的内疚和悲情：一兵，我对不起你啊！

　　我一直为我的美丽而骄傲。尽管我小的时候，生活很艰苦。但从小到大我的心里始终充满阳光，充满美好，充满理想。我想，这个世界会像天山上的雪一样洁白美丽。我想，等我长大后，生活会变得越来越美好，就像我的美丽的面容一样，到处阳光明媚桃花灿烂。可是到塞壬不足十年，我的美好的梦想被彻底地粉碎了。

　　我一直在想，我努力刻苦，心地善良，美好的生活一定会走向我，上帝一定会眷顾我，给我福分的。十几年来，从中学生开始，我一直是这么想这么努力的。可生活仿佛一直在和我黑色幽默，开着让我心里悲苦的玩笑。生活让我一直苦苦地挣扎着，最终让我挣扎到了今天成了一个杀人犯。

我怎么会走到今天这一步的呢？

尊敬的法官大人，你若有空就看看我的遭遇，你若看了我的遭遇，还要判我的死刑，那我无话可说。

2.初到塞壬

我出生在塞壬市，长在边疆。边疆的医疗条件非常差，母亲为了能够安全地生产，在临盆前回到了塞壬市。所以我在很多需要填写的各类表格中，我都非常自豪地填上出生地塞壬市。塞壬是我国的一个著名的城市。塞壬的市民都为自己的城市而骄傲，都为自己是塞壬市民而自豪。我妈妈是个塞壬知青，她也充满着这种自豪感。妈妈十八岁高中毕业后响应国家的召唤来到了边疆建设兵团。妈妈是个积极要求上进的青年，为了坚定自己建设边疆的决心和当地一个哈萨克青年结了婚。可是妈妈建设边疆的满腔热情和美好向往随着岁月的流逝被现实的残酷消灭得一缕青烟也没了。记得在我读高中二年级时，妈妈曾满眼苍凉地望着我无奈而又绝望地对我说，妈这辈子就这样了，但你不能这样在这儿一辈子。你要好好学习，考上塞壬的大学，然后在塞壬市找份工作，通过你自己的努力回到塞壬。塞壬是我们的故乡啊。妈妈的话让我震动。我心里产生了酸酸的感觉。妈妈为什么不爱自己生活了那么多年的地方呢？妈妈那深刻忧伤的眼神像锥子一样刺痛了我，尽管我对社会不了解，但妈妈的话让我对社会充满恐惧和不安。

我的学习一直很好，在我们高中甚至在我们那个学区，都是优秀的。老师和同学都认为我考上大学没有问题。爸爸妈妈对我充满希望。可能是压力过重，我在考大学前一个月学的东西什么也记不住，连最简单的一些公式都记不起来。我不得不住进了医院。医院也查不出什么，只得在家休养。最后高考的成绩很不理想。我没有考上大学。妈妈肯定很失望，但妈妈没有一点流露，相反一直在安慰我。妈妈让我再复习一年再考。我想了一晚上，决定不考了。因为到高中再复习一年，又要花很多钱，家里实在太苦了。我对妈妈说，不读大学并不一定没有前途，不读大学也能到塞壬发展。妈妈没说话就走到一边去了，我知道妈妈肯定很失望。妈妈还是尊重了我的决定。几天后，妈妈对我说，你要去塞壬发展就去吧。但妈妈担忧的眼光让我心里平添了许多压力。你到塞壬去找你舅舅和姨，让他们帮助你在塞壬找份工作。我从网上看到，现在大学生找工作都非常难，有相当比例的大学毕业生都找不到工作。我这样的，肯定更难。但我有信心。妈妈停了会儿又说，在塞壬一定比在这儿有前途，你还可以边工作边读书。就是一时没找到工作也不能不读书不长本领。尽管因为生活的艰难和压力，妈妈已经不读书了，也没时间读书，但她一直认为，读书可以增加本领，一个人不读书，是不可能就前途的。从小妈妈就是这样教育我的。妈妈让我一定要考出一个学历。我用力点点头。爸爸倒是很想得开，觉得在哪儿都一样。爸爸是个开朗的人，好像从来都没有让他忧愁的事情。闺女，若在塞壬实在觉得不好，就回来，你看这里有多好，有这么大的草原，有这么多牛羊，有这么美丽的山山水水。爸爸妈妈是你的坚强后盾。我心里发热，把头埋在爸爸的胸上，眼泪都快流出来。

我就这样告别了妈妈爸爸来到了塞壬。当我回到东海之滨这座美丽的充满生机的城市时，我的泪水控制不住地流了出来。这里是我的故乡是我的出生地啊！这里是我的妈妈外公外婆和其他亲戚们的家乡啊！我的根在这里啊！尽管它对我来说是那么的陌生。

当我走出车站，灯火辉煌的广场让我睁不开眼睛，广场上有那么多人，都让我产生一些紧张和害怕，在边疆我哪里看到过那么多的人啊！边疆小城火车站的昏暗和塞壬火车站形成强烈对比。我有种步入仙境的感觉。我从小成长的地方可是个非常闭塞的小城。在那里，太阳一落山人们开始吃晚饭，不到八点就上床。一到晚上城市便一片黑暗，街上几乎没有人行走，只有零星的路灯在那儿昏昏欲睡地亮着。

我想起妈妈回不了故乡那绝望痛苦的眼神，心里就隐隐地疼痛起来。就在我走出车站的那刻，我在心里默默地对妈妈说：妈妈，我以后的生活一定会像塞壬市夜晚的灯光一样，我的前途会充满阳光的，我的生活会美好的。我要在这里好好奋斗，创造一番事业，然后把你和爸爸接过来，让你在故乡安度晚年。

可是啊，还不到十年，没有迎来美好生活，相反生活却给了我无穷的苦难，到现在，自己还沦落为一个杀人犯。

妈妈现在还不知道我已经是个杀人犯，妈妈要是知道了，会不会晕死过去呢？

到车站接我的是表姐和姐夫，表姐激动地把我拥在怀里。我是第一次看到姐夫。我有些难为情。姐夫穿一身深色的西装，头发很干净，皮鞋很亮，整个人看上去干净利落给我留下了非常深刻的印象。我以前只有在电影里才看到过这样整齐干净的男人。

姐夫盯着我，我被他看得有些难为情，脸上直发烫。我别扭地微微转了一下身体。

表姐一看到我就冲上来，紧紧地搂住我，然后用快乐的语调说：

"小玉啊小玉，你终于来了。奶奶告诉我你要回塞壬，我是天天盼着你呢，就盼着见你这个美人啊。"

"姐，你别这样说呀，我难为情死了。"

"这有什么难为情的！塞壬的小姑娘若有你的一半漂亮，都会张扬到天上去了。"她又转头对姐夫说："唐平，我没说错吧，小玉漂亮吧，是不是比照片还要好看？是不是只有电影里才能看到？我想你这辈子也没遇到过这么漂亮的姑娘吧！我敢肯定你没看到过。你看你眼睛都看直了？"

我被表姐说得难为情，脸红了。看得出，表姐是个心直口快的人。

"你怎么这么说话？"

姐夫有些尴尬，他转过脸去。我脸发烫。我看着姐夫的背，忽然有种感动在心里涌起。后来我常想到这情景，常在心里问自己：姐夫的背怎么那么吸引我呢？

我看着姐夫的背说："姐夫你好。"

姐夫听我和他打招呼，转过身来，尴尬的表情还没褪去。

"你好小玉，早就盼着你来了。"

不知怎么回事，我听了姐夫的话心里甜滋滋的，说不出话来。

"傻站着干什么？还不把包接过去？"

姐夫把我手上的旅行袋接了过去。

我们一起往出租车停靠站走。

"唐平，我没夸张吧，这就是优生，这是真正的混血儿。若进行全球小姐评选，小玉一定是第一。"表姐说着搂着我，用手抚摸着我手臂的皮肤，"你看这皮肤多白多细啊！唐平，小玉可是在边疆长大的，那里的风那里严酷的自然，非但没影响她，反而，你看看她。"表姐抬起我的手臂。

表姐这么说我难为情死了："表姐，你别说了。"

表姐却搂着我嘴还是不肯停："真奇怪了，边疆风沙这么大，怎么你的皮肤还养得这么好呢？"

我摇着表姐的手。我心里真的觉得特别别扭。我看到司机从反光镜里连着看了我几眼。

出租车转了两个弯上了高架路。我心里一阵紧张，这车在这么高的道上走，多危险啊！万一不小心把栏墙撞了开下去那我们都得摔死啊。但看到表姐他们都安安稳稳地坐着说着话，我的心也放了下来。

我看着路两旁亮着灯的高楼大厦和那些闪着霓虹灯的巨大广告，我睁着惊奇的眼睛，真像刘姥姥进大观园一样。塞壬多么漂亮啊！跟电影里看到的一样美丽。我兴奋得心脏突突地急跳。

一路上表姐不停地在向我介绍："小玉，你看塞壬市漂亮吧，奶奶早已和我说了，说你以后就要在这儿生活工作了。要我好好帮你，好好干，塞壬是中国最有发展的城市，你好好努力一定会在塞壬干出一番事业的。我和姐夫都会帮助你的，我和你姐夫还是有些社会关系的。"

我心里也涌荡着激情。是的，表姐说的对，我要努力学习，努力工作，做出成绩。我紧紧地握着拳头在心里暗暗地下着决心。

出租车下了高架路后转了个弯就在一个小区门口停了下来。我看了一眼表上的数字，是三十一元，我心里着实吃了一惊。就这么点路要这么贵啊。表姐拿出交通卡递给司机，表情自然得就像消费了一元钱似的。我想到妈妈在家时，过日子是多节约啊，真是一分钱要当二分钱用。就说一件事，你就明白了我妈妈是多么节约：每天我们洗完脸的水，妈妈都不让倒掉，而是倒在一个大盆里，用于冲厕所或者拖地用。

已经八十多岁的外婆看到我时，激动得流出了泪水。她搂着我心肝宝贝地叫着。我被外婆叫得也泪水涟涟。舅舅、舅妈、大姨、大姨夫和表哥都来了。大家看上去都很高兴，说了很多话。

　　外婆说："小玉她妈十八岁就去支边了，害得小玉在边疆受了那么多年的苦，哪像塞壬的小孩子这么幸福。玉琴这辈子这就这样了，小玉的人生再也不能像玉琴那样，今后大家要多关心照顾小玉帮助小玉，别让她再受委屈了。你们要是让小玉不开心或者谁欺侮小玉就是和我过不去。"外婆说着又抹起了眼泪。

　　我听得心里激动，泪水又盈上了眼眶，流得更欢了。

　　"怎么会呢外婆，这么漂亮的小玉疼都疼不过来呢！"

　　表姐走到外婆跟前，摇着外婆的手臂说。

　　"小玉苦啊！玉琴也苦啊！"外婆用手绢擦着泪水。

　　玉琴就是我妈。

　　"好了外婆，小玉回来了，是个高兴的日子，你快别说这些伤心事了。"表姐凑着外婆的耳朵嘀咕了几句，外婆竟笑了起来。

　　"还是小静说的对，这么漂亮的小玉回来了，给我们宁家增光了。"

　　外婆又说，我们家就数姐夫的文化水平最高，让我好好跟着姐夫学点本事。

　　"唐平，你要用心思帮助小玉啊！"

　　姐夫对我说了一番鼓励的话，说我才十七岁，只要努力，学什么都会成功的。

　　我听着姐夫的话，看着姐夫，心里充满了信心。

　　那晚上我们聊到很晚。那晚上我的心里特别亮堂，那晚上我觉得这世界非常美好，那晚上我激动而坚定地想，我以后的生活也一定会变得非常美好。

　　外婆家地方小，有二室一厅，但舅舅和外婆住在一起，舅舅的儿子睡在外婆卧室，我就没地方睡了。表姐让我住她那儿去。表姐刚结婚，而且房子不小，有三室一厅。我看看外婆又看着表姐没说话，心里产生了莫名的疏远感紧张感，同时还夹杂着一丝兴奋。

见我没说话，表姐过来搂着我说："陪我一起住吧，我的漂亮妹妹？你要知道，你到我那儿去住是对我的恩赐呢。"

表姐真是个宽容的很体谅别人心情的人，她理解我初到一地人生地不熟肯定会不适，才这样安慰我。我脸发烫，羞怯地笑着看外婆。

"小玉，就和小静住吧。这是我早就和小静说好的事情。到那里，多跟你姐夫学点本事。"外婆又转头对姐夫说，"唐平，你要好好用心来帮小玉，要是有什么不周到，看我怎么收拾你。"

"外婆，你就放心好了，我会努力用心做好的。"

"你要是不做好，我也不依的。"

外婆慈祥的眼睛看着我。我点点头。时间很晚了。外婆说，小玉坐了那么长时间的火车，肯定很累了，早点去休息吧。

大家依依不舍地送我下楼，我临上车外婆还和我说话。

"多给我打电话。"

看到外婆又在抹泪，我也心里酸酸的。

"外婆我会常给您打电话的。外婆您一定要当心身体。"

我向大家挥着手。

外婆忽然大声说："小静，一定要把小玉照顾好。"

车开了，我回头看着外婆和大家，鼻子有些酸。

3.快乐生活

我便住进了表姐家。

表姐叫宁静，和电影演员宁静一个名，但我觉得表姐比宁静长得漂亮。表姐是个内科医生。姐夫是个大学数学教授，人长得很瘦很高，一副书生的样子。

当天晚上，尽管已经很晚了，姐夫还是和我说了一些话。姐夫一改在火车站刚见到我的沉默，和我认真地谈了。尽管姐夫岁数不大，说话却老成得像个五十岁的人。他主要是谈我的今后发展问题。

"小玉，你已经高考落选了，以后该怎么办要有个主意，要有个努力方向。"

姐夫在沙发上坐下，示意我也坐下。

"我想出去打工。" 我绞着手指轻声说。

"打工作为短期行为没什么问题，但你的主要任务是学习，一定要学出一个文凭，要有一技之长，然后再找一个好点的安稳的工作。在这儿复习一年明年再考也是可以的，这主要看你有没有信心。"姐夫很认真地看着我，眼神诚恳，"费用问题，你不用担心，我和你表姐完全可以解决。"

"姐夫，若有其他同样可以学出文凭的学校可以读，我就读这样的学校。我不想再考了。"

"是因为考虑费用问题，还是别的什么想法？"

我对高考真有点考怕了。这可能和我妈妈老是逼我给我压力有关。复习那年我始终十分压抑，到了快高考时，我紧张得非常非常刻苦用功却什么都学不进去，前学后忘记。一进了考场看到卷子，我脑中一片空白，什么也不会做，直到半个小时后我才慢慢缓过神来。高考那种磨难我不想再经历了。再说，复习考试是要钱的。再从大学毕业生就业情况看，现在的大学生都一样找不到工作，还不如早点开始找工作。我想工作挣钱。

姐夫看出了我心情："我听你表姐说过你高考前生病的事情，那就别为难自己了，不参加高考了。你可以去夜大学习，或者自学考试，一样能有文凭。"

我不知道学什么，从哪方面入手，脑中空空的。姐夫仿佛明白我的想法："现在各行各业都非常需要懂电脑的人才，若再有英语能力，那就最好了。"

我看着姐夫，心里很温暖。

"听你表姐说，你们那儿的学校，英语程度很低，那你就得花上比平常多十倍百倍的努力。你英语学好了，再努力提高自己和人打交道的能力，处世能力，再加上你的漂亮，找工作就容易多了。"

"对，先把英语学好了，找工作就容易多了。但英语不是一下子就能学好的，要做好长久学习的准备。"

表姐从卫生间出来说。她换了一身漂亮的睡衣，又到厨房端来水果盒放在茶几上，剥开一根香蕉递给我。我从表姐身上闻到了一股特别舒服的清香，身体立刻产生了酥麻的感觉。

"小玉，你只要把英语书随身带，随时看，一年足够，你就能基本掌握了。"

"姐夫，表姐，我听你们的。"

姐夫笑了："还是要你自己拿主意，你很聪明，以后学什么一定都能行的。刚才表姐说了，英语，你只要下功夫，一年也可以学得很好，全在自己。"

姐夫充满希望地看着我。

　　"唐平，小玉刚坐了那么长时间的火车，你让她好好睡一觉，明天再说吧。"表姐又面向我，"小玉，你快去冲个澡，我替你铺床。"

　　"还有一点很重要，可能没有人对你说过，人的一生一定要看一些世界文学经典。一定要认真读透几部文学名著，起码要读一到两部。再忙再累也一定要读，这对提升自己综合素质的非常重要。"

　　我在边疆十七年多，没有人跟我讲过这样的道理，没有人说过文学名著对一个人的人生会这么重要，就是我的中学政治课老师也没这样说过。我有种茅塞顿开的感觉。

　　表姐领我到浴室告诉我那些开关的作用。表姐专门准备了一套新的洗漱用具给我。

　　我等表姐出去准备洗澡，表姐却没出去的意思。她见我停着，催我快洗。

　　我不好意思让表姐出去。表姐说，我又不影响你，那么大卫生间，你洗你的，我这里要收拾一下。可是，自我长大，我还从来没在第二个人包括我妈妈面前裸身过。我脸发烫难为情地脱着衣服。当我要脱内衣时，我轻轻地对表姐说："表姐，你能不能出去？"

　　表姐笑了起来："啊呀小玉，这有什么呀，你真的要慢慢适应，改变一些观念。现在是一次训练你的承受能力。像你这么漂亮，以后一定要拍一套写真，把自己的青春留下来。这是美啊！你不能到老了再来后悔。现在表姐看你裸体都不行，那以后我怎么带你到'梦的'去拍写真？"

　　听到表姐这么一说，知道她不想出去，我不能无礼地一定要她出去。我脱内裤时手都哆嗦着，脸烫得自己都觉得难受，难为情汹涌地滚动着，把我的胸膛撑得满满的。

　　"若你觉得难为情，我来替你拍。"

　　这时表姐让我转过来。我手捂着私处，羞怯地看着表姐。我看到表姐的眼睛是那种惊愕和震惊，她看了我良久，严肃认真低声地说：

"小玉你真的非常非常漂亮，不仅脸的形象好，肤色又那么白，而且体形也非常非常好。你看，你人不见胖，乳房却这么丰满。你真是个完美的人。"

表姐非常认真地看着我，忽然咯咯地笑了起来：

"以后哪个男人要是娶到你，他真是世界上最幸福的那个男人。这个男人非死在你面前不可。"

我又一次脸红得发烫。

"表姐，你别再说了，求你别再说了。"

我心里非常非常别扭，难为情的恨不得立刻钻到地底下去。

"噢哟小玉，你看你难为情得不仅脸和脖子红，连上身都红了。"

表姐直摇头。我躺在床上，穿着我从来也没有穿过的表姐的绸质睡衣，周身感到特别舒服。看着对我来说像宫殿一样的房间，我心潮起伏。两天前我还生活在另一个世界里，今天却过着对我来说如天堂一样的生活。同样是一个人，同样是在这个地球上活着，差别却是这么大啊！我在边疆还不算是最差的，若要和边疆那些最贫穷落后的地方比，那有多大差距？过去我从来没想到自己的生活有多苦，一直这么生活了十七年，有时还觉得很幸福。什么事情都怕比较啊！

我对自己说，哈小玉，你一定要努力，你要为你能过上好的生活而奋斗，你要为你的爸爸妈妈弟弟能过上好的生活而好好奋斗。

尽管坐了两天的火车，人非常疲劳，但精神很兴奋，怎么也睡不着，而且一点睡意都没有，脑子异常地清醒，还能清晰地感觉到脑袋突突然跳动声。

很多事情像电影一样一幕幕在我脑中来回飘浮，自己童年小学中学的，爸爸妈妈的，塞壬的亲戚们的。最后我却莫名其妙地想到了姐夫。姐夫的话语声那么亲切地在我耳旁回响，他那和我说话时祥和又严肃的表情像安慰药一样抚慰着我的心灵，尤其是姐夫那宽阔充满力量的背深深地吸引着我，吸引着我，我竟然浑身产生了麻酥的感觉。我的心突突地跳了起来。

我怎么也睡不着。打开床头灯，翻开刚才姐夫怕我睡不着给我的托尔斯泰的《复活》。"好好看明白这本书，对你的人生非常有益。"姐夫是这样对我评价这本书的。

《复活》我很早以前看过。我随手翻开，我走进了玛丝洛娃的世界，悲痛感觉在我心里泛涌开来。我在玛丝洛娃的悲伤中进入了梦乡。

第二天，姐夫替我报了个电脑学习班。我在中学时学过一些计算机的基础知识。我就在姐夫的电脑上练起了五笔打字。

我在塞壬充满美好向往的生活就这样开始了。

姐夫是研究数论的，学术上很有成就，尽管只有三十四岁，却在全国数学界很有声望。信箱里几乎天天有来自全国各地的资料。他还经常到别的大学作学术演讲。奶奶讲得没错，在我们家族，就数姐夫知识最多，学历最高。但姐夫的钱挣得不多。他的三室一厅是大学对他的特殊贡献的奖励。我心里涌满了对姐夫的崇敬。表姐对内科医学也很钻研，每天晚上总是看些医学书和医学杂志。表姐对我说，平时一定要注意保养身体，别以为年轻不把自己身体当回事，以为年轻，身体什么都能扛得住，那肯定是要损坏身体的。身体要健康，就是要靠平时一点一滴保护的。我把表姐的话认真地记心里，心想，以后一定要按照表姐说的，养成保养身体的好习惯。表姐说，只有身体好了，才有基础去创造别的事业。他们确实是这么做的，除了每天看新闻和周六有选择地看个译制片或好的国产影片外不看别的电视，每天十一点前都上床睡觉了。

我在他们的影响下，每天晚上总是拿着书本在自己的房间看书。不过我看的书是姐夫替我选的。他选了些世界文学名著。我在姐夫家看完的第二本名著是托尔斯泰的《安娜·卡列尼娜》。但姐夫要求我,文学名著先放一放,尽早把英语读出来。

我对学英语有一些畏难情绪,心里害怕,总觉得自己笨。姐夫说,你这是一种心理障碍。他问我,是不是读书时学英语花了很多时间精力,效果却不是很好。我说是的,他说,没关系的,实际上,英语就是看谁的时间用的多,时间多了,到时候就会显出成效来的。你现在只是还没到这个飞跃的点,还在最困难的期,我那时也是学得很差,效果不好,但,时间积累到了一定的时候,效果一下子就出来了,一个飞跃。姐夫做了夸张的动作。小玉,听我的没错,你就老老实实把时间花上去,不出一年,我保证,你会成效明显!你才这么点大,脑子正好用的时候,我保证!

姐夫又特别强调了一句:只要你有信心,就一定能学好英语。因为你年轻漂亮聪明。

我开始把所有的时间都用在读英语上,按照姐夫讲的方法,只要有点滴的空闲,哪怕只有几分钟我都要拿出袖珍英语词典背一两个单词,坐公车坐地铁我都拿出来看。姐夫还时常让我读给他听,听我的发音,纠正我一些发音不准的地方。

在表姐家的最初几个月我过得非常开心。每天晚上给外婆打个电话,向外婆汇报自己的学习和生活。外婆知道我学习很努力,日子过得很开心,就很开心,电话里传来她的爽朗笑声。这笑声传递着外婆的放心。外婆一个劲地说,小玉,一定要好好学的,跟姐夫表姐好好学。

每个周末,我们都要到外婆家去。这时全家都来了,大家都很高兴。长辈们常会给我一些东西,有穿的衣服和鞋子,也有一些吃的东西。这时外婆就会说到我妈妈,说她一个人在边疆吃苦,说着便会抹眼睛,我也会跟着流泪。这时表姐就会对外婆说,外婆,你也真是,高高兴兴的又说这些，小姨已经这样了，就别再说了，现在小玉回来了，让她好好发展，小姨就会安心开心。小玉现在不是很好吗？外婆说，看到大家在一起，看到小玉，我就想到小玉她妈。

我心里酸酸得难过。但我不能哭，我要让大家高兴。

坐了一大桌子。外婆让我坐她边上。外婆说，你们想喝就喝，放开啊。外婆就往我碗里装菜。吃，小玉多吃点。桌上没人喝酒，实际上，我们能喝点酒的，在边疆，有两次同学聚会，几个男同学想灌我酒，还真没喝过我，结果他们自己先不行了。没人喝酒，气氛就有些谈。我对外婆说，外婆，我喝点酒好吗？外婆有些吃惊地看着我，说，小玉，你会喝吗？表姐说，好好，小玉喝，小玉一定能喝的。边疆的人哪会不喝酒的。表姐就要给我倒白酒。外婆说，白酒啊，小玉行吗？我没说话，表姐说，行，外婆，肯定行的。

我举起酒杯，心忽然急跳起来，脸也红了。我说："外婆，我先敬您，祝你永远健康！"我把酒喝了下去。外婆很高兴同时很吃惊，说，小玉怎么能一口把一杯白酒喝掉，这不要醉的？可能是紧张，也可能是激动，我竟然头晕了起来，以前这样的杯子喝十杯都没事的呀。我努力让自己平稳地坐下，不让大家看出我的头晕。表姐说，小玉能喝的，肯定能喝的。边疆长大的人哪有不会喝酒的？好，这下好了，小玉有这酒量，以后的前途更是无量了。

坐下后，晕的感觉很快就过去了。我想，刚才可能是因为紧张才晕的。表姐又替我倒了一杯。我看了一圈大家，然后站起，对着姐夫，心忽然比刚才敬奶奶时还要慌张。我感觉说不出话来。

"姐夫，我敬你，谢谢你自我到塞壬后对我的帮助关心！"

"小玉，用茶敬好了，我喝的是茶。"

"姐夫，我们边疆人敬人酒是不能用茶代的，那样是对人不尊敬。

我祝姐夫身体健康，事业发达。"我把酒一干而尽。这时我的感觉非常好，心情也非常好，没有一点紧张。真奇怪，举杯前，还那么紧张的，现在却这么舒畅，爽快的情绪涌满了我的心胸。

"小玉，你这样不对啊，姐夫是对你帮助很多，我对你帮助少了吗？"

表姐笑着看我。我忽然很尴尬，紧张又回到了我身上，我不知道怎么回答表姐的话。这时，姐夫替我解围了。姐夫说，我去过边疆讲学，知道那里人敬酒的习惯，他们对自己敬重的人敬酒，是一个一个敬的。

我马上接上话，轻弱地说："表姐，我敬你，我真的非常开心，表姐你平时这么关心我爱护我，我一点孤独感都没有。我谢谢你表姐，我敬你一杯。"

我把酒喝了下去。一股热，从胃向周身泛漫，非常舒服。现在，我仿佛进入了状态，身心都非常爽，精神状态也奋发起来。

"小玉，你喝那么多，行不行啊？会不会醉啊？"外婆不安地问。

"外婆，不会的呀，我现在真的很舒服很开心呀。"

我感觉我的声音都有点高。这是酒精的作用。我依次敬了其他长辈和平辈。

"小玉到底是在边疆长大的，喝酒的风格，完全是边疆的，这是一种文化，塞壬的姑娘有这样豪放的吗？从这点上，塞壬的姑娘比小玉差了十万八千里呢。"

姐夫到底是教授，说的话都是文化。我听了心里很开心。我还想敬大家，被姐夫拦住了。

回到表姐家，一进门，我大声地对表姐说，表姐，我从来没像今天这么开心过！我很想和表姐聊聊天，表姐替我倒了一大杯白水，让我喝。

表姐说，小玉，你喝了不少，这点酒在你身体里，肯定是不好，你把这杯水喝这完，坐一会儿，再喝一杯，把酒精稀释一下。

我很想给妈妈打电话，但我知道，长途电话费贵，我就一直这么克制着。一天晚上表姐忽然说：

"我怎么没见过你给你妈打电话？"

我红着脸没说话。

"是不是觉得长途电话费太贵了？嗳，再贵也贵不到哪儿去，再说现在打长途电话很便宜的。真的很便宜的小玉，你要常给你妈妈打打电话，她一定很惦记着你。你想打就随时打，没事的。"

表姐就拿出一张纸，把打长途电话的过程一二三四地写上，然后对我说了一遍。我按着表姐说的方法拨通了电话。是邻居家的电话。我让阿姨去叫妈妈。我在等电话的过程中，看了一眼表姐。我心里很激动，马上就能听到妈妈的声音了。

妈听到我叫她后，停顿了很长时间说不出话来。我知道，妈一定在落泪。一会儿我听到了妈的哽咽声。我心里酸痛酸痛的，眼泪盈了上来。我不断地问，妈您好吗？爸爸弟弟都好吗？妈抽泣地说都好都很好。后来妈妈平静下来，才对我说了很多话：

"小玉你要好好学习，好好努力。在你表姐家里要主动多帮着干活，这毕竟是在别人家，就是亲戚，你也一定要识相，做任何事情要有分寸，讲任何话都要谦虚，要尊重人。刚开始他们可以善待你，时间一长肯定会烦的。你一定要懂事懂理，不要做错事，就是受点委屈也不要记心上，要宽容些。要努力，尽最大努力早点搬出去住，一定要有自己的住的地方。妈妈没办法帮你，全靠你自己努力，以后不管你怎么样了，都要记住他们对你的恩情。"

我流着泪说："妈您放心，我会记住的，我一定会努力的，我会做好的。"

表姐也过来和妈说了几句话，表姐让妈放心，说他们一定会照顾好我的。之后爸爸和弟弟都和我说了几句。我嘱咐爸爸要当心身体，让弟弟一定要努力学习，多帮着家里做事情。

放下电话，我马上把泪水擦干。但心里还是很酸。

我没感到妈妈说的那种情况，表姐和姐夫对我一如既往地热情。我丝毫没有觉到他们对我的厌烦情绪。相反对我更加关心。表姐还替我买来一套漂亮的连衣裙。

姐夫找来一位计算机老师来辅导我，再加上我每天在计算机学习班上学习，我的计算机知识和操作能力有了很大的提高。我都可以在计算机上设计自己想要画的图案了，每次设计出一幅，我心里充满了成功的喜悦。姐夫看出我有这方面的才能，买来了一些设计方面的书让我看，我非常有兴趣，并设计了一些图案。姐夫看了后吃惊地看着我，说画得很不错。姐夫的电脑太老了，已经达不到我设计的要求，表姐马上替我买了个新的。

"你在设计方面好好努力，或许是个方向。"

姐夫还说，一个人要完善自己，除了学习上的用功之外，还必须从其他方面努力提高自己，包括坐姿，走路的样子，说话的语态，吃饭的样子等等细小的事情都要像个有修养的人的样子。比如走路不能大大咧咧，要稳重又轻盈，要走一字步，上身要挺直而且不能摇摆，坐的姿态要稳定，双腿并拢不能分开更不能翘二郎腿，尤其是在夏天。平时吃饭时要慢，不能狼吞虎咽，嚼食物时不能出声，笑的时候不能放声大笑以免会让人产生你很放肆的感觉等等。这是我第一次听到这样的话。

我一直没有出去找工作。我心里是想着去找份工作，但表姐和姐夫都不让，说我要先好好学习，工作的事由他们留意，看有合适的再让我去。我在表姐家除了做些正常的家务外，全身心地投入到学习中。

秋天来了。秋天应该是个收获的季节。经过刻苦努力，我取得了不小的成绩。表姐姐夫每天晚上都在说着我的工作问题，他们提到了一些他们的朋友的名字，又一一地否定了。我说差点的苦点的工作我也能干，我不怕吃苦。但姐夫不同意。他说，工作一定要好些可靠些，说我们并不缺这钱。

尽管工作一时还没找到，但我心里挺高兴的，我觉得我开始被姐夫重视了。

但我对自己没工作整天在表姐家里吃闲饭还是很不满意，也很担心，心里总是生出许多莫名其妙的怀疑和敏感。在表姐这儿吃一天两天，或者一个月两个月问题不大，但长年这样肯定不行。这样的心情影响到了我的学习和生活。我才明白，天底下只有吃父母的才是唯一安心的。再亲的亲戚，你在那儿吃上几天饭，你就会不安起来。除非你是个白痴。

一天他们下班后我郑重地对他们说：

"表姐姐夫，我是不是可以先去找一份容易找到的工作，像到饭店当服务员什么的都可以。我要有点工作经验，这样对以后做好工作有好处。"

"不行不行，你太漂亮了，去当服务员会被人欺侮的。一定要有合适的工作才行。"

表姐马上给否定了。

但我心里非常想有一份工作，到饭店里去端盆子我觉得挺好，我真的愿意。

姐夫也不同意我去饭店工作。但我主意已定。第二天他们上班后我便出了门。许多饭店门口都贴着招收服务员的广告，我看了看条件觉得我都符合。我没有贸然进去。我想，我要找一个好一点的饭店起码是规模大点的看上去干净点的。我一个饭店一个饭店地谈。每个饭店的老总对我都很满意，可我没选中，不是饭店开的工资太低就是我对饭店的条件不满意，我走访了几天，跑了十几个饭店，最后好不容易在离表姐家不远的地方找到一家看上去我比较满意的饭店。月工资有一千四百元，在那儿吃两顿饭还有住。我说，我不用在饭店住，可不可以提高点工资。老板看了我一会儿就同意了，就给我一千六百元工资。我很高兴。

晚上表姐姐夫回到家我就把找到工作的事说了。他们有些吃惊地看着我，表姐还是不同意我去，在我的坚持下，表姐有点生气。这时姐夫说话了，他说，既然我这么想工作，那就先干着，自己当心点，努力点。表姐没再说什么。尽管她有点不舍得，但还是同意了。

第二天我就正式有了一份工作了，而且是在塞壬市。我走在去饭店的路上，心里别提有多高兴了。这个城市是多么亲切啊！这些高楼是亲切的，这些马路是亲切的，马路边上的这些树木是多么可亲可爱，那些被父母带着上学去的孩子是多么可爱，他们背着各种各样各种颜色的书包，穿着鲜艳的校服，蹦蹦跳跳，满脸欢快。这些孩子是多么可爱幸福。我也是生在这里的呀！我忽然有些心酸，我的童年可没有这么亲情，这么幸福。但我马上又快乐起来，以后我的孩子也会像这些孩子一样幸福！

有时姐夫会和我聊天，但是姐夫常常在聊天中告诉许多非常重要的道理。姐夫那天和我谈了情绪控制的问题。姐夫说，一个人一定要学会控制自己的情绪，也就是控制自己的脾气，人都有脾气，但是，一个成熟的人，一定要控制自己的脾气，一个人要成功，那更必须控制脾气。

美国社会心理学家费斯汀格有一个很出著名的判断，被人们称为"费斯汀格法则"，这个法则是这样说的：生活中的10%是由发生在你身上的事情组成，而另外的90%则是由你对所发生的事情如何反应所决定。换言之，生活中有10%的事情是我们无法掌控的，而另外的90%却是我们能掌控的。费斯汀格举了这样一个例子。

卡斯丁早上起床后洗漱时，随手将自己的高档手表放在洗漱台边，妻子怕被水淋湿了，就随手拿过去放在餐桌上。儿子起床后到餐桌上拿面包时，不小心将手表碰到地上摔坏了。卡斯丁心疼手表，就照儿子的屁股揍了一顿。然后黑着脸骂了妻子一通。妻子不服气，说是怕水把手表打湿。卡斯丁说他的手表是防水的。于是二人猛烈地吵起来。一气之下卡斯丁早餐也没有吃，直接开车去了公司，快到公司时突然记起忘了拿公文包，又立刻转回家。可是家中没人，妻子上班去了，儿子上学去了，卡斯丁钥匙留在公文包里，他进不了门，只好打电话向妻子要钥匙。妻子慌慌张张地往家赶时，撞翻了路边水果摊，摊主拉住她不让她走，要她赔偿，她不得不赔了一笔钱才摆脱。待拿到公文包后，卡斯丁已迟到了15分钟，挨了上司一顿严厉批评，卡斯丁的心情坏到了极点。下班前又因一件小事，跟同事吵了一架。妻子也因早退被扣除当月全勤奖，儿子这天参加棒球赛，原本夺冠有望，却因心情不好发挥不佳，第一局就被淘汰了。这个案例里，手表摔坏是其中的10%，后面一系列事情就是另外的90%。都是由于当事人没有很好地掌控那90%，才导致了这一天成为"闹心的一天"。试想，卡斯丁在那10%产生后，假如换一种反应。比如，他抚慰儿子："不要紧，儿子，手表摔坏了没事，我拿去修修就好了。"这样儿子高兴，妻子也高兴，他本身心情也好，那么随后的一切就不会发生了。可见，你控制不了前面的10%，但完全可以通过你的心态与行为决定剩余的90%。

以上的事情，你可能会在心里默想，这个好办，不就是保持一个良好的心态，坦然面对生活。可是下面这个事例，是你，你能做好吗？

在美国有一对夫妇，在婚后11年生了一个男孩。夫妻恩爱，男孩自然是两人的宝贝！男孩两岁时的某一天早晨，丈夫出门上班之际，看到桌上有一瓶打开盖子的药水，不过因为赶时间，他只大声告诉妻子："记得要把药瓶收好！"然后就匆匆关上门上班去了。妻子在厨房里忙得团团转，却忘了丈夫的叮咛。男孩拿起药瓶，被药水的颜色所吸引，觉得好奇，于是一口气都给喝光了！药水的成分剂量很高，即使成人也只能服用少量；由于男孩服药过量，虽然及时送到医院，但仍旧回天乏术！妻子被突如其来的意外吓呆了！不知该如何面对丈夫，更害怕丈夫的责备。焦急的父亲赶到医院，得知噩耗，非常伤心！看着儿子的尸体，望了妻子一眼，然后在她耳边悄悄说了四个字："I love you dear！"

当我看到那句"I love you dear！"的时候，心中真是感慨万千！多么简单的一句话！但要有多久的修炼、多大的包容、多深的人生智慧，才能在那种时刻，说出如此令人动容的一句话！其实，一个人在遭遇不幸的事件时，如果不能选择以最适当的方式去面对，那么我们又怎能去面对未来，以及周边的人、事、物。我们怎么事业成功？要是这个事情发生在我们绝大部分人身上，我们可能会愤怒地辱骂，更甚冲动起来再发生什么惨剧也不是不可能的。最后绝大多数结局：夫妻之间有一层厚厚隔阂，婚姻破裂。

面对人生各样的处境，我们都有选择的能力。面对一件不幸的事件，你可以大发雷霆、怨天尤人，甚至责备所有的人，但事情不会因为这些而有丝毫改变。不幸的事，它会继续伴你往后的生活，让你背负一生地痛苦活下去。相反的，如果能放下怨恨和惧怕，换一个角度来看事情，勇敢地活下来，那么事情的情况也许就不会如想象中那么糟糕。很简短的故事，但是能够体会其中的道理，而且又能够在真实的生活中实践，又有多少人能做得到呢？

姐夫看着我，说，明白吗小玉？这个问题一定要重视，要努力做好，这对你以后的事业人生都太重要了！

现在想想，我若真的能控制好自己的情绪，是不是就不会杀西山了？是不是就可以避免现在的悲剧了？但我还是认为西山死有余辜，现在还是对他恨之入骨！

那天下班，姐夫表情很沉重，回来后就先点上烟。我有点儿紧张，我倒了杯水给姐夫。姐夫让我坐。我的心突突跳着，想问又不敢问。姐夫闷着抽着烟。姐夫很少抽烟，像这样的情形更是没有过。

"姐夫，怎么了？"我轻轻地问。

"哎，"姐夫叹了口气，把烟按灭，"今天，我听到一件事，一个大学生，在路上，看到一个老太倒在马路边上，他下自行车，扶起老太，送老太到医院，结果，老太说是这个大学生撞她的。后来，老太家人起诉到法院，法官因大学生拿不出证据证明他没有撞老太，判决大学生赔老太一半的医疗费营养费等，大学生拿到判决书，一下子精神失常了。"

我听了，突然，巨大的委屈在我心里产生，怎么会有这样的事情？我都说不出话来。

"更让我难过的是，法官竟然这样评述：如果你没有撞原告，你怎么会送老太到医院救治？"

姐夫重重地靠在沙发上，大叹气。

"法官在判决书里这样写，是什么导向？难道，不撞人就不可以救助老太？法官这样写判决书，以后谁还敢去救那些需要帮助的人？现在怎么变成这样了？世风日下啊！"

姐夫那晚上的情状后来常常在我脑中出现。

日子过得平平淡淡。我却觉得幸福满足，我有了自己的收入，靠自己工作挣钱吃饭了，心里有多踏实。我每月给表姐一部分钱，尽管表姐不要，但我坚持要给她。表姐见我坚持，就收下了。她说，我就替你存银行。看到表姐把我的钱放进包里，我心里别提有多高兴了。

4.被敬仰的姐夫强暴

但这样高兴快乐的生活并没有延续多久,苦难正悄悄地走向我。那天终于发生了一件对我一生有重大影响的事情。现在我回顾自己这十年来的或者再往前回顾我二十年来的经历,我再次想起了"马太效应"。马太效应说的是:凡有的还要加给他(它),没有的,连他(它)所有的也要夺去。事实上社会和人生很多时候都充满着这一哲理,我的人生我的家庭正是马太效应的活标本。我和我的家庭相对于这个城市是非常苦难的,相对于这个社会也是苦难的一族,我是苦难儿童少年青年中的一个,但生活却还要给我给我的家庭更多的苦难,不仅让我在物质上承受贫乏,还要让我在精神上备受折磨。

十七岁的我已经出落得非常美丽,十七岁的我把世界想象得和我的长相一样美好,把生活想象得像初升的太阳一样美好,十七岁的我不可能把人想得那么复杂而在心里时刻防范着警惕着,在边疆长到十七岁的我完全是个不懂人情世故的小姑娘。

那天晚上轮到表姐在医院值夜班,那天我也正好休息在家。下午表姐打电话给我告诉我做什么菜。我弄好晚饭后等姐夫回来一起吃了。我们有说有笑地吃着。姐夫不断地让我多吃菜,还几次给我夹菜。吃饭间表姐来了个电话。我听姐夫的说话口气感觉表姐在电话里在和姐夫开玩笑。我的心情和平时一样快乐平静。

吃过饭,我收拾饭桌,姐夫让我去休息说他来洗碗。他说平时都是我洗的,今天让我休息一下。

我就靠在沙发上,看着电视新闻。姐夫洗完碗也坐过来看新闻。那天新闻里正播着纽约双子楼被恐怖分子劫持的民航飞机撞了,飞机就从两幢大楼的中间撞了过去，大楼在一会儿功夫就全部塌陷了，恐怖的画面让我浑身发抖，我紧张得背上直冒冷汗。姐夫痛苦地说，现在正是美国的上班时间，若所有的公司员工都在上班的话，将有近四万人被埋在里面。

"四万人可能就这么一下子死了，四万个生命呐！"

姐夫看着电视低声说。他的脸上是异常痛苦的表情。我们都震惊得没有再说话，看着新闻里反复播出的双子楼塌陷的场面。新闻中还播着被劫飞机上一个女子给她丈夫打电话的录音。她丈夫绝望地听着妻子电话里最后那绝望而恐惧的声音。

我心里非常非常难过。我在想若自己的亲人在飞机上或者在大楼里那我会怎么样。我这么想着，眼泪流了下来。我看着电视里的双子楼坍塌下去的镜头，心想楼里的人全都埋在里面，我在想，生还的可能性还有多少？我立刻得出结论：几乎为零。我痛苦得难以自己。

看完新闻后，我们没有和往常一样，各自在学习看书。我想到自己的房间继续看英语，姐夫叫住了我："小玉，能不能陪我坐会儿说说话。"

姐夫那对被巨大痛苦折磨得通红的眼睛诚恳地望着我，我知道姐夫因为看了刚才的电视新闻心里难以平静。我的心情也很不好。我就陪着姐夫坐了下来。我替姐夫泡了杯茶。

我想说些开心的事情，让姐夫心情好起来。痛苦毕竟不是件好事情。

"姐夫，听表姐说，你以前在学校里是很出色的？"

姐夫笑笑，没说话，让我吃惊地从包里拿出一包烟，抽出一支点上。姐夫可是从来不抽烟的。

"姐夫，您会抽烟啊！"

"不会，很少抽。"

姐夫点烟的动作都很别扭。他吸了一口，烟从鼻孔里冒了出来。

"能和我说说您大学或者中学的事情吗？我很想知道。"

我想，说说自己过去的光辉历程总是件让人愉快的事情，我希望姐夫能尽快从痛苦中走出来。姐夫看看我，喝了口茶仍没说话。

"听表姐说，您百米跑得很快？说给我听听好吗？我想姐夫也一定有很多动人的故事的。"

姐夫看看我，又转头看着窗外。

"那时多年轻啊！那时我是个充满活力的学生，每天早上跑步，每天晚上学习到很晚。"

"有多晚？"

"每天总是到十二点才去睡。"

"那你不困吗？"

"当然困，只是那时有一股精神支撑着我，这就是要好好学习，学出成绩报效祖国。国家经历了十年'文革'，我是恢复高考后首届考入大学的。我们都觉得我们的学习机会来之不易，所以我们学习都非常刻苦。因为高中没毕业就报名参加了高考，我入大学时才十六岁，正是要睡的年纪，但是要学的东西太多太多，要看的书也太多太多，都是自己非常想看的书，就只能少睡觉了。困了，就到水龙头下冲一冲清醒清醒再看书。早晨六点就起床，训练田径，不是那种普通的跑步，而是穿上钉鞋进行正规的田径训练。有时是几组百米冲刺，有时是撩步跑，有时是变速跑。每天早上训练四十分钟。"

"为什么要这么训练呢？"

"因为我是系里的田径队队员，而且还是个主力，那四年的大学的百米纪录都是我的。那时我们集体荣誉感都很强，什么都想争第一，学校每年都要开运动会，所以我每天都训练。这样到了开运动会我参加百米拿第一的把握就很大。可是现在的很多学生这种力争上游的精神这种拼搏精神都没了，理想也没有了。"

姐夫的话沉重得让感到非常压抑。

"姐夫，我原来没见过您抽过烟啊。"

"是，我很少抽，只是激动时才抽上一支。一包烟能抽上三五天。"

姐夫深深地吸了一口：

"不过小玉，我看你很不错，你很有一种精神。这是人最可贵的素质，这也是现在的人最缺少的素质。你和现在的学生完全不一样。"

我听得脸红了。

"我不好，连大学都没考上。"

"不不，那不说明问题。人的精神与考上考不上大学没关系。现在的大学生有那么多，又有几个是有精神的呢？人活着，精神是第一重要的东西。人有了精神，什么都不用怕。这就是毛主席说的，只要有了精神什么人间奇迹都可以创造出来。"

我听了姐夫的话觉得有些陌生，但同时也觉得十分振奋，心里流过暖暖的激动，同时我下定决心，一定要有姐夫说的那种精神，以后要好好努力，学到真本事，成就自己的事业。为自己，也为国家做出贡献。

"姐夫，您再说您的大学。"

姐夫看了我一眼喝了口茶又说开了：

"早上训练完，然后是读英语和日语。我还选修了一门日语。上课时精神抖擞，老师讲的内容不会有一点没有听进去。上课效果特别好。吃了午饭睡上一小觉，下午基本是自习课，我大概用一到两节课把上午老师讲的内容消化掌握，余下的时间我基本上在图书馆看书。大学、硕士和博士、博士后，我看了许多书，所有数学之外的知识都是这样学来的。吃了晚饭，再踢一个小时的足球。"

"吃了饭踢足球不会生病啊？"

我有些吃惊地看着他。

"刚吃过饭踢足球是不太好，但人是个很怪的动物，一旦坚持了一种习惯后，生理上便会自动调节自动适应的。当然自己也要注意，刚开始是小量的活动，十分钟后再开始比赛之类。"

"那为什么不能过个半小时再去踢呢？"

姐夫笑了起来："大学就这么两个操场，想踢球的同学太多了，吃了饭就得去占操场，去晚了你就踢不了了。"

我恍然大悟。姐夫又点上一支烟。

"我在学校各方面都很出色。不仅学习成绩名列前茅，而且在体育比赛上也是我的天下。每次开田径运动会或足球比赛，我总是主角，会创出好成绩。直到今天，学校的百米、二百米和跳远的纪录还是我的。我在大学四年，足球场上最好的前锋就是我，没人能超过我。"

我脑中幻想出姐夫大学时在运动场上的情景。我想起了中学时那些出色的男同学，女同学都很喜欢。

"姐夫，那一定有很多女学生围着你转吧。"

姐夫笑笑没说话。

"我想，一定会有很多女同学喜欢或者崇拜姐夫。姐夫，你比赛时或踢足球时一定会有很多女同学看吧。"

我有些自言自语，看看姐夫，又转头看着窗外，心里莫名其妙地有些发酸。

"是的，是有很多人看。"

"她们一定是看你。"

姐夫的脸上出现兴奋和快乐的神情。看到姐夫因回忆起漂亮女同学看他踢球的往事便如此高兴，我心里猛地非常不开心。

"不是，她们是看比赛。"

"不！她们是看你，一定是看你！"

我忽然有些固执地这么说，有股怪怪的情绪在翻涌，心里很不高兴。

姐夫站了起来，自己去添了点了水。

月亮已经偏西了，我们聊到很晚。但我一点没睡意。在姐夫第三次催我睡觉时，我才去洗澡。

洗完澡，我边梳理着头发边对姐夫说："姐夫，你快去洗，也早点睡。"

姐夫没回答我的话，看着我的眼神很奇怪，表情仿佛很痛苦。

进入秋天，夜晚的天气已经有些凉快了。表姐家里的空调机已经不开了。尽管天气凉了，但晚上若关上门睡觉还是会觉得有些闷热难以入睡。我们睡觉门一直是开着的。

我看了会书，把台灯关了准备睡。忽听姐夫大声对我说："小玉，你把电风扇或者空调打开，把门关上睡。"

"姐夫，关起门太闷太热了。现在开风扇空调太浪费钱！再说自然风舒服。"

我见姐夫还在那坐着，想起上个月姐夫还发了次烧，我说："姐夫，你也早点睡了，你的病刚好，要注意身体。"我起床，帮姐夫倒了杯牛奶："姐夫，你真的要当心身体，每天这样熬夜对身体很不好，中学时生物老师对我们说，要身体好，首先要睡足觉，睡觉是最好的养身。"

姐夫看着我，表情是那种很难过的样子。

"姐夫，你是不是哪里不舒服？"

姐夫转过身去，朝我挥挥手，很艰难地说一句：

"你快去睡吧！"

我以为姐夫有些不高兴。我躺在床上，睡意没了，但又不想看书。我静静地躺着，想着心事。

这时我听到姐夫和人打电话，我一听是和表姐说话。

"你能不能回来一趟？也没什么大事，明天再说吧。"

我不明白姐夫为什么现在要让表姐回来，表姐在上班呀，怎么回来？姐夫怎么会提出这么个要求？我以为姐夫身体不舒服，就问：

"姐夫，你是不身体不舒服？"

"没有，你早点睡吧。"

姐夫可能又在看书。但没过五分钟，我又听到他冲澡的声音。奇怪，他不是冲过澡了，怎么又冲了？

那时我实在太年轻，太不懂人情世故，姐夫让我把门关上睡，已经是在和自己作抗争了。但我却一点不明白。

也不知过了多久，我迷迷糊糊地睡着了，却又被姐夫的冲澡声吵醒了。我心里有点埋怨姐夫。天气并没有热到这个程度，要这么冲澡的。

一会儿姐夫走出房门，可能到外面散步去了。

后来我睡着了。这时我做了个梦。这是我有生以来第一次做这样的让我羞愧的梦。在一片草原上，我和一个我不认识的但我很爱的小青年躺在草地上，这个小青年非常优秀，就像大学时的姐夫一样。微风吹在我们身上，我觉得很惬意。我们看着蓝天白云，说着爱情疯话。我们在草地上拥抱了很长时间，他的双手抚摸着我的乳房，我舒服极了，心里充满了愉快和冲动。我感到下身一阵阵发热。接下来，他把身体压过来。我犹豫了一下，但因为爱他我还是迎接着他。我的下身一阵撕裂般的疼痛。我叫了一声醒了过来。

我大吃一惊：姐夫压在我的身上，而且喘着气在狠劲地在动。我的下身是塞满了东西的那种撑胀，还伴有隐隐的撕痛。我意识到姐夫在干什么了，心里立刻涌荡着从来没有过的极度的恐惧和紧张。我脑子一下子空白了。我不知道该说什么做什么。我通过客厅里透过来的灯光，看到姐夫那张充满欲望有些变形的脸，姐夫给我巨大的陌生感，仿佛一个路人。我心里流过一丝不快，但这不快立刻被姐夫的动情的语言消灭了。姐夫低声而充满深情地说："小玉我的宝贝，我爱你，我从骨髓里爱你，我这辈子爱你不辜负你。"我的泪水流了出来。渐渐地生理上的快感一点点从内心深处涌溢出来，一会儿这愉快越来越高涨地翻涌，强烈的激动和幸福在心里翻江倒海。我闭上眼，沉浸在从没有过的幸福中，我愉快极了，满足极了。也不知过了多长时间，忽然强烈的快感和麻酥感在我心里爆发出来，我控制不住地大叫起来。姐夫更紧地抱着我，压抑着说："小玉我爱你！"

我一直都不明白当时我竟然没有愤怒没有反抗而是承受着感觉着幸福。现在在这班房里，我明白了，因为，我从内心深处爱着姐夫崇敬着姐夫。

姐夫终于起身，坐在床沿。我也从极度的紧张亢奋中回到了现实中。我忽然心慌害怕起来，忍不住嘤嘤哭了起来。但这哭并不是因为难过不是愤恨，只是心慌，只是为毫无准备地就这样了，可能还有些为这么突然就这样了而不甘，可能还有为以后怎么办而心慌。

姐夫猛地抱住我，痛苦地说："对不起小玉，姐夫对不起你。"

姐夫说着压抑地哭了起来。我也哭着。我们两人的低哭声撕裂着房间静谧而黑暗的帷幕。

突然，姐夫不断地用拳头使劲地捶自己的头，边捶边说：

"小玉，我对不起你，我真是个畜生！"

姐夫拳头落在自己的头颅上发出了可怕的咚咚声。

我的心剧烈地疼痛起来。我猛地坐起，抱住姐夫的头，不让他的拳头再次落在头上。一会儿，我的手摸到了姐夫头颅上凸起的包。我的心更疼了。我用手轻轻地摸过去，姐夫头上高低不平，起码有十来个包。我的眼泪流了下来，滴在姐夫的头发上。我紧紧地抱着姐夫的头，我感到乳房被姐夫的头压迫着，很温暖。

很长时间后我们都安静下来。姐夫走向门边。我忽然害怕姐夫出事情。我紧张地叫了姐夫一声。

他回头看看我说："我在客厅里坐会儿。"

我打开大灯，穿上裤子，看到了床单上的血迹。我心里涌上细细的哀伤，我毫无准备地失去了我的最珍贵的东西。我的眼泪流了下来，心情非常乱，还伴随着说不清楚的难过、一种莫名其妙的飘浮感、不安感，可对姐夫怎么也恨不起来。我只是觉得我最宝贵的东西失去得太快太轻率太不神圣了，尽管过去我从没有想过这个问题，但此刻，在寂静的夜里，从窗外吹进的风抚在我身上，仿佛也在问我同样的问题。我想，我起码要有一种为爱人献身的感觉和热情，否则我真是枉对人生。我的眼泪又不知不觉流了下来，伤感开始慢慢弥漫在我的心里，我泪流满面。

这时我听到姐夫在客厅里压抑的抽泣声。我走出去，看到姐夫又在用拳头捶自己的头颅，我冲过去，抓住姐夫的双手，说："姐夫，你别再打自己了，你别再打了。"

我更哭了起来，放开他的手，抱住姐夫的头，泪水都滴在姐夫的头上。

姐夫凄绝地说："小玉，你怎么不恨我？你怎么不恨我？"

面对姐夫的痛悔，我心里涌满了混乱的感情。几个月来，对姐夫的敬仰崇拜在这一瞬间产生了质的飞跃。我不明白对于强暴我的姐夫为什么恨不起来，相反，看到他如此痛苦磨难般的表情，我的心里爬满了细密的疼痛，仿佛自己头颅上被拳头打得布满凸疱一样。我至今没想明白这是一种什么心理反映，我曾想过去找一个心理医生咨询一下。

5.爱上他

第二天当太阳升起来的时候，我在夜里产生的强烈的卑下念头动摇了。表姐对我这么好，在我最困难，心境最悲凉的时候，热情地容纳了我，像姐姐又像母亲般细腻周到地照顾我，温暖我那颗伤痛的心。我怎么可以去破坏她平静温馨幸福的家庭呢？而且，他们是那么的恩爱。我站在窗前望着耀眼金红的太阳，为自己的不幸初恋流下了悲伤的泪水。在灿烂温暖的阳光照耀下，我感觉到阳光抚慰着我伤痛。我下定决心：要彻底斩断对姐夫的情丝。

我走上了充满阳光却让我伤痛的大街上。我希望就从今天上班开始振作起来。

可是我怎么做得到哟！一个十七岁的少女怎么能够扑灭自己心里已经熊熊燃烧起来的爱情之火？一个十七岁的少女怎么能够做到遇到这样复杂的人生情感难题时处变不惊平静如水？

从此，我变得坐立不安心情烦躁，干什么都心不在焉，上电脑课老是走神，背五笔字根，怎么也背不下来，前背后忘。英语单词读了半天却不知道是什么意思。白天在饭店干活，老是出错，把这张桌的客人点的菜送到了另一桌上，搞得客人莫名其妙很不高兴。有次还把菜撞到了客人的身上，把客人的西装都弄脏了。

我被老板炒了鱿鱼。

走在大街上，午日的阳光蒸烤着我，毫无感觉，我的身心全麻木了。我流着泪，任凭路上的行人奇怪地看我，毫不在乎。走啊走，在中山大道上走了很长时间，我终于撑不住了，在一个电话机前我停了下来，我还没说话，先哭了起来。

"怎么啦？你怎么啦小玉？"

姐夫焦急的声音在电话里回荡。我伤心得说不出话来，只是在电话里哽咽着。

"你立刻回家小玉，我也马上回家。"

回到家，我淋浴了很长时间。渐渐地我平静下来。悲哀像台风过后的海面，密匝而绵软地留在了我的心里，细细地咬着我。我的脑子一片空白，对自己好不容易得到的工作突然失去了痛苦得不知所措。尽管我只有十七岁，但深知生活依赖父母以外的任何人都将是件极为难过和糟糕的事情。父母是可以每月给我寄钱来，可父母的生活并不富裕，甚至可以说十分困难，母亲因关节炎几乎丧失了工作能力，还有一个读中学的弟弟。我怎么还好意思让父母每月寄钱呢？我绝不能再给父母增加负担了。可是找工作多难啊！我的心里又涌满了焦虑和悲伤。

姐夫回来了。一看到他，我的眼泪又滚了出来。他知道了事情的经过后重重地叹了口气。他没问我为什么走神，但从他的表情我知道，他的心里像镜子一样清楚。他在窗前站了一会儿，转过身来沉痛地说：

"都是因为我呀！我是罪魁祸首啊！"

他头抵在墙上狠劲地用拳捶了一下墙。思索了半天说：

"小玉，一切都是我不好，饭店的工作丢就丢了。但我现在认真地要求你，你要尽最大努力集中精力，别再分心，好好把电脑学出来，把英语学通，到外国语大学夜大去读。"

这时他轻轻地把我搂住，非常认真地轻声说："小玉，一定不能因这件事情而这影响自己，绝不能以这样的状态生活工作。小玉，一定要集中精力！要为自己的人生负责，明白吗小玉？"他说到这里轻轻地捏了捏我，"这二样学通了，就能找到好工作了，我一定能帮你找到一份像样的工作。"

我用力点点头。可我哪来那么多钱呢？在饭店工作时我已经问过同事了，知道几年夜大读下来，也得上万元钱。我看着他的心情，似清明的雨丝纷繁纠结又有些痛苦。

他仿佛看出了我的心思，从抽屉拿出一个信封，递给我：

"这是我的稿费和讲课费，一万五千元，你拿去交学费，余下的你留下买自已想要的喜欢的东西。"

"不不，我不要。"

我心里莫名地涌起一种被亵渎的感觉。

他看看我，没再坚持。

"那我把这学期的学费先替你交掉，你先把书读起来。"

"不不，等我有钱了我自己去交学费。"

我说这话时心里忽然很虚。

姐夫猛地抓住我的肩，摇着：

"那你要等到什么时候？时间是不等人的。"他不满地看着我显然是生气了，"你若真的觉得拿我的钱不好，等你以后挣了钱再还我就是了。小玉，时间不等人啊！"他长出了口气，看着我，眼里充满着怜爱，"小玉，你拿的是我的钱，我的钱，是应该的，你不用觉得难为情，我无法准确表达，但，你拿着这钱，我心里就非常踏实开心。"

我用力点点头，心里又乱又激动。我两眼盈盈地凝视着他，心里充满着海涌般浓情。我全然忘记了要斩断对姐夫的情丝的誓言，搂住姐夫的脖子，我颤抖说：

"我爱你，我没法不爱你呀！"

我说着我搂住姐夫，把脸贴在姐夫的肩上，又激烈地亲吻着他。

姐夫用力把我挡住："小玉，别，别再这样，我已经对不起你了，我不能再那样对你，那会毁了你。"

姐夫的表情虚弱而痛苦。

我心里涌满心酸，我凄伤地说：

"姐夫，你不再爱我了？你就这样爱了我一下就把我丢下了？"

我这样说着，瞬间心里又像灌满了冰水一样发冷，眼泪再次盈上我的眼眶。

"不，小玉，我非常爱你，正因为我爱你，我才不能再伤害你。你像个天使，你像白玉一样纯洁，我不该再伤害你。那天晚上是黑夜打败了我，黑夜使我变得卑鄙，黑夜让我无法控制，我对不起你小玉，我以后不能再这样了。"

我这时忽然钻进了牛角尖，固执而热烈。

"姐夫，你要是不再爱我，我只有死路一条了。我什么都不求，我只要你爱我，只要让我爱你就行。"

我的眼泪涌涌而出，我看着他，哭出声来。

"我真的什么都不要求，只要你分出十分之一的心来爱我，我就满足了，除此之外，我不会再有一丁点非分的要求。爱我吧，我孤独极了，有时我心里有被掏空了的感觉，绝望得要命。"

我这么说着嘤嘤地越哭越厉害，我瘫软在地。同时心里涌满了热烈的爱情和肉体的欲望。

他猛地把我抱起来，拥在怀里：

"小玉啊，我怎么能抗拒得了你啊！我真是个堕落的人啊！我这样怎么对得起你啊！"

　　"不，姐夫，你是个高尚的人，我崇拜你敬仰你，我们相爱没有罪，姐夫姐夫。我爱你。"

　　我的爱情痛苦迷乱，我的思想混乱而涌荡着情欲……

　　姐夫第二天就为我专门买回来一台电脑。表姐吃惊地看着姐夫，笑着问：

　　"唐平，你现在主意大了吗？这么大的事情也不和我商量一下？"

　　"太需要一台电脑了，我每天要用，小玉学习也要用，否则总是有一个人的时间要被浪费。"

　　表姐看着我，认真地说：

　　"小玉，我们这么为你，以后要更努力学啊。"表姐用衣架把外套挂好，"小玉，你要学好了，有本领了，加上你这么漂亮，一定能找到一份好工作。"

　　表姐说着拥住我，我知道表姐对我的爱。善良的表姐啊，她没有一丝一毫的察觉，更不可能对我一丁点的怀疑，对我依然充满爱意。我心里涌出强烈的内疚。

　　"以后找到好工作，还可以寄些钱回去，让你爸爸妈妈日子也过得好一些。那样他们一定会非常非常高兴。"

　　我听得鼻子发酸，几乎快掉泪了。

　　表姐从包里拿出一件衣服。

　　"来小玉，试试这件连衣裙。"

　　我心里涌动着深深的感动和不安，我的眼眶里盈上的泪水，心里仿佛有把内疚的刀在剐我的心。我转过头去，不让表姐看到。表姐把我推进我的卧室。我顺势抹了把泪。

　　这是件淡粉红色带棕色小花的无袖连衣裙，大小长短正合我的身材。我看着镜子里的我，自己都有些为自己的美丽感动。我转头看看表姐，泪水再也控制不住流了下来。

"哟哟，小玉，怎么啦？漂亮还要哭啊，你看你多漂亮。我都嫉妒了。"表姐潜我擦掉泪水，"真是个小美人，唐平，你来看，小玉怎么样？"表姐把我转过来对客厅里的姐夫说，"我看那么多电影中美女，哪一个都没我们小玉漂亮。若有导演发现小玉，小玉一定会成为一个大明星的。但小玉别去动这个念头，当演员要成功也是非常困难的，娱乐圈风气也不好，还是好好学习，找一份正经工作。"

进入了外国语大学夜大，我读的是英语专业。我学习非常用功，但发音一直不太准，按表姐的说法是有些别扭。表姐说这可能和我长期生活在边疆有关。

"小玉，英语没什么难的，就是靠时间堆上去。你用的时间越多，就学的越好。刚开始好像学英语有差别，有的人容易上手，有的人难上手，但总体来说是一个常数，时间长到一定的量，学习效果是差不多的。学习英语还有一个好方法，就是把学习的时间分散开来，尽量多次看英语或者读英语，反复接触英语。"

他还找出他以前学的《英语900句》让我读。他说，现在外面书店里英语教材非常多，但都没有《英语900句》好，这是最经典的英语教材。姐夫说，刚开始学英语的时候一定要大声朗读，不要怕难为情。英语中有一个词叫Crazy，意思是疯狂的，就是说读英语时就要疯狂地读，疯狂地读和说容易达到最好的效果。外面在办一种叫Crazy English 的学习班就是这个意思。

我很用功，早晨很早起来，在小区的花园里读一个多小时，按照姐夫说的方法：疯狂地读。刚开始几天有点别扭，还有早上上菜市场的阿姨冲我笑，但我知道这是一种善意的笑。也有的还夸上我几句，说，小姑娘真用功，我的小孩这么用功就福气喽。但没过几天我就自然了。我找一个背对着大街或者人看不到的花园深处，以免受到干扰。

最初那段时间，读英语读得我舌头都磨破了，吃饭喝水都有点疼。你可能会不相信，哪有读书会把舌头读破的？但确实是这样，舌头根和牙齿接触的地方一碰到咸的就疼痛。可能是我读得太多，舌头和牙齿磨得太多了。不过我的用功换来了的是我的英语水平突飞猛进的进步。没三个月我就开始读英语版小说了。尽管读得很慢，很不顺。我读的第一本英语版小说也是《安娜·卡列尼娜》。因为姐夫说过，要评这个世界上最好的小说，那就是《安娜·卡列尼娜》。姐夫的话我从心里相信。因为我崇拜姐夫。刚开始读英语版小说很不适应，仿佛整页纸上全是不认识的单词。姐夫说，刚开始就是这样，这个单词你明明学过，在900句里你一看就清楚，但在别的书里你会一下子不认识，这需要一个过程，但很快就会过去，你一定要坚持读下去，看不懂就查字典，一定要过这个关。姐夫说的真对，这样过了一个月，我能看懂了。

过去我读的时候一直没理解托尔斯泰在小说前面引用的《圣经》里的话的意思，现在我才慢慢地有所悟。说得多好啊，Vengeance is mine; I will repay , saith the Load.主说，惩罚在我，我必偿还。什么事情你努力去做吧，任由老天来评判吧。

表姐和姐夫的英语水平都不错，发音也很准。他们和外国人交往的时候，都可以直接对话，不需要翻译。每天晚上他们谁有空就辅导我，我也按照姐夫说的，把学习英语的时间分散开来，以半个小时为单位，分开读英语，以最大的强度，来接触英语。

我的英语发音进步很快，没两个月，就很好了。姐夫就让我读英国作家毛姆的《The Moon and Sixpence》。他说《安娜·卡列尼娜》毕竟是从俄文翻译成英语的。读一下英国人写的书，对提升英语语感很有帮助。

"以后再看英语原版电影。刚开始你肯定会感到一片白茫茫的，仿佛全是生词，但再看不懂也要坚持。你只要坚持，很快就会有突破性的提高，听力、口语、语感等都会有一个飞跃。"

姐夫又买来录音机和一些英语磁带，让我每天听。在姐夫的帮助下，后来才一年多点时间，我再看英语原版电影，能够听懂大部分。英语水平已经有了相当的水平。我突发奇想，自己试着看英语台，听着播音员的讲话同时把汉语讲出来，也就是后来我知道的同声传译。后来，我自己都能感觉播音讲的时候我都能翻译出来。我问姐夫要不要去考级。

姐夫说："考级只是一种形式，一种承认，但最主要的是自己的能力。不过还是去考一个，因为你找工作是要靠这个证书的。"

在我的英语刚进入状态，开始提高的时候，我发现自己的"好朋友"有一个多月没来了。而以前"好朋友"总是很准时地如情人约会一样来到我的身上。当我意识到这意味着什么的时候，仿佛在心脏爆开了一个冰源，并很快泛漫到全身。当时我正坐在夜大教室听老师读一篇描写阿拉斯加雪山的风景的文章，尽管老师读得抑扬顿挫，非常好听，但我还是静不下心来欣赏，心情紧张和烦躁。看到临坐的一个女孩从包里拿出一包卫生巾塞进口袋，我四肢冰冷，头上冒出了细汗，心脏突突急跳。一下课我便拿上书包走了。

一到家，看到表姐不在，便怎么也控制不住地抱住姐夫哭了起来。

姐夫知道我可能还怀孕后，一瞬间傻在那儿，脸色变得苍白。但很快他说：

"小玉，别着急，先去医院检查一下，若真是怀孕了，再想办法流掉。"

忽然，我如万箭穿心般疼痛，我的第一个小孩竟然这样突然地要被消灭了。心疼的感觉让我脑袋里除了疼痛之外是一片空茫茫的。

"小玉，你别太难过啊，是我对不起你，是我不好，但是你别这样好吗？你别这样好吗？"

姐夫摇着我，又用手拍拍我的脸。

"小玉，别再哭了，一会儿，你表姐要回来了。"

我看到姐夫紧张焦急的脸。我停止了流泪。我不能让姐夫太过着急，姐夫着急惊慌，我更难过。

我走进卫生间。我洗了个澡，我想让我的悲哀在这不断的水流中冲洗干净。水流顺着我的头我的胸我的小腹流了下去。我从镜子里看着自己那平平的小腹，又手轻轻地抚摸着。我对着镜中的人说：

"小玉，你的小腹里已经有一个新的生命了，而且是一个教授播下的种子，是一颗优良的种子，这个教授是你非常热爱的男人，可是你必须把这颗种子，这颗你非常热爱的种子扼杀掉。因为你没有办法，没有办法。"

我这么说的时候心痛得撑不住了，我慢慢地瘫了下去，大口喘着气，泪水再次哗哗地滚了下来。我坐在冰凉的地上，我忽然强烈地产生了一个念头：以后不管我嫁了个什么样的男人，我的孩子一定要是姐夫的。我为自己产生这个疯狂的念头而浑身发抖。

表姐回来了。她还是和往常一样，一进门房间里就开始有她的声音。她始终是个欢乐的人。

"唐平，你的脸色不太好嘛？小玉回来了没有？"

我镇静了一下，对着镜子看了一眼，打开卫生间的门，叫了一声表姐。我尽量使自己表现得和平时一样。我做到了。表姐看到我和平时一样热情地搂了搂我的肩。

"小玉，今天怎么样？过得还好吧。"

我笑着说很不错，说着我也搂了搂表姐。我没话找话地说，表姐，你穿着这身衣服真的很漂亮，有腰有形的。

"我可是第一次听小玉说这样的话。"

表姐的头微微后仰眯着眼很认真地看着我，不太相信的眼神在我脸上游动。我心里一阵紧张，立刻把表姐更紧地搂住。

饭后，我笑着对表姐和姐夫说，我自己一会儿到房间里看会书，今天我要早睡，因为昨晚我没睡好。姐夫今天就不要对我严格要求了，放我一天假。

第二天表姐上班刚走，姐夫就打来电话，让我准备准备去医院。我犹豫着，心里被痛苦压迫着。但我心里清楚医院是必须去的。

医生很快就确定了我的怀孕。姐夫的意思马上动手术。姐夫说手术越早做对我的身体越好。他看着我，等着我的决定。我看着走廊里那些幸福等待着做产前检查的女人和脸上洋溢着幸福笑容的陪伴的男人，泪水止不住地流了下来。

"别难过，小玉，以后你会有一个很好很好很健康很健康的孩子的。"

这时那个疯狂的念头又一次滚过我的脑中，我痴痴地看着姐夫，想告诉他我的愿望非常强烈。

当我躺在那张特别的流产手术椅上两腿高高地架在两边的架上时，心里涌过如海潮般巨大而浓重的伤痛。我经历了人生最大的精神和肉体的痛苦。

朋友，你如果是个女的，如果没有经历过流产，那请你听我的一句忠告，千万别去流产，流产对你的精神和身体都会产生不可磨灭的影响。这几年我已经深切地体会到了这点。朋友，你若是个男人，那你一定要珍惜你的女人，要不就是准备生孩子，要不千万注意避孕，别让你珍爱的女人遭此人生大劫。

是姐夫抱着我走出医院的。出租车到家时已是快中午了。姐夫还真有点力气，把我背到了四楼。我躺在床上，心里还在不停地发抖，恐惧、紧张依旧在我身上弥荡。

姐夫嘱咐我一些这个月生活中的注意事项，告诉我要千万当心，别留下病灶。

姐夫在给我煮东西，我一个人躺在床上，心里有些发空，眼睛望着窗外的灰蒙蒙的天空。姐夫给我端来鸡汤时，我才有些思想。我看到姐夫的脸忽然苍老了许多，表情充满忧郁和痛苦。我心里非常难过。

"小玉，多喝点，一定要把身体养好。"

姐夫的语调和表情让我感觉到了父亲般的慈祥。我心里又酸又幸福。

我在家休息了一个星期。这一个星期，我什么也没洗，所有要洗的东西姐夫都在表姐上班后替我洗掉了。刚开始，我怎么也不肯让姐夫替我洗内裤，不仅因这很难为情，还因为那几天的内裤特别脏。但姐夫对我的固执显然非常不高兴。他几乎是发着火对我说话。我心里却温暖得快掉泪了。我只得让姐夫去洗，姐夫在那儿洗时，哗哗的水声仿佛是山涧的清泉滋润着那颗受伤的心。我以后有这样的生活，自己深受的丈夫洗着我的衣服，洗着我任何衣服，而我躺在床上，这该有多幸福啊！我看着姐夫替我洗衣服的背影，听着那哗哗的水声，我的泪水滚出了眼眶。姐夫洗完我的衣服走到我窗前晒时，我心里仿佛放进了一个热水袋一样发烫，非常非常幸福，心想，若我真能这样和姐夫过日子，那该有多美啊！

我想象着姐夫晒完衣服走近我轻轻地吻我一下的情景，眼里又盈上了泪水。

姐夫晒完衣服转过身时，我忽然冲动地说：

"姐夫，能亲我一下吗？"

姐夫看着我有些发愣，那眼神有点像惊鹿的眼睛。我看到他眼里露出些伤感。我看着姐夫，盈盈欲滴，心里涌满期待和爱情。我又轻轻地叫了一声姐夫。我的眼神鼓舞着姐夫，姐夫慢慢地走向我。当他向我俯下身时我迎上去，搂住他，心里激动得发烫，幸福像海涌一样冲撞着我的心壁。

"姐夫，我爱你，若能真的这样生活多好啊！"

姐夫听了我的话眼睛流出浓重的伤感。

但是我的生活不可能这样。我的心里充满着凄苦。我只能想象一下，幻想一下，在心里自己过着幸福的生活，让自己的心灵有些滋润。但我心里想定，以后一定要找一个像姐夫一样优秀男人。

为了避免用冷水，又不让表姐发现，姐夫用护创贴把我的手包了。那样我就可以不用湿水了。

那一个月，我不知怎么过来的，紧张害怕始终弥漫在我脑中。等到我终于可以用冷水后，我才放下心来。我的善良的表姐啊！我心里充满了内疚，可我怎么也压不住对姐夫的爱，控制不住对姐夫的依恋和思念。

6.初试"九里云"

后来我在一家稍好点的饭店找到了一份工作。这是在南京路上的一家老饭店，叫"九里云"饭店。这是两个华侨在1937年建造的，当时是塞壬市最好的饭店。社会各界名流社交活动都集中在"九里云"饭店，塞壬人以进"九里云"而自豪。这种现象一直延续到20世纪90年代。当时"九里云"饭店周围一下子建起了多个五星级大饭店、大宾馆，"九里云"饭店的生意慢慢地淡了下来。

但我为自己能进这样一家有着悠久历史的老饭店还是非常高兴的。我去应招时，饭店主管人事的经理对我很感兴趣。后来我才明白，她觉得，我的美丽可以为饭店带来生意。

总经理是个女的，姓刘，人事经理把我介绍给总经理时，我有些紧张，总经理看我的眼神平和，我却觉得是对我的审视。后来没两天，我就感觉到，总经理对我非常好，这是我意外收获到的高兴。因为我还懂得，能够被单位的一号领导关心实在是员工的幸运。总经理第二天就让人事经理把我叫到总经理办公室，她谈了一些诸如要把精力放在工作和学习上及个人问题等等正常或许还可以认为是客套话后，她认真强调了让我别着急谈恋爱，说我现在的思想还不成熟，看人还不准，过两三年不晚，尤其强调了要学会看人看社会处理好人与人之间的关系。我听了很感动。显然总经理是个心地善良而又热心的人。我想，她可能了解到我狐身一人在塞壬，才这样关心我。

我非常努力地干活，以报答刘总对我的关心。同时，我想我要努力工作，干出成绩，就可以和刘经理成为好朋友。那样有什么事还可以和她商量。刘经理年纪比我大，经历比我丰富，一定比我懂得多。

一天，我看到她正好在大厅里，我便走过去，我看着她有些惶恐地说：

"刘经理，我是从边疆回城的知青子女，在这里没什么朋友，以后有什么事情可以和你商量吗？"

我这么说着脸上发烫。

刘经理看着我有些吃惊，然后善良地冲我笑笑说：

"哈小玉，你有事尽管和我说，我会帮助你的。"

我感动地看着刘经理，这时我发现刘经理尽管岁数挺大，但长得漂亮而且和善。我想再说些什么，可不知道怎么说。

"你说吧，有什么事情？"

我看着刘经理有些犹豫。

"刘经理，我在外国语大学读夜大，能不能只给我安排白天的工作。"

刘经理有些为难地看着我。我清楚，饭店就是晚上的生意多，晚上不能上班，那等于不上班了。尤其是我，刘经理把我招进来是把我想当骨干在用，是想靠我多招来些生意的，恢复"九里云"的辉煌。

我看着刘经理为难的样子说：

"若不行，晚班能不能让我隔天上，另一天我上白班。"

"夜大要读几年？"

"我读得好学分考出来，是可以提前毕业的，我现在已经读了一年，已经考出六级了，我想再有半年或者一年肯定能考出来了。"

刘经理想了一会儿说：

"小玉，你读书我们要支持，你看这样行不行？一天你上白班连晚班，一天你就上白班。

"行行。"

"学习能跟上吗？"

"能能。第二天的课我提前问好，我自己在家里学，英语就是靠多背多读多听。我能学好的。"

我高兴得话都说得有些急，这等于说刘经理两天就放了我半天假。

刘经理冲我笑笑："快去忙你的吧。"

我几乎是小跑着走了。

我干活更卖力了。

7.遭遇但丁爱情

在饭店没两个月，我被任命为领班。由于我的到来，饭店的生意上去了很多，很多客人都因为我的热情服务和得体的言行而多次来饭店吃饭。餐饮部的营业额翻了一番。刘经理给大家发了奖金。之后，刘经理又把我叫到她的办公室，又给了我一份奖金。我说我不要，我已经拿过了，我不能比别人多拿。

"小玉，营业额能够翻番，和你的努力工作有很大关系。你应该拿这份。"

我接过奖金，心里很不踏实。

尽管营业额上去了，因为饭店营业的基数很低，效益还不是很好，领班的工资也只有一千元，但我心里还是很满足。我想，只要大家团结努力工作，我再多拉住些客户，生意一定会好起来的。

表姐和姐夫知道我的进步都很高兴，表姐还给我买了几身好衣服，表姐说，小玉，你现在是领班了，衣着也要像个样子。我说我们上班时穿统一的制服，不需要这些。表姐说，上下班要穿的好些，不能让人轻看了。我要给表姐钱，表姐不要，说你要花钱的地方多了，到了需要的时候，就好好花吧。我真不知道我还有什么地方要花钱。

表姐说，你现在还不需要化妆，但以后真的到了重要的时候重要的场合，你得化妆，化妆品是很贵的。你还得买首饰，戴项链，这都需要化钱，你还得给你爸爸妈妈一些。表姐说着我笑了。

我看着表姐美丽而善良的表情，心里又涌出深深的内疚。

姐夫悄悄地塞给我一千元钱，我不要，这次他很不高兴，一定要让我拿着:

"你要真让我爱你，你就收下。"

我激动地搂住姐夫，亲吻他，他也亲吻我。

"你去买化妆品，说要学会化妆，这是为了工作更顺利地发展。"

我没有去买化妆品，把钱存了，还是用甘油。但买了一支本色的口红，和一支眉笔，因为我的唇色非常好，不再需要另外加颜色。再说了我一直相信自然是最美的。

我给爸爸妈妈打了电话，他们对我的进步非常高兴，妈妈说，一个人在外面做事不容易，一定要小心再小心，工作上努力再努力，多干点，多吃点苦没关系。

生活似乎对我有阳光了，我的心亮堂而舒畅，但这样的日子并没有过多久，就在我身上发生了一系列事情。现在我真有点信命了。

那时我在夜大认识了一个同学，叫但丁，后来我知道他和写《神曲》的但丁是同一个名字。我不知道中国是不是真有这个姓，还是但丁有意要用这个哗众取宠的名字。但丁是我一系列苦难中的第一个。在学习的过程中我并没有主动和他有任何联系，事实上我没主动和班上任何同学主动交往。但在课间休息时，同学们都会找一些问题主动和我说话，但丁尤其是这样。除了礼貌地回答一些问题外，一般我都笑笑而已。我一直记着姐夫对我说的话，交朋友一定要当心，尤其是男朋友。表姐也对我说，现在社会上的一些人太坏了，一切只有利益两个字，讲友谊讲真诚的人实在太少了，交朋友一定要小心再小心，一不小心说不定还会惹出许多麻烦。

但丁在开学一个月他认为我们比较熟悉后，开始提出晚上送我回去。我感谢他的好意但拒绝了。但每天放学但丁离我二十米跟着我。我不知道他是不是有其他企图，就停下来，等他走近就问他：

"你跟着干什么？"

"我真的不放心，你到家我就走。"

　　但丁说得很认真诚恳。

　　"谢谢你，我真的不用送。"

　　我说完走了，他还是跟着我。我又停下来。但丁没等我说话就说：

　　"现在有时不安全。"

　　我认真地说：

　　"但丁，我谢谢你的好意，但我真的不要你送，你要再跟着，我就生气了。"

　　"哈小玉，你生气我也跟着，我跟着又不犯法。"

　　我没办法，尽管不高兴，但也不能再说什么，他或许真是出于好意，我也没感觉他有什么不良企图。奇怪的是，有但丁在后面跟着我真的感觉踏实了许多。

　　但丁就这样每天上课结束都送我回家再自己回去。其他什么事情也没发生。我心里有些感动，但还是没有过多地想这事。因为我怕自己因为感动而真的动感情。这时我就常常想着姐夫，以此来抵抗但丁的攻击。我还想向姐夫提出，让他晚上到学校来接我。可我一直没好意思说。

　　但有一次但丁的行动让我真的感动了。

　　那是我上夜大两个月后，那天上完课后天上下雨了。我没带伞，便在教室里多看了会儿书。大概一个多小时后，雨停了，我走出教室。看到但丁在教室外面的走廊上。我知道但丁是在等我。那时已是晚上十一点多了，我心里一阵涌动，但我还是克制着自己，走出时和但丁笑笑也没和他说话。我不能主动，我说过我不要他送我，我这时说任何话不等于在默认让他来等我吗？我想这在逻辑上是说得通的。

　　但我看到但丁的表情有些难过。我心里有些内疚，但还是平静地走了出去。因为我不想和他恋爱，不想让但丁痛苦。或者说但丁并不是我心目中的恋人。你一定清楚，我心目中的恋人是我的姐夫这样的人，有知识，有修养，有地位。但丁在这里上夜大，一定是连大学都没考上的那一类学生。现在考入大学应该说太容易了，像北京赛壬这样的大城市，是三个考生录取两个。尽管我也没考上，但我是个女的呀，而且是在边疆呀。男的怎么可以这样。

我听到但丁叹了口气，心里一痛，我忽然明白这声叹气蕴含着但丁的悲伤或许还有别的更多的一些东西。但我还是没有任何反应，我心里模糊地感觉到，在这种时候任何同情都会立刻引出但丁的感情暴发。我忽然在这一刻明白了许多，明白了一些男女之间的事情。

在我快走出楼道时但丁叫住了我。他走过来脸上充满痛苦，他专注地看着我，递给我一封信。我看了一下，心里一动，但丁的字写得真不错。在电脑普及写字已被很多人忽视的今天，但丁的字写得这么好实在让我有些吃惊。直到两年后我无聊之极时看了一些书法书才明白，但丁写的字是欧阳询体。欧阳询的字可不是容易写的。

我看着信，想马上拆开，但想想还是回家去再看。

但丁一如既往在我后面跟着，但他没和我说话。我心里真如有一股涌流，温暖温暖的。我心里有些发烫。

睡觉前，我拆开但丁的信，看完后我被深深地感动了。

小玉

请允许我这样叫你。我在心里这样叫你，在几个月前我第一次见到你时就开始了。

这就叫一见钟情。一个十八岁充满热血的小青年对一个美丽如仙子一样的姑娘一见钟情不是件见不得人的事情。但你一直有意冷落我，对我几个月来对你的好感忠诚你依旧表现出冷若冰霜，并且连丝毫同情都没有，甚至连一个微笑都像挤牙膏似的，让我感到你的心硬和不近人情。这样的姑娘哪怕她是世界上最美丽的姑娘又有什么值得爱的呢！但我还是不相信美若天仙的小玉会是这样一个冷姑娘！所以才写这封信。我能理解你对我的冷淡，因为一个连大学都没考上在这里读夜大的小青年很大可能不会是一个优秀的青年，而你心里想找个优秀青年最好是北大清华毕业的博士。我完全能够理解。但我可以肯定地告诉你，我是个比北大清华博士还优秀的青年。我没考上大学不是我的无能而是我太有才能！你或许会认为我在吹牛，但我说的却是心里话。我的才能在初中和高中时都用在了阅读大量的书籍上，而没有完全用在复习迎考上，所以才导致了我没考上大学而是考上大专。但我的学识才能不会比那些博士们差而只会比他们高。你完全可心相信我，我会给你带去幸福。我的打算是，用一两年把英语拿下来，并一直学下去达到精通。到外企找一份工作。多年来我业余写诗写小说写论文。我的小说发表在《上海文学》《山花》《北京文学》《赛壬文学》等刊物上。我是个勤奋的青年，请相信我会带给你幸福。下面是我给你写的一首诗：

致 H

在浮俗的尘寰，在物欲暄浊的人丛

我苦苦地寻觅了半生

铁鞋洞穿了

便拖着滴血的双脚

一个意念不曾动摇

心灵却如龟裂的土地般绝望

在我万念俱灭心如枯槁时
我惊喜地发现了
一朵高洁的灵魂之花
疲惫枯槁的心灵几近死亡

请你转过头来
请你慢慢地走向我
你那被长发细细覆盖的脸
开满了贞洁　迷人的微笑
和让我泪水涟涟的芬芳
你那清澈毫无污染的瞳仁
闪耀着智慧　纯洁
和高贵的善良

很多很多年了。我一直虔诚地幻想
捧住一张纯洁而灿烂如太阳一样的脸
让这张光芒四溢的脸
照亮我余生的艰辛痛苦或是幸福圆满

泪水。我是多么感激这泪水啊
我不记得它多少年了
它荡涤了我早已郁积成垢的孤独
心灵的古拉格和血痂累累的苦难

请你走过来吧!

怀着圣洁和永恒的希冀走过来

让我在泉涌般的泪水中迎接你

在月光秋雨和音乐中相拥

看完但丁的信和诗，我睡不着了。但丁的信所写的不是没有道理。是的，并不能完全以文凭头衔来衡量一个人的好坏和质量，他的诗歌也写得美，而且很有思想，有些地方尽管我还看不懂，但看得出但丁读过很多书。我又仔细回忆但丁的一切细节，发现他不是很浮的小青年，除了对我表示热情之外，他并没和其他女同学接触，跟班上的男生也很少长时间地说话，平时就是一个人站在教室外的空地上活动一下身体，或者遥望天空，举止稳重。若但丁真的是那么有才华，不正是我所向往的那种男人吗？像姐夫一样有学识，有修养，现在就是还差有地位，但他还年轻啊，只要努力总是会有地位的。而且但丁是个长得很有男人味的小青年。我忽然在心里涌动着一股冲动。这天晚上我失眠了，我决定：和但丁交往，看看他是不是真的如他信上所说的那样的男人。

8.处女情结

一旦和但丁交往，我很快坠落了但丁的情网。朋友，你应该原谅一个十八岁的姑娘的容易怀春的心，原谅她对爱情的向往和轻信。回过头来看但丁是个爱情高手，我肯定不是但丁的第一个恋人。而且但丁是个很有性经验的人，别看他只有十八岁。但丁第一次让我心动是在那个有明月的深夜，第一次心动，我就彻底地交给了但丁。后来，我无数次想，当时我怎么会那么激动，一直在我身上的矜持在那时竟荡然无存。

我们走在表姐家附近的一条幽静清洁的小街上。这条幽静的小街不长，从头到尾只有两百来米。我们的脚印已经印遍了小街的每一块路面。但丁多次提出到附近的一家幽雅的酒吧去坐坐，都被我拒绝了。我想为什么要这么浪费钱呢？在这么幽静的小街上散步多好。不远处的周围还有现代化的高楼，高楼上还有闪亮的五颜六色的霓虹灯。这环境有多好啊！为什么不享受这么好的环境而到全是人又有些杂乱的酒吧去喝酒呢？但丁理解了我的好意和雅致的心境，一直陪我这么散步。有时我们走累了便在街旁花园里的石椅上坐下。

梧桐树叶在微风的吹拂下瑟瑟作响，仿佛小夜曲。小街上已经没有什么人了，街道干净，显得很清雅。这样的季节，这样的夜晚是萌发爱情的时候。已经很多次约会了，我一直没让但丁对我有亲密行为，我们互相谈着许多过去和现在的事情，谈对社会上一些事情的看法，谈对今后人生的设想。一般我都在十点左右就回去了。但这天晚上但丁没让我回去，反复恳求我再陪他走一会儿。看着但丁充满爱情的脸和恳切的表情，我心软了。

我们走累了，依旧在小花园的石椅上坐下。但丁和我说了许多动情的话，忽然，但丁跪在我的面前说：

"小玉我真的很幸福，你那么善良像天仙一样美丽，又那么聪明，你是我的爱人，我有多幸福啊！我是这个地球上最幸福的人。"

但丁亲吻着我的双手，眼泪像天山上流下的雪水一样流在我的手上。

"小玉我真幸福，我爱你，我要永远爱你，永远。"

但丁哽咽着说。我头一回听到一个男人这么对我说这样的话。我被但丁的情话感动了，心里一涌一涌地泛起绵绵密密的爱情。我什么话也说不出来，眼泪盈上眼眶。我低着头，但丁头发的味道让我觉得那么亲切，充满爱情，我的泪水滚到了他的头上。我说：

"但丁，你起来，你这样跪着我心里难过。"

"小玉，就让我这么跪一会儿，跪在自己心爱的姑娘面前我非常幸福。"

我感动地看着他，真想抚摸他的头发。但我克制了自己的冲动。

"小玉你爱我吗？"

但丁抬起头看着我，那凄伤的眼神快把我的心给击碎了。我忧伤地看着他。

"你不爱我吗？"

我摇摇头。我也不明白我摇头是表示否定但丁的话还是说自己不爱他，我心里非常紧张和慌乱。

"但丁你起来，你这样跪着我很难过。"

他还是没动，我伸手拉他。但丁站了起来。大概是跪了时间太长了，他站起来非常慢，站起来后又是一个趔趄。我赶忙扶住他，让他坐下，心里疼痛。

但丁站坐了没几秒钟又站了起来，慢慢地把我从坐位上扶了起来，两眼盈盈地盯住我。忽然但丁猛地把我紧紧搂住，对着我的耳朵泣声说：

"小玉，接受我的爱吧，我不会让你失望的，我会让你成为一个幸福的女人的。"

理智让我要推开他，但我没有力气这么做，仿佛有一股巨大的力量驱使着我。但丁就这么搂着我轻声哭着。我心里很疼很疼但又很幸福。我忍不住伸出双臂抱了抱他。但我不知道说什么话安慰他。

"小玉，我现在只能给你写诗，而其他任何事情都做不了，因为我安不下心来，因为我的心始终在悲伤中。小玉，接受我的爱情吧。那样，你会造就一个成功的男人，你会让但丁成为一个大作家，一个大学者，如果你想让但丁成为一个成功的商人，但丁也一定能做到。"

但丁松开我，盯住我："但是，如果但丁没有你小玉，尽管他不会垮掉，但他必须用五年时间来医治心灵的伤痛，而这五年时间，他将一事无成，他只能写诗，写那些伤痛的诗。"

大颗的泪珠哗哗地滚出但丁的眼眶。看到一个大男人为了我如此悲伤绝望，我心疼得再也忍不住了。

"但丁，你别哭了，你别再这样了，我接受你的爱。"

我这么说着，自己的泪水也流了出来。同时我姐夫的影子在我脑中一闪，我心里像被针扎了一下，心里流过一丝无奈的悲哀。

但丁仿佛吃了一惊：

"小玉，我没听错吧，你说你接受我的爱？你说你接受我的爱？"

但丁这么说着使劲地摇着我的双肩，然后更用劲地抱住我。我被但丁的紧抱几乎透不过气来。但丁忽然松开了手，捂住脸痛哭起来。

"但丁，你别再哭了，你这么哭，我心里难过。"

"小玉，我是高兴，我是幸福。"

良久，但丁又搂住我，然后又松开，猛地把我横抱起，像在电影里的恋人们一样抱着我在原地转了起来。

"当心，别把我摔下来。"

我紧紧地搂着但丁的脖子，怕自己被但丁不小心摔出去。

但丁的力量非常大，我一百多斤重的身体他抱起来竟是那么地轻，连气都不喘。他边转边说：

"小玉我爱你，爱你，我的血液里都流淌着对你的爱情。"

忽然他的头压向我，他的嘴压在了我嘴上。他就这么抱着我和我接吻。他使劲地吻着我，我竟没有丝毫的反抗，相反任凭他的疯狂的亲吻。我们这样飞旋着接吻，这个场景这个飞旋着的亲吻在我日后的许多时间里常常跳进我的脑中，成了我幸福而又伤痛的回忆。渐渐地我有些难以自制，我心里激动得发酸，心突突跳着仿佛胸膛里揣着只小鹿。我感到很幸福。我激动得喘气都有些粗了起来，心里充满了希望他更热烈地爱我的欲望，并且是在行动上。我知道我是堕落了，但我确实是这样充满了欲望。

但丁这么抱着我，很长时间。我没想到我的第一次两人自愿的爱情竟是这么打动我，让我心醉，远远盖住了我和姐夫之间的那种感情。

后来但丁累了，但依旧抱着我。他在石椅上坐下，把我放在他的腿上。在这过程中我们的接吻没有停止。坐下来后，但丁的手又伸到了我的衣服里面，我只是下意识地作了一下抵抗，便让但丁的手伸了进去。但丁的手像鱼儿在水里一样游滑自如。当但丁一只手熟练地解开我的文胸，后又满满地握住我的乳房时，我禁不住呻吟了起来，我幸福得浑身发软，下身一阵阵发烫，搂着但丁脖子的手也无力地落了下来。我一点力气都没有了。

后来我想，但丁能一只手就轻而易举地解开我的文胸，说明他经过多少次这样的操练啊！我每天穿戴文胸都没他这么熟练。但丁是怎样一个人啊！

这时，但丁把我抱起走到路边，拦了一辆出租车。我被但丁的爱情醉得有些眩晕，意识中滑过他可能要带我去他的住处的想法，我却不想问他。潜意识指挥着我让但丁这么去做，我仿佛心里一直这么盼望着。这就是我的爱情啊！

也不知过了多少时间，出租车在一片风景如画的住宅小区里停了下来。我从但丁的怀里坐起，看到大片的绿地。但丁下来后不等我下车就把我抱了出来，径直抱进电梯。一进电梯但丁把我放下来，把我紧紧搂在怀里，我爱你三个字又开始在我耳边滚荡。

但丁的住处是一室一厅，没什么家具，但满屋子的书让我大吃一惊，真可以说是书的海洋。但丁把我放在床上后，把床上的几本书收拾到床头柜上。然后又开始亲吻我。我的心再次被但丁的热烈的爱情软化了，但丁脱我的衣服时我竟然没有拒绝，仿佛脑中没有意识到这会有什么后果一样。当我的胴体横陈在但丁的面前时，我一下子清醒了，我猛地把但丁推开，迅速地穿上衣服，拿上包就冲出了但丁的家门。

我急急地在马路上小跑着，心里涌荡着幸福，这是我真正意义上的爱情啊！这时我才意识到我和姐夫的爱情是畸型的爱情，是情欲主导的。风温和地吹着，树叶儿在风的吹动下发出瑟瑟的声音，天空上的星星闪烁着，路上的行人很少，非常幽静。这城市是多么美好啊，这树，这风，这些住宅大楼，还有这黑夜，都是美好的呀！他们是多么可爱。

我后来想，我怎么当时会是这么一种表现？但丁第二天看到我紧张得一脸仿佛做错事一样，他悄悄地走到我身边几乎快哭一样对我说，小玉我昨天太粗鲁了，对不起你。但那全是因为我有你。你一定要原谅我。他递给我两张纸转身走了。我打开一看是但丁写的诗，我一看时间是凌晨四点，我非常感动，但丁一夜没睡啊！上完一节课，但丁又走到我跟前，痛苦地说，小玉，原谅我好吗？我看着但丁，心里充满着巨大的幸福，却莫名其妙地还想看看他现在这种为爱我而痛苦的样子。我假装严肃地看着他，然后又把脸转向别处，仿佛真的生气一样。但丁见我没说话，又走到我面前，泪水滚了下来，小玉，我是因为爱你才这那样失去控制的，你一定要原谅我。他这时已经顾不上是否有别的同学在看我们。我看着他，心里非常难过，但同时幸福感一阵一阵地冲涌着，我真想说但丁我也非常爱你，我一点都不生气。好像小时候好不容易在过年的时候妈妈给我买了一包糖，我舍不得一下子吃完，每天吃一粒，我要把那吃糖的幸福尽量延长一样，我不想马上那样对但丁说。我要让但丁爱我，更努力更疯狂地爱我像大海汹涌巨浪一样，我想被这像汹涌的巨浪一样的幸福淹没。我看着但丁，心里充满了爱情。但但丁沉浸在痛苦和爱情中，丝毫没看着我的充满爱情的眼神，他还是认为我没有原谅他。他抓住自己的头发，说，我昨晚怎么能这样对自己心爱的人呢！我真不应该啊！

　　这时上课时间到了，我们都走进教室。老师开始讲课，但我听课的效果明显地受到了影响。我还是努力集中精力，努力学习拿到文凭是我人生的一个目标。一会儿我又进入了较好的学习状态。这是一节听力课，老师先讲解了一下我们要听的课文的内容。老师是用英语讲述的。这位老师在美国生活了十年，而且是专门修语言的，所以他的评述非常好听。要听的课文是一篇讲述一个腿有残疾的美国青年坚持步行走遍全美国的故事。下课后，但丁又把我叫到校园的一角。但丁满眼凄伤地看着我。我们在一片草地上坐下。但丁低着头不说话，像个犯错的小学生一样。我看着他，心想原来恋爱中的男人是这样的啊！我的心里像流过温泉一样的宁静温和。我觉得就这样坐着也很幸福。那天的月亮特别圆，有些云在天空飘着，云层飘过月亮的时候，非常漂亮，月亮朦朦胧胧的。月亮在校园的草坪上铺上一层薄薄的银色。微风缓缓地吹着，我的头发轻轻地飘起。我时我想起的一个英语单词soft，我不知道这个词用在这里是不是恰当。

　　"小玉，你还不能原谅我吗？"

　　"不要再想了好吗？"

　　但丁转头看我，抓住我的左手。

　　"你原谅我了是吗？"

　　我看着他，良久点点头。

　　但丁猛地用手拍自己的头，然后跳起来。然后又坐到我身边，使劲搂住我的肩摇着，大声说："小玉我爱你，上天做证，我要用我的生命来爱你。"

　　但丁说完，突然把我拥进怀里。但他没有再做其他的，只是使劲拥着我。我知道他不敢再做其他任何动作了。我就这样被他紧紧地抱着，心里非常满足和幸福。但丁就这样抱着我，嘴里说着许多痴情的话。大概过了十多分钟，但丁终于控制不住自己了。他顾不得刚才反复让我原谅他的事情，开始发疯一样亲我。时间不知不觉过去了很长时间，那天在我几次要求回去后但丁才送我回去。我回到家时已经过了十一点了。

　　尽管我一直拒绝着但在但丁不断地恳求下，大概在一个月后我被但丁带到他的住处。我心里很清楚既然去了就准备和但丁做爱，因为上次在他的住处已经发生了那样的事情。但我在去之前还是反复告诫但丁，绝不能再发生像上次那样的事情，但丁满口向我保证。可我清楚，但丁不可能做到。事实也是这样。但丁怎么可能控制住自己的汹涌的爱情呢？可事后我还是问自己我当时的羞耻心和应有的矜持都到哪去了呢？我看到但丁激动得有些发抖，眼泪再次从他的眼眶里滚了出来。他从头到脚亲吻着我，在我最珍贵的地方亲吻了很长时间。我感觉到他的泪水滚落在我的小腹上。但丁一遍又一遍地对我说，我爱你我的天使。当但丁像弓一样绷直的生殖器进入我体内时，我才真正感觉到性和欲望带给我的那种从心灵到身体的极度幸福，这种幸福姐夫没有这么强烈地带给过我。我情不自禁地呻吟着，脑子晕晕的，意识中不断听到但丁"喔喔"地叫着。

　　也不知过了多长时间，但丁从我身上下来，躺在了我身边，他一会儿拥着我亲吻，一会儿两眼睛痴痴地注视我。从他的眼神中我看到的全是爱情两个字。

　　后来但丁问了一个让我难以回答又痛苦万端的问题。

　　"小玉，你不是处女？"

　　我听了一下子紧张起来，急得心脏突突地乱跳。我看着但丁，泪水盈上眼眶。但丁没再问我，把我拥在怀里，吮掉我的泪水说：

"小玉不管你怎么样，我都爱你，永远。"

但丁并没有像他所说的那样永远爱我。发誓永远爱我的但丁第二天和我约会时我就感觉到他已经不再爱我了。他只是疯狂地亲吻我，然后到他的住处发疯似地和我做爱。

"你不再爱我了是吗？"

我有些心酸地问但丁。我没看他，我怕我的泪水流出来让但丁看到。

但丁也没动，没有像往常那样把我头转过去，深情地看着我，然后安慰我。

"但丁，你不爱我了是吗？"

我不仅心酸，而且身体开始变冷。

"我没法忍受你不是处女这个事实。"

但丁说着痛苦地又有些恨恨地看着我。

"那人是谁？"

我心里发冷。我绝望地看着他。我没法和但丁讲清楚。我说："我是在做梦的时候被人占有的。"

但丁笑了起来。但丁的笑声让我害怕，我脊背阵阵发冷。

"我没想到，我一直以为像天仙一样纯洁的小玉竟然会把谎话说得这么顺畅这么富有诗意！"

我的泪水流了出来，我说：

"但丁，我说的是真话，我没有骗你，真的没有骗你，我是在睡觉时做梦时被人占有的。"

我哭了起来，但我使劲压抑住哭声。

但丁笑得更厉害了：

"那你说是什么时间？被什么人占有的？"

我忽然心里恨起来："你没权知道！"

我的声音不高但很坚决。我说完就离开了但丁的住处。

我走在大街上，凉风吹在我脸上，尽管不是冬季我却觉得这风像刀一样割着我。我知道，我和但丁的爱情如昙花一样谢了。但丁已经离我而去了。

黑暗似一张巨大的网把我罩住。泪水如泉水一样从我眼里滚出来。我快步朝前走着走着。

也不知走了多久，我平静下来。我不想就这么失去但丁。但丁作为一个爱人应该说是非常好，论条件，他家还算富有，他的住房就是他家里专门为他卖的。他是个独子，没有姐姐妹妹。若成婚，我了解我自己，我会对他父母很好，我会让他的父母像对待亲生女儿一样待我，但丁也会像对待妹妹一样爱我的。但丁作为一个青年，还算是有作为有追求的，对待爱情，但丁是认真执着的。可但丁怎么会这么不能容忍我不是个处女，他为什么这么在乎我的过去而不看我们现在的爱情呢！在当今社会还会有这么守旧的男人，这让我真是想不通。我能和但丁解释清楚吗？说清楚了，但丁会怎么看我和姐夫呢？姐夫可是个有社会地位的人。我不想让姐夫一时糊涂犯下的错被让这个世界上任何一个人知道。但不和但丁说清楚，他怎么可能原谅我呢？我只有等待，就是为此但丁真的不再原谅我，我也不后悔。

但丁他在乎这个。一个男人要是在乎这个，那他是不可能容忍他的爱人不是个处女。

"但丁，你为什么是这样呢？"

那晚上我不断地在心里这么问自己。

我睡不着，随意翻看着但丁写的诗，痛苦却并不没有减弱。

海滩

贝壳上闪烁着无数金光的海滩
偶尔的礁石和细沙围绕的海

亘古寂寞的海滩
一些鱼优美的舞蹈
身穿列宁装的姑娘们嬉戏而过
优美的鱼儿回到湛蓝的水中
海滩上传来激昂的
大海航行靠舵手
干革命靠毛泽东思想

湛蓝的海水抚摸着夕阳
妖冶的姑娘们在海滩上
她们的眼光离黑夜不远
最近的一个黑浪
与年代无关

但丁的诗有的我很喜欢，有的一点都不喜欢。就像这首《海滩》。
我又看了但丁的另一首诗。

西门怀普的哀歌

龟裂的土地，远处的沙尘似巨大的黑网罩住长天
像青面獠牙的嬴政的铁骑挥舞着长刀
向大地劈下
乍得湖干涸了

你还和我一起走吗

时间隧道，獠牙的铁骑变成了英俊的小伙子和美丽迷人的姑娘
歌舞升平，老妪那核桃般的脸上刻满了白痴般的喜气洋洋
莺歌燕舞中隐隐夹杂着中世纪的鬼哭狼嗥
冬日的凛冽终于像冰川纪汹涌地来临

你当然不会和我一起走了

的确，你不应该再和我一起走了
因为你已经忘记了你曾经对我说的话了
你的太阳悲凉而渺小
你的自由，你的金色的自由啊！像悠悠深黑的涸井

是的，你应该去寻找你的爱情
美好而艳迷的爱情是多么地让人迷恋
犹如美好而残忍的四月
蕴育着神圣的生灵和那如车站肮脏的小饭店一样的情欲

在我死去的土地里，在我涸竭的思想中

还有多少血气发出微弱的挣扎和呻吟……

　　我还是没完全看明白但丁的诗，题目就没明白。西门怀普是什么意思。那时我本想问问但丁，碰到后，却没有一点心情问他。看完诗，痛苦还在我心里弥漫，我塞上耳机，听起了一直非常喜欢听的当红歌星沙米文的歌：《是谁绝望了我的心》

　　　　是谁绝望了我的心？
　　　　是谁让我的血液慢慢变冷？
　　　　是谁让我的心充满绝望？
　　　　我问苍天，我问大海，我问茫茫众生，
　　　　我却什么也不知道。

　　那段时间我心里一直企盼着但丁会来找我。但但丁没有来。我的心像烧过的灰烬一样充满绝望。
　　但丁再次找到我向我忏悔时，我已经不叫小玉了，人也不是那个纯洁朴实的小玉了。但丁流着泪水向我恳求，向我忏悔。我也真心想原谅他，但又有什么用呢？时间怎么可能倒退？过去的好时光怎么可能重现呢？过去了永远都过去了。但这是后话。

9.姐夫帮我度过绝望之日

我陷入深深的失恋痛苦之中，我把我的痛苦深深地压在心底，白天认真地干活，晚上认真刻苦学习，一有空闲时间就读英语听英语，有时实在痛苦得受不了就出去走走。

姐夫看出了我心情，他问我，遇到了什么事情？我说没什么，我看着姐夫笑笑，但心里却苦得要命。

姐夫忧虑地看着我，眼里流出无穷的哀伤。

"小玉，你一定有事，有事一定要告诉我，我会帮你的。"

"姐夫，你放心，我没什么事，就是太累了。"

我心想，姐夫你真知道了，你能帮我吗？说不定你也会痛苦万端的。

我无法排斥失恋的痛苦，始终郁郁寡欢。表姐问我怎么啦，我说是身体不舒服。表姐怔着脸看我，不行的话去医院让医生查查看。表姐还信以为真了。我笑笑说没事，休息休息就好了。表姐说那你好好休息就没再说什么。姐夫却没那么相信我，在表姐不在时姐夫很认真地和我谈了谈。

"我知道你恋爱了，是不是有问题了？"

经姐夫这么一说，巨大的委屈像山洪一样冲了出来，我哭了起来。几个月来压抑的痛苦，在这一刻全都涌了上来。我哭得十分悲伤，用如丧考妣一点不过分。

"到底是为了什么？小玉告诉我，真的恋爱了？"

姐夫用手抚摸着我的背问。

姐夫的抚摸像给我通上电一样让我浑身激动，这时我内心渴望爱情的欲望汹涌地拱上来，过去对姐夫的感情涌了上来，内里的欲望一瞬间暴发出来。后来我明白这是失恋后渴望感情补充我心灵的空虚啊！我猛地抱住姐夫，亲吻他。姐夫没说什么，也没任何拒绝就把我紧紧地拥在怀里，也深深地亲吻我。我们滚倒在床上。我们亲吻了很长时间，后来我回忆，我们足足亲吻了有十多分钟。我们吻完后都来不及说话就互相脱着对方的衣服。当姐夫像弓一样绷直的生殖器进入我的体内时，我流出了泪水。我绝望地对姐夫说：

"姐夫，你要爱我，永远爱我，我不要求你离婚，但要求你永远爱我。我心里难过！"

我这么说着，心里充满了绝望的痛苦。

姐夫也流出了眼泪，他发狠地说，我爱你小玉，我永远爱你。

我们是流着泪水完成了整个过程。这一让我倍觉幸福、绝望、痛苦的过程，在以后的岁月里经常出现在我的脑子里，并常常伴我度过许多艰难的时候。

这一天我永远都不会忘记，这一天是新世纪第二年的十月二十六日晚上。

后来我们又发疯一样地做了三次爱。但我还是要，仿佛做爱是治疗我失恋创伤的一剂非常有效的药。那时，我真是又疯狂又堕落。姐夫痛苦地看着我说：

"小玉我不行了，我的阴囊很痛。"

我听了姐夫的话，心里真的如刀割一样。我拥着姐夫，亲吻他，心里涌荡着绵绵不绝的爱情和绝望。

之后一段时间，姐夫对我更加关心爱护，一有时间，他就拥抱我，爱我，和我做爱。但丁带给我的痛苦被姐夫的爱情潮冲走了，只留下像浪潮退去的海滩上那浅浅的几乎看不见的脚印一样。只不过心里的隐痛还时不时的在夜深人静的时候泛滥起来。姐夫毕竟不能成为我的丈夫，这是我的永远的悲剧。

后来我无数次在想，上帝是不是就是以这种方式体现他的公平：红颜薄命。上帝赐予我美丽绝伦的脸和绝美的身材，是不是就是要让我充分体验人间的苦难来平衡呢？上帝是不是觉得不这样就不能显示他的公平而失去的他的子民对他的崇拜呢？

这样过了大概有两个多月，我们一有空就做爱，就此互相抚慰心灵。姐夫说，自从他和我爱上后，他和表姐做爱再也不能自如了，做爱时脑子幻想的就是在和我做爱。

我听了泪水又流了出来，我们就这样悲剧地过一辈子吗？我这样问自己。终于有一天，我这样问姐夫，姐夫看着我半天，然后又低下头去。那一刻，我的心很平静，我不知道盼望什么，但我知道，姐夫怎么回答我都会接受。就是姐夫真的作出选择我的决定，我也不会同意。我怎么也不能破坏我的恩人表姐的幸福。我只是因为痛苦才又重新喷出对姐夫的爱情。但我坚信，我很快就会退出来的，尽管是形式上的。

姐夫没有回答我，而是把我紧紧地拥在怀里。

为了彻底摆脱但丁的影响，我上夜大下课时总是让姐夫来陪我。姐夫有时没空时，表姐就来接我。每当我挽着表姐的手臂时，我心里便充满了内疚，这时内疚像无数的小虫在咬着我的心壁。可到了姐夫来接我时，我又会情不自禁地搂住姐夫，像恋爱中的情侣一样亲吻他。这时我就说，姐夫，你要对表姐更好些，比对我好十倍二十倍，这样我才会安心。你只要有十分之一的心爱我，我就够了。我这么说着凄苦的泪水便会滚滚落下。这时我都转过头去，尽量不让姐夫看到。

这样畸型的恋情就这么在我的身上悲剧地演着。我不能自拔，姐夫也不能自拔。本来但丁是可以拯救我的，可以让我走出泥淖的。可是，世上的很多事情都是有他的内在逻辑联系的，因为姐夫强暴了我，导致了我不是处女，不是处女就没能让但丁继续爱我，给我心理上造成伤害。接下来会怎么样呢？我真不敢再想下去。我的不幸的起因是姐夫对我的强暴。有时在夜深人静时，我躺在床上怎么也睡不着，可奇怪的是我对姐夫还是恨不起来。在一个屋檐下就这么一男一女，男的是一个非常健康正常的人，女的是一个美丽绝伦的姑娘，而且又相处了那么长时间，互相间都有了感情，这个男的怎么会不产生一次一瞬间的冲动呢？

　　我为什么要长得这么美丽呢？有时我竟会问出这么个奇怪的问题。有时我又会想这样的逻辑问题，那时国家好好的为什么要把城市的知识青年下放到农村去呢？妈妈如果一直在城市生活，正常的结婚，生儿育女，我想我就不会这么漂亮。因为妈妈和少数民族的爸爸相爱结婚，从优生优育的角度上讲，血源越远的人通婚，子女越聪明漂亮。漂亮并不一定会造成灾难，在父母身边，在正常健康的环境中生活，自己正常的学习做人，一般也会正常的成长。而所有这些我都不具备，我为了回到塞壬市，就不得不离开爸爸妈妈，我的漂亮就给我带来了苦难。

　　我在难以平静时就强迫自己看书。葛拉西安的《智慧书》是姐夫推荐我看的。我觉得写得非常好。葛拉西安在谈到做人要完美时说：

　　"人非生而完善。你要每日德业兼修，不断进取，最终成为尽善尽美者，使你秉性圆满无缺，声名显赫。凡完善之人有如下特征：趣味高雅，才智精纯，意志明晰，判断老练。有的人永远难以臻于完美，总是缺点什么。另外一些人则需要很久的时间来修养才能初见成效。凡臻善臻美者总是言语明智、行为谨慎、小心翼翼的，上流社会总是愿与之结交，乐与之为伍。"

　　说的多好啊。葛拉西安是个17世纪西班牙教士。他说得多透彻啊！我要努力完善自己，我想一个健康完善的人总是会有人爱的。

　　我更努力地学习。才一年我的学分已经考出了百分之八十。我很高兴，非常非常高兴。这高兴淹没了我的痛苦。

10.撞上表姐

每次姐夫来接我，我都情不自禁地亲吻他，有时大街上都有人我也不管。但这天终于被表姐撞上了，可是善良的表姐竟然相信了我的弥天大谎，让我度过了难关。

那天晚上，圆圆的月亮高挂在天宇，温柔地铺洒着一片银色。想到快要毕业，快要拿到这所全国著名大学的文凭了，我心里涌满了喜悦，心境也像这高挂的皓月一样亮堂。一下课，我不顾周围不远处还有同学就扑到站在路边树荫下的姐夫身上，亲吻他，激动地说我爱你。姐夫也热情地回吻我。那天，表姐在医院加班晚回来，顺道也来接我。正当我搂着姐夫说我爱你时，表姐的话音如惊雷在我耳旁炸响：

"小玉你怎么啦？"

表姐的话音不高，却把我吓得腿直发软。我猛地从姐夫怀里弹出来，惊慌地看着表姐：

"我，我……"

我说不出话来。表姐是个极有修养的人。她看看我，又看看姐夫，轻声说：

"先回去吧。"

这时我的机智忽然暴发了出来：

"表姐，你别误会，刚才，我出来时有一个男的，从黑暗的花园向我冲过来，我害怕极了跑出来就——"

"小玉，"表姐笑着打断我，"先回去吧，别人都在看呢。"

回到家，表姐从冰箱里拿出一瓶可乐在客厅沙发上坐下，表姐喝了一口然后看着我又转头看看姐夫。我看到表姐的表情，平静而严肃，脸色有些苍白。我又看姐夫，他麻木地站着，我没能看出什么表情。我慢慢地走到表姐的跟前，蹲下，我看着表姐，用手摇着表姐，泪水流了下来。

"表姐，你要相信我，那个男人从花园里出来一路跟着我，我吓坏了，一出来我看到姐夫就，就……"

泪水更汹涌地滚出我的眼眶，仿佛表姐真是委屈我了一样。

我想，从那一刻开始，我可以当演员了。后来从这件事情上我还领悟到了为什么说要当好演员一定要有生活的积累。

表姐看着我重重地叹了口气：

"好了小玉，别再哭了，事情清楚了就好了，别再难过了。以后路上当心点。我有空去接你。"

我猛地把头埋在表姐的怀里恸哭起来。我的善良的表姐啊！我在心里叫着，悲哀痛悔快把我的心给咬碎了。我哭得更加厉害，我为自己的不幸的爱情，为善良美丽的表姐。

"好了小玉，别再哭了，否则小美人的眼睛要哭坏的。早点睡觉，明天还上班呢！"

表姐温暖的手抚摸着我。我下定决心，一定要和姐夫了断爱情。

第二天，我给姐夫打了个电话，我说，我们别再这样了。这样太对不起表姐，也总有一天会被表姐发现的。

我挂下电话时，泪水大串大串地滚落下来。温暖的初秋之风吹来，我却感到像刀子一样割着我。

11.刘经理推荐去奥利克

我到"九里天"饭店才几个月，生意比以前好多了，我明白，很多回头客都是冲着我来的。刘经理非常高兴，在各种场合表扬我。工资加了比别人多，虽然，工资也多不了多少。这自然会引起其他人的不快和嫉意。我明显地地感觉到了大家对我的冷落。我心里有点难过，但想想他们这样的反应也是正常的。我就在工作上做得更加好些更加多些，做人上更加谦虚些，还主动和大家说说话。为了更好地处理好和大家的关系，我和那个威信较好的领班认真谈了谈，沟通思想。我对她说：

"我一个人到塞壬很不容易，现在能找到这份工作我很珍惜，所以，我对工作是全心全意地投入。我总是想，要把工作干得好上加好。我们每一个人都做好了，我们饭店就会越来越好。我不像你们在这个城市长大，有退路，我是什么退路也没有。所以，我必须珍惜每一个机会，认真把握每一次机会。与人为善是我的天性，我不会去伤害任何一个人，我愿意和任何一个在我的人生中遇到的朋友同事保持良好的关系。因为我认为，在人生的过程中，遇到的每一个人都是一种缘分，我非常珍惜。请你相信我好吗？你若相信我，就请在工作中帮助我，我非常非常感谢你。你若愿意，晚上我请你吃饭。"

她大约被我的话感动了。她搂了搂我的肩说："小玉，我们大家都很喜欢你，你若相信我，我想以后大家会比以前更喜欢你。以后有什么困难，就告诉我，我会帮助你的。"

我听了心里非常感动，眼里竟然盈上了泪水。

生意好了，刘经理的脸上多了些喜色，有时她会悄悄地塞给我红包。多则一千，少则五百。刘经理从其他方面也很关心我。她知道我已经拿到了外语夜大的文凭，英语又考出了八级，计算机也已经掌握了许多知识后对我说："小玉，你在'九里云'干得很不错，我也很欣赏你，但你在这里一直这么干下去有点屈你的才了。你看，你想不想到更好些的地方去干？"

我有点惊愕地看着刘经理："经理，我没有出什么错吧？"

"没有没有，小玉你多心了。我是为你的前途考虑，你英语这么好，还在学日语，计算机也会，而且人长得这么漂亮，大公司里非常需要你这样的人才。你若不想去就在我这儿干下去，但工资是加不上去的，除非我们'九里云'的经营上去了才能加些工资。但你在塞壬，你要想法挣钱，你以后还要买房子，这都要钱。而在'九里云'你是不可能买到房子的。你若同意我的观点，我就把你介绍给我的一个朋友，他是一个大公司的总经理，人品非常好，不好色，"

刘经理说到这儿停住了，笑了笑，认真地看着我：

"这点你放心，"她接着说，"你到那儿可以发挥你的才干。钱也比在这里挣得多。"

我心里非常感动，刘经理和我萍水相逢，却这么热情地对待我。泪水盈上我的眼眶：

"经理，我谢谢您。我一定不辜负您的期望，认真做好工作。"

"我了解你，你一定能做好。"

刘经理说着抚摸了一下我的背。

表姐知道我要到中外合资奥利克时装公司工作时，非常高兴，第二天下班她就替我买了一套庄重而又时髦的时装。我惊喜地瞪大眼睛，心里涌满巨大的喜悦，但是一瞬间内疚把我的高兴和喜悦淹没了。

表姐让我试穿时我有些像木偶似的，任她摆布。

"真好看，非常合适，"表姐说着看看大镜子，她看到我的表情时说，"怎么样小玉？觉得不好？"

"没有，表姐，很好看，我很喜欢。"我说着笑了笑，"表姐你对我真是太好了，你这样要把我宠坏的。"我说着，泪水盈上了眼眶，"以后我一定要报答你和姐夫。"

"小玉看你说的。唐平你过来！你怎么回事？小玉这么大的事情你一点都不关心？你看看小玉穿这身衣服去奥利克上班怎么样？"

"好好。"

姐夫看着我连声说好。

"小玉你真是个尤物啊！我看小玉可以当中国小姐。"

听了这话我看了姐夫一眼。我意识到自己的失态，马上拥住表姐："表姐是个男的就好了，我就嫁给你。"

表姐有些吃惊地看着我，有几秒钟，然后笑了："小玉，你现在也会讨好人了？但是小玉，恋爱问题先别考虑，把工作做好。工作做好了，以后一定会有很幸福的归宿的，唐平你说是吧。"

我脱下衣服后，表姐又说："小玉，你一定要小心再小心，太漂亮不见得是件好事。有句老话叫作红颜薄命，漂亮的女人自己一定要当心再当心。"

表姐边叠衣服边说，她说得很随意。我听了心里有些别扭。可我当时怎么也不会想到表姐很随意的一句话却成了我悲剧命运的谶言。

当天晚上姐夫很认真地和我谈了一次。姐夫盯着我郑重地说："到了公司首先要努力工作，多做点多花点时间多辛苦点没什么关系。不要计较自己的得失，工作时要切忌浮躁，处理事情一定要谨慎再谨慎，做一件事情要把可能出现的后果想明白，越仔细越好。遇事一定要多请示，请示之前自己要有对这件事情的处理意见和想法，以便让领导决策。要有一本记事本，把当日及今后几天要做的大事记下来。每天晚上看一下第二天要做的事情，领导布置的任务要记在本子上。对于做得不得体或者不是很好的事情要总结经验，切忌犯同样的错误，领导是最反感重复做错一件事情的。总之要开动脑筋做工作。"

姐夫说完用力捏了捏我的手，并摇了摇，眼睛看着我，充满着希望和爱情。我也盈盈欲滴地看着姐夫，我几乎快哭了，我很轻地说："我爱你。"

"我也爱你。"姐夫也轻声说。姐夫说完做了个停止的动作。

这是我和姐夫第一次在表姐在家时这样表示爱情。这时表姐正在卫生间。

晚上睡觉前我想了很长时间第二天和周总见面时怎么说话。

12.初试锋芒

第二天我在刘经理的陪同下和周总见了面。

和周总的见面让我感到那么平淡，以至于我昨晚的想象和准备都成了多余。我和刘经理被总经理女秘书小林引进办公室时，周总站起来，微笑着向刘经理问好，然后做了个请我们坐的动作。我坐下时感到忐忑不安。这是我第一次走进这么大气这么豪华的办公室。我有些紧张地看着周总。

小依为我们倒了水，退了出去。

"周勃，哈小玉是我看重的一个人才，你一定要善待她，认真培养她。"

周总笑了起来。周总的笑很大气很迷人。他转向我："小玉小姐，你喜欢干什么？"

我看了看刘经理，刘经理用鼓励的眼神看着我。

"我还不知道我适合干什么，听周总安排，但是请周总放心，我干什么都会努力的。"

周总微笑着看我，他又转向刘经理："刘枫，你看这样行不行？她先在总经理办公室。等熟悉一段，再另行调整。"

"这就由你周总定了。"刘经理非常郑重又有些严肃地说，"不过小玉是个人才，周总一定要重视认真对待。"

"你就放心吧刘枫，"周总又转向我，"小玉小姐，从明天起——"

"周勃，你别小玉小姐小玉小姐的，以后叫她全名或者叫小玉，你要从心理上认可她，信任她。"

周总尴尬地笑了。

"哈小玉，你从明天开始到每个部门去干三天，之后给我写一份报告，谈谈你对公司的感受和想法，写什么都行。"

我点点头。

"周勃，你工资开她多少？"

刘枫那么直接的问话，让我都觉得非常惊讶和有些过分，我有些不好意思地低下头。

"刘枫，你放心，我不会亏待小玉的。"

周勃转头看了我。我莫名地脸红了，自己都感觉到了脸上火辣辣的。

我开始在公司各部门熟悉。同事们对我挺热心。我看得出女同事是那种礼貌的热情，男同事则大部分是那种真诚热心，还明显地带着爱慕。

但那种见漂亮姑娘就套近乎的男同事几乎没有。后来我明白这就是大公司职员的素质或者说工作纪律使然。

近半个月后，我开始写报告。这篇报告怎么写，我当然有自己的想法，但如果写得不合周总的胃口那就是失败。我首先想到去征求刘经理的意见。刘经理在电话里沉默了一会儿说：

"你先要对公司有一个整体看法，然后写写对公司目前状况的评价分析，这里面一定要谈谈你看到的公司的不足和建议，还要谈谈对中国市场的认识，最后谈谈对公司前景的看法和你的设想。这些建议和设想不要仅仅局限在公司目前经营的范围内，还可以谈谈公司开拓新的领域的可能性。这部分你要有自己的独到看法。这部分可写，若自己还没有具体的想法，不写也没关系。这只是我的看法，仅供你参考。周总是个很务实的人，报告里虚话一定要杜绝，篇幅一定要尽量控制，能一百字说明问题了，决不要写一百多一个字，只要能说明问题，越短越好。我建议你不妨找一个奥利克公司的老职员，听听他的意见。"

我想到了经营部的经理李可。我在经营部那两天，李可对我挺好，主动把公司经营方面的事介绍给我，还对我说，哈小玉，干什么事都不用怕，只要认真，就是毛主席讲的，"世界上怕就怕认真两字，共产党就最讲认真"。李可说得很认真。我都差点笑起来。后来他问我，你是共产党员吧。我笑笑说不是。不是也没关系，用共产党员的认真精神来对待工作那再难的工作都能做好。李可一脸严肃。对李可的幽默我心里真想笑，但还是忍住了。我说，李经理，你真幽默。哈小玉，我不是开玩笑不是幽默，是告诉你一种最有效的最好的工作方法和工作态度，这是我工作那么多年来最有价值的经验。你若认真听了，并且这么做了，那一定会什么都好的。

那天下班前我来到李可的办公室："李经理，晚上有空吗？"

李可抬起他那秃前额看着我。

"我想请李经理吃饭。"

"有事吗？"

"吃饭时说吧。"

"不会是鸿门宴吧？"李可认真地问。

我使劲憋但还是没憋住笑。

"是鸿门宴。"我笑着说，"下班后我在门口的一见喜饭店等你。"

李可很认真地谈了他的看法。他也同样告诉我刘经理提醒的那一点：周总是个很务实的人，报告一定要有自己的观点。李可还把一些他对市场的分析资料给了我。我接过李可的资料，心里暖暖的。

我用了三个晚上，每天写到夜里十二点，反复看了四五遍，终于定稿，其中对公司的设想里，我谈到了公司应该向时装领域开拓，因为中国时装市场远没有发展起来。

二天后，周总把我叫到办公室。一路上我的心扑扑急跳，上楼梯时腿都有些软。后来，在我接受过判决后，我才明白当时的心情就是接受判决的心情。

周总让我坐。我紧张地坐着，心脏都快从嗓子眼里跳了出来。

"看你的脸色知道你这两天熬夜了。"

周总停住说话，看着报告，表情十分严肃。我紧张得身体开始发冷。

"报告写得不错！"

我长长地吐出，绷紧的精神顿时松了，脸上露出笑意。

"有观点，有设想，对公司的问题一针见血。很好。以后努力工作。"

　　我心里涌起一股巨大的潮涌。我的脸激动得通红。

　　"谢谢周总鼓励。"

　　周总端起杯子喝了口水，看着我仿佛在看我有多重似的，上下扫了我好几遍。

　　"我希望你能为我们公司做出贡献。听刘枫说，你已经夜大毕业了，英语现在到什么程度？"

　　"基本能听懂BBC和美国之音。"

　　实际上我已经能完全听懂了，但，我觉得在周总这样的领导面前，低调些或许更好。

　　周总有些吃惊地看着我，打开抽屉，又关上，抬头认真地看着我。

　　"口语怎么样？"

　　"没和人对话过。但我觉得还可以。"

　　"就夜大学了几年英语？"

　　"是。以前在边疆学的英语几乎等于没学。"

　　"太不可想象了。"

　　周总还是吃惊地看着我，我明白周总的吃惊中蕴含着一些不可信。这时我却出奇地自信。

　　"周总，这几年里，只要有可能，公车上，等车时，我都在学习英语，看听原版片。"

　　"好，小玉，我找个人马上和你对话，别紧张，我只是让你实践一下，你不要有任何压力。"

　　周总说完就翻出电话拨了出去。我的心再次紧张起来，但想到周总的和蔼态度，我的心稍稍放松了一点。

　　周总在电话里说明了意图，就把电话递给了我。

　　我直接就用英语开始了对话。我自己都没想到我的口语会这么好。

尽管在对话过程中还是会停下来想想再说。我越说越流利，越说越有信心。我把对话的内容从公司转到了自己的爱好上，又从爱好转到了看过的外国电影上。这样，对刚看过的电影我记忆犹新，自然说出很精确。说了五六分钟，我说，或许周总还有事，我就把电话给他好吗？对方同意后，我就把电话递给了周总。

周总听了一会儿后收了电话，脸上严肃而充满期待盯着我，良久说："小玉，公司的那个英语翻译马上要出国定居了。我正准备到塞壬外国语大学去招一个呢。你可以为公司减少一笔开支。你这么漂亮，和外国客商打交道，公司的第一印象就是满分了。"周总更加严肃而又庄重地盯着我，"我对你充满期待。"

"周总，我一定会努力的，我一定会干好的。"

我很激动，脸发烫。我真的要感谢姐夫了，是他坚持要我看英语原声电影和听英国BBC广播，否则我哪来今天的机会。

周总用力挥了一下手，走到窗口，望着远处的塞壬河。

我还在激动着，虔诚地看着周总。

周总对着窗口说："你当翻译之外，还要熟悉公司业务，思考问题，找问题，类似智囊团成员，就是要为公司的发展出谋划策。"

我有些吃惊地看着周总。

"还有谁？"

周总用手点点我说："目前，就你一个。"

我严肃地点点头。

"小玉，你现在还住在你亲戚家里吧。"

我点点头。

"公司的工作很多，有时晚上经常加班，很晚回去，这样会影响你亲戚家人的生活。"周总从抽屉里拿出一串钥匙，"这是公司附近一套房的钥匙，你先住着。"

"不不，周总，"

我紧张地看着周总，同时心里闪过一丝不安。

周总和蔼地看着我，仿佛看透了我的不安。

"小玉，我想你自己住总是比住亲戚家方便些，是为了更好地工作，不用担心。拿着。这也是刘经理的意思。"

周总说是刘经理的意思，我大感意外，刘经理对我真好啊！我接过钥匙，心里七上八下的。同时，我有种遇到贵人的感觉，刘经理和周总。

"周总我可以走了吗？"

周总从抽屉里拿出一样东西。

"这是给你用的。"

我一看是手机，心里激动得发烫。我曾多次在手机店里看过，但最终还是没买。这是一部诺基亚最新款手机，样式很好看。商店里六千多元一部。后来我才知道这是周总亲自到电信商店替我挑选的。

"你现在的职务是策划和翻译。下次印名片时加上翻译。"

周总说着又从抽屉里拿出一盒名片。我接过名片，心想周总多细心啊！我想一定要为公司做出成绩来。

"这是你这次写报告的奖金。另外，从这个月起，你结束实习期，你的月工资增至三千五百元。我会在经理会上把你的报告人手一份发给他们，让他们都看看，并宣布你加薪的事情。我要让每一个员工都明白一个道理：努力工作有成绩，我一定会奖励的。"

我满脸发烫地看着周总，我感觉泪水盈上眼眶。

13.大获成功

我没想到我的生活会突然灿烂起来，就好像清明的梅雨天气，忽然开出了太阳。我的心情也像晴朗的天气一样明亮而舒畅。我知道是周总、刘经理像太阳一样驱散了我心里的阴霾。

周总对我显然很重视，这可能是刘枫和周总关系很不一般的缘故。但我想，首先是我自己有能力，是自己努力勤奋。我心里涌满了对周总和刘经理的感激。

周总给我一个人一间办公室。我把办公室收拾干净后便开始工作。我心里充满干劲。我想，周总刘经理这么信任我，我得好好干，我一定要加倍努力工作，干出点成绩来报答他们，绝不辜负周总和刘经理对我的期望。

我按照李可的指点，先从公司的经营入手。可很快我对时装设计产生了兴趣，我想我或许可以在时装设计上为公司做点事情。我到设计部向方设计师借了一些时装书及美国意大利法国英国等国家时装杂志，然后，自己学着在电脑上设计。每天晚上我都要看一两个小时的时装杂志。我不是那种浏览闲阅，而是在看的时候不断地问自己，他们的设计有什么可改进的？我设计这套时装会是什么样子？我应该怎么设计？我依然坚持每天听一个小时的BBC广播，或者看一部原声电影。并特别注意看一些商业英语，尤其是时装方面的。我准备着随时跟随周总当翻译去。

那本名叫《汤泥森》杂志上的一个模特儿的夏装让我的眼睛一亮：一头巴黎式发型，那披肩发，自然、舒展，华丽而不俗气；一件银灰色无领西装，线条明朗的组合，大方、飘逸；一条咖啡色方格花案粗呢布制作的裙子，一双白色高帮牛皮靴。简洁协调的点线面，既有巴黎时装的时髦又有纽约时装的大方洒脱，充分显示出衣着特点：聪颖而不轻佻，优雅而不炫耀，风格独特而不过于雕琢。

我怔怔地看了半天，眼睛都发直了，心里是激动和想创作的冲动。

为了使自己的眼界更加开阔，我每天下班后都到南京路的时装店和几个著名的商店看时装，电视里的那些国外时装节目，我都认真看，以增加自己的见识和经验。每天晚上我都会在电脑上设计两个小时，像做作业一样，把自己一天来对时装的想法和心得表现在图纸上。

人一旦专心投入到一项工作中，那一定会在这项工作中取得成绩。而且周总这么器重我，周围的环境这么好。尤其是我，父母血缘非常远，智力自然要更加高些，我的聪明才智这时才充分地发挥出来。我有些无师自通地设计出了很多套时装，自己觉得非常满意。我非常想给周总看看，但又不敢拿出去。我每天设计出很多套时装，我的设计图纸越来越多。我设计时配色十分大胆，按照传统的观念很忌讳的两种颜色，我也敢大胆地配在一起，配出来后我觉得非常醒目而漂亮。如果说人有灵感，我相信，我那时在电脑前设计时装时就充满着灵感。

那段时间我对时装设计可以说进入了一种疯狂和痴迷状态，公寓的两间房里全是打印出来的时装图纸，我的办公室里也全是。每天看电视台里时装表演时，我非常认真，还做些笔记，记下自己观看时的一些感想。

表姐和姐夫来玩，看到了我的情况很高兴，我看得出他们是一种由衷的看到我有出息的高兴。但姐夫没说其他的话，只对我说，英语还是要每天接触的，英语一不接触就会忘，忘了非常可惜。

"不会的姐夫，每天我都要抽出一两个小时学英语。公司里还指望我在和外商谈判时当英语翻译呢！"

姐夫吃惊地看着我，说："那你应该把重点放在英语上。"

表姐则对我说："小玉，你行啊，以后成了大设计师，可别忘了你是从我那儿发迹的啊。"

之后姐夫和表姐都认真地问了我房子的情况。我如实说了事情的经过。但他们似乎还有些不放心。我把周总的为人对他们讲了。姐夫让我一定小心，现在好男人真不多。

"小玉，你去把锁换掉。晚上睡觉一定要把门铁链挂上。"

姐夫坐在沙发上自言自语说："现在有几个猫不吃腥呢？"

我看着姐夫不太明白他的话。姐夫有些忧虑地看着我。

尽管我在总经理办公室，却很少能和周总说话。周总几乎不到我的办公室来。其他人也不来。我的办公室里终日很安静，这倒非常有利于我的学习工作和设计。除了吃饭，我全在房间里待着，琢磨着设计书，一会儿在电脑上设计着，一会拿过复印纸用铅笔唰唰地画了起来。有时窗外雄伟漂亮的大楼都会给我带来设计上的冲动，我会马上在电脑上设计出一套很奇特很有性格和新意的时装。这时我会激动得使劲用右拳击打自己的左手掌。房间的地板上全摊着我设计的时装图纸。

那天我接到刘经理的一个电话，我很意外很吃惊更是激动，我在电话里突口而出：

"刘经理我非常想你。"

刘经理问了一下我的情况后说："你最近是不是一直关在办公室里？你这样什么动静也没有不行啊，你要有动作让周总看到啊！"

"刘经理，我忽略了这个问题。我最近是一直在办公室里，但我在设计时装，"我忽然兴奋起来，"刘经理，我设计了很多很多时装图纸，我觉得非常非常漂亮，真想拿给你看看，真的很有新意很有性格，若这些设计能成为时装，那一定非常非常漂亮，一定会有市场，一定会在塞壬市火起来。这些天，我除了吃饭睡觉，都在琢磨设计衣服，我非常非常喜欢。"

"噢，什么时候有空我来看看。哎，小玉，这些设计你没给周总看吧？"

"我不敢给周总看。"

"小玉你听着，不管设计得好坏，你都得让周总知道，要让他知道你在努力工作。"

第二天，从来不到我办公室来的周总敲了我办公室的门。

"请进。"

我不知道是周总边说边盯着电脑。

周总进来时我也没抬头。好一会儿也没动静，我抬起头，一看是周总，我马上站起来，心里一慌碰翻了桌子上的水杯。我急得脸上发烫，边擦桌子边说：

"对不起周总，我太毛躁了。"

周总笑笑没说话，又在看我的时装图纸。看了一会儿抬头冲我赞许地点点头。周总走到电话边打了个电话：

"王纪品吗？我是周勃，你有空的话到2808来一趟。"

王纪品是公司的时装总设计师。

周总打完电话，又给刘枫打了个电话。

"刘枫，哈小玉设计的时装，你什么时候有空来看看。"

刘经理在电话里说了很长时间，直到王纪品来了周总才挂断了电话。

"王总，这是哈小玉设计的时装，你觉得怎么样？我觉得非常有特点。从今天起，哈小玉就和你一起搞时装设计，你看怎么样王总？"

"好好。"

王总脸上闪过一丝难以察觉的窘迫。

"有一点我先说给你们两位，俗话说，一山难容二虎，但我就要破破这个陋习，希望你们精诚团结，为我，为奥利克的辉煌努力工作。从今天起，哈小玉你就是总设计师，我们奥利克有两个总设计师，但是行政上事情哈小玉你要以王总为主。"

王总的脸上泛出尴尬。但他很快恢复了平静。

我激动得不知道说什么，我看着周总，眼里一定是晶莹闪亮的。我转向王总，说：

"王总，请您以后一定多多帮助我。"

"互相帮助，互相帮助。"

王总脸上露出谦虚的笑容。

"对，你们要互相配合，形成合力。设计上你们要各自发挥自己的天才，可以互相讨论，但我以为，设计时装完全是个人的创作，就像文学创作一样，完全是个人的行为。"

周总和王纪品走后，我激动得坐在椅子上半天也没动，脑中过滤着刚才周总这么闪电般带给我的幸福。我激动着，心里潮水般涌荡着甜蜜。那时我最想做的就是找一个人好好倾诉一下心里那不可遏止的快乐甜蜜和幸福，让他或者她分享我的幸福和快乐。

我首先想到的就是周总。我想了一下决定请周总吃饭。我拿起电话，但又放下了。我这样妥当吗？周总有空吗？即使有空他愿意和我一起吃饭吗？我心里有些胆怯。我放下电话。但想请周总吃饭的念头还是顽强地在我脑中冒了出来。我为自己鼓劲：周总认可你的才能，你要勇敢些。再说了，周总这么帮我扶持我，我也得感谢他呀，否则不是说明我太不知礼数了吗？

下班前我给周总打了个电话。我本想到他办公室去邀请的，但我不想让秘书小林看到。我拨号码时心里忽然虚了起来，心脏突突地急跳。当周总在电话那头说哪位有什么事时，我头上的汗都出来了。我结结巴巴地说出了自己的想法后，周总在电话里想了一会儿，说，好吧，六点你在先农酒店等我。我在电话里就哇地叫起来，谢谢周总。放下电话我在办公室跳了起来。

我赶紧掏出装饰包，对着镜子看了起来。这完全是下意识的。事实上我买了这装饰包后还从来没有用过。我把头发梳理了一下，重新擦了点口红。我看到自己脸色红朴朴的。我自己都觉得非常漂亮。我去酒店的路上心情特别好，就像被春天温暖的阳光照着一样。

周总准时来到酒店门口，他一进来，我便迎了上去，心里的高兴溢在脸上。周总一进来，酒店的迎宾小姐立刻迎上去，亲热地说，周总您好长时间没来了，给您安排在悉尼厅好吗？

周总对迎宾小姐说谢谢。看到周总对服务小姐的礼貌和谦虚，我心里产生出另一种尊敬。

待小姐出去后，我激动地看着周总，说：

"周总，你能来我真是太高兴了，我知道周总除了年终和员工一起吃饭从来不参加员工的聚会，谢谢你周总。"

周总笑笑，但很快又恢复了严谨。

"本来确实没空。"

"周总，我从心底里感谢你对我的培养和重视。真的，到了你这儿后，我觉得非常开心，觉得自己有使不完的劲。"

"你确实很优秀小玉，我相信你能干不出成绩出来的，来，为你的勤奋工作和敬业精神干一杯。"

我看了看小半杯干红，干了。我替周总把酒斟上，然后有些紧张地坐着。

"尝尝，这儿的菜做功很不错。"

周总用公筷夹了鲥鱼。我忙说谢谢。

"小玉，我希望你能像奥利克公司的每一个员工一样充分发挥自己的才能，为公司的发展出力。"

"我一定会的，我会把公司当成自己的家。"

"好，就要把公司当成自己的家，只有这样才能出色。"

我一时无语，只顾着吃菜。

"小玉，我们快吃，我一会还有个重要的约会，不能不去。"

我才明白周总推迟了晚上的应酬专门来和我吃饭。我很感动。那晚上我回到住处真的非常快乐，整个晚上我一直哼着小曲。

王总尽管当初对我的升迁有些不快，但很快就没事了，而且全力支持我帮助我。我至今都非常感谢王总的大度和真诚。在王总创造的良好氛围下，我的第一套系列时装设计出来了。周总看了后非常满意，决定以我的设计为主专门搞一次时装展示。这是对我设计成果的最好肯定。王纪品和我用力拍了一下手掌以示祝贺。

制衣厂加班加点地在做我的时装。当我穿上自己设计的时装时，我看到大镜子里的人真是太美了，人美，时装更美，更有特色。我看着镜中，对自己说，哈小玉，你的第一次亮相一定会成功。

奥利克时装模特队在公司顶楼的大厅里加紧排练着，准备在新世纪广场有个精彩出演。在排练结束时周总来了。他看了最后一遍排练后忽然对我说："小玉，你去。我觉得你走上T型舞台一定非常动人。"

"我？"我吃惊地看着周总，"我从没有走过时装步，过去只跳过一些边疆舞。"

上T型舞台的可不是闹着玩的，新闻界时装界都很关注，甚至有的大导演也会关注T型舞台上的佳丽，不是有不少模特儿走进银幕了吗？我不是想入演艺界，只是觉得上那么重要的T型舞台，一定不要丢奥利克脸。而这次更重要，是我自己设计的时装第一次公开亮相，这次演出还关系到公司产品的市场效果。我不能想象自己可以走在T型舞台上。

"小玉，你行，凭我的感觉你一定能行，我相信你。"

周总说着眼睛像下达任务一样看着我。我在慌乱和不知所措中接受了上T型舞台的任务。

要上T型舞台后，我每天晚上非常认真地看电视机里时装模特儿的走步，并自己对着大镜子走，寻找感觉。我忽然觉得，我能行，我能走好时装步。我然后更强烈地在想，一定会在T型舞台走红。

时装队的肖老师看到我走得这么像回事，吃惊地看着我，问我：

"你以前走过T型步？"

"没有。"

老师看着我嘴里喃喃地说，真有天分。

听了老师的评价，我非常激动，脸颊都因为激动而发烫。我快步走向周总，心里莫名其妙地产生想拥抱周总的欲望，而且还非常强烈。我的意识指挥着我去拥抱周总，就在我走到他身边张开手臂准备拥抱周总的时候，我的脑袋仿佛被人猛拍了一下清醒过来。我张开的双臂立刻用劲拍了一下，然后用成功后的热烈眼神看着周总。

"小玉，你真不错，我的感觉不会错。"周总这么说着，脸上的表情依旧严谨。

那次新世纪广场的时装演出盛况空前。之前连着两个月新闻媒体电视上都做着广告，我的两张照片也在广告上不断出现。广告不断介绍说又有一个模特儿新星将在仲秋的新世纪广场和大家相遇。我那两张照片清纯而美丽。这是周总专门请来塞壬市最好的摄影师照的。我自己看了心里都充满骄傲和幸福。这种骄傲和幸福一直充盈着我，直到我走上T型舞台。

我上舞台前没有通常新手初登舞台的那种紧张，我心里充满着自信和一种展示自己才华的渴望。这是我近段时间来呕心沥血的成果啊！后来很长时间我都非常奇怪，我一个从来没上过这么重要的有那么多人都瞩目的T型舞台第一次上去竟然就那么沉着自信。当我走上舞台时台下面忽然变得安静了。我款款地走着时装步，眼神充满微笑地望着观众。这时肖老师忽然用话筒对观众介绍着，就像电影中的旁白一样。

"这是奥利克时装公司的总设计师哈小玉小姐，这里展示的全是设计师的最新理念。整个设计既有巴黎时装的时髦又有纽约时装的大方洒脱，充分显示聪颖轻松，优雅高贵而不炫耀，风格独特而不过于雕琢的设计风格。"

在肖老师的解说中，我走得更加自信从容，脸上充满微笑，眼光缓缓地扫视着观众。大厅里顿时骚动起来，照相机的闪光灯从我走进舞台一直闪到我走进幕后。我在走到T型舞台的顶端时，我的转身漂亮而缓慢，动作高雅而迷人。我甚至下意识地对观众做了一个飞吻的动作。台下是更大的欢呼。

T型舞台上从来没有人做过飞吻动作。这会让人觉得我有些轻佻。但是我确实是情绪所至。我走进幕后，肖老师对我说真棒，周总少有地和我击了一下掌。他脸上充满成功的喜悦，那晚上周总脸上的严谨被兴奋取代。

我迅速走进更衣室换衣服。有一套室内睡裙时装是用透明真丝做的，周总让我穿的时候要我里面全裸，她说这是卧室服，就是要展示这个效果。他这么说着看着我。我知道周总是担心我不会愿意。我看着周总犹豫着。周总说：

"小玉这是美，美是神圣的，是崇高的，这一定也不邪恶。再说你这么美，就是让全世界看到你的裸体也是一件美好的事情。要快决定，马上就要上了。"

我一咬牙，迅速走进更衣室开始脱内衣。

当我穿上这套如蝉翼一样透明睡裙再次走进T型舞台时，整个大厅一片寂静，闪光灯在音乐的伴奏下咔嚓咔嚓地响着，我也越走越从容，越走越感到表演得非常好。我的脸颊发烫。尽管我的私处可以说是清晰地展示在观众的眼前，但我并不觉得什么，我对自己说这是艺术，这是美，尽管有点色情的成分，但这应该在卧室穿的，现在只是在作商品展示。

所有的观众都静了下来。整个大厅出奇地安静，仿佛一根针掉地上都能听到声音。摄影师的闪光灯不停地闪着。我知道他们都在十分认真地欣赏着。当然我知道，其中有不少带着色情甚至邪恶在看我。但想到一定会有许多订单一定会有许多人买这套时装时，我的心里还是很高兴。

14.感觉如父亲一样

时装表演获得了巨大的成功。当天晚上周总请我们整个时装队吃饭。

第二天，奥利克时装公司的时装表演成了各大报纸和各家电视台的新闻，报纸上刊登了我的大幅照片，就是我穿那套如蝉翼一样透明卧室睡裙的照片。我的私处隐约可见。我有些难为情，但很快就过去了。因为我自己都觉得非常非常美。我想就这张照片，一定会使我们的时装销量提高五成。

报纸上还有不少评论，尽管对我里面没穿内衣在T型舞台上表演有些微词，但总体上还是赞赏的。电视台时装表演的新闻整整播了两分钟，这实在说明电视台重视的程度。我在电视上出现了很长时间的特写景头。一夜间我成了新闻人物。这是我第一次如此成功，我心里涌荡着成功的喜悦和幸福。

周总在总经理办公会议上决定：让我们的时装队到国外去展示我设计的时装。第一站准备去纽约，第二站是巴黎，然后是意大利的米兰罗马，进而进一步打开国外市场。周总认为我设计的时装可以征服国外那些时装设计师。周总让我在出国前再好好设计一些时装，争取在去纽约前还有新款式时装设计出来。

我又开始发疯一样工作，每天几乎只睡四个小时，有时因为太累了上班时在沙发上都睡着了。

姐夫打来电话，祝贺我，问了我的情况后嘱咐我要注意休息。但姐夫对我没穿内衣就上T型舞台有些不高兴。姐夫的不满我有点难过，但很快就过去了。表姐来电话怪我给他们电话少了。待我解释完了后，表姐在电话里大叫让我一定要睡足七小时，她说我现在身体还没完全长熟，一定要休息好。

我依然这么工作着，每天只睡四个小时，不到困得睁不开眼睛不上床。那段时间，我喝掉了好几瓶咖啡。去纽约前我终于又有几套时装设计入了周总和王纪品的法眼。

我们在国外的演出比在国内的演出效果更好。在纽约演出后，我还获得了"全美时装设计师协会晚礼服设计大奖"。周总当时高兴得拥抱了我。

后来我还收到了"环球小姐"评选组委会的传真，邀请我参加"环球小姐"的评选。我犹豫着是不是要去，周总说，去，一定要参加。

之后就有几家时装公司和我们有贸易意向。

我的心境开始变了。我从西部落后城市的小姑娘完全变成了一个东部大城市成功白领。我高效率地工作，高节奏地生活，出入高级酒店和宾馆也从紧张到自如。我在这个东方大都市生活得自信起来，还专门请表姐和姐夫到一家上档次的饭店吃饭。

从国外演出回来后，周总请我吃了一次饭。他这次选的是著名的希尔顿酒店。我接到邀请后，立刻走进卫生间精心地化妆，我想让自己和周总一起吃饭时更加漂亮些。当我走进这家富丽堂皇五星级饭店时，心里还是有些紧张。我觉得自己有点莫名其妙。我想是不是因为是周总请我吃饭？

坐定后，周总冲我笑笑，然后向小姐示意让我点菜。我有点紧张，因为我不会点菜，不知道这种场合应该点些什么菜。怕点不好给周总留下不好的印象。我看了半天也没点上一个，周总真是很善解人意，他让小姐先去忙别的，等点好了再叫她。

小姐走后，周总说："随便点些你爱吃的，今天就为了专门请你，所以你别考虑别的。"

我脸有些发烫，看着菜谱却没看清一个菜。

"周总还是你点吧，我不会点，你点一次，我以后就知道怎么点了。我什么都爱吃。"

"没关系小玉，随便点你爱吃的。"

周总冲我笑笑，然后点上一支烟。我心里一动，这是周总第一次这么亲切地叫我。这么一叫仿佛使我们的距离近了一些。我开始点菜。我想点菜是小事，今天就是出错了也没什么关系，回去问问表姐就行了。再拖下去就不好了。我向小姐招招手。我点了个鲈鱼，点了个草虾，点了个海蜇，还点了个香菇汤。我想这些菜也应该合周总的胃口。以前吃饭时，我留意过周总总是点这几个菜。

"周总，喝什么酒？"

"你喝吗？"周总看看我。

我笑笑说："周总喝，我也喝。"

"那就来二瓶啤酒。要冰的。"

一切就绪。

"来小玉，为你的成功干杯！"

"谢谢周总。"

周总把酒干了。我也干了。小姐上来倒酒，周总对小姐说：

"你去忙吧，我们自己来。"

我想接过酒瓶。周总把瓶子接了过去。

"今天我来给你倒酒，你是奥利克公司的功臣。今天我为你服务。"

周总说着笑了一下。

"不不，周总，我应该时刻想着为公司服务，为您服务。"

"小玉别再说您字，这样显得太生疏了。"

"好周总，我不再说您了。来周总，我敬你一杯。为你这么信任我，为你给我创造了这么好的机会，我会更加努力工作，为奥利克做出成绩。我们再干一杯。"

我们一饮而尽。我替周总倒满，自己也倒上。周总拿着公筷不断地替我夹菜。

"小玉，到这里来有什么打算吗？"

"当一个出色的时装设计师。"

周总又笑了。今天周总非常和蔼，全然没有在公司时的严肃。今天晚上周总的笑比在公司全年的笑还要多。我心里又高兴又激动。我吃着菜，心里一阵阵涌动。我不太会吃虾，忽然我产生了一个念头，让周总吃只虾给我看看让我好好学学。

"周总，我不太会吃虾，你吃一只，让我看看。"

我替周总夹了只最大的虾。周总笑了：

"其实我也不太会吃虾，太麻烦了。"

周总吃了起来。他吃得很优雅，吃完之后虾壳还完整地放在盆子里。我吃惊地问：

"周总你是怎么吃的？"

"吃东西没这么讲究。在这方面太讲究了会丧志的。你多吃几个就会了。"

我不再说话，专心地吃了几个虾。尽管吃得不太好，但周总说，不错很好。周总还要替我夹菜，我说吃不了了。

"你再吃点鱼，其余的我来消灭。咱们不要浪费。"

周总夹了很大一块鱼给我，自己也吃了起来，他把还剩的一点菜全吃了。我心里暗暗有些吃惊。周总这么节约。周总抬头看看我边用纸巾擦嘴边说：

"我是要把这菜要吃完的。浪费不是一种好品质。"

我脸有些发烫。我也拿起筷子。

"你若吃饱了就别再吃了，女孩子要当心发胖。"

我笑了起来，但还是把鱼吃了。

"你的工作我非常满意，我相信你以后一定会做得更出色。"

"周总放心，我一定会干好的。"

周总点点头："这次出国，我觉得我们公司的又会有新的订单，而且海外市场也会因此起步。"

这时周总从他的大包里拿出一个非常精致的小包递给我。

"这是给你的，看看喜欢不喜欢。"

我怎么会不喜欢呢！我接过包，来回看着。包上打着两个英语字母LV。后来我在一本精品消费杂志上看到了LV是什么概念了。

周总见我喜欢小包显得很高兴，又从西装口袋里拿出一个信封放到桌上：

"这是公司给你的奖励。"

"不不，周总，你给我的工资已经够高的，我不能再拿公司的钱。"

周总笑了笑："这是我第一次遇到拒绝红包的人。拿着吧小玉，这是你该得的。你为公司创造了巨大的财富。你不能再拿你过去的工资标准来比较现在。你今年的工作目标就是现在十倍的工资。今后五年的目标是现在的五十倍一百倍。"

我惊愕地瞪大眼睛，我现在是五千元的工资，十倍是五万元呐！五十倍一百倍是什么数字？

"不要觉得是不可能的。只要你有出色的工作业绩。小玉，我现在要告诉你的是，你有非凡的时装设计才能，你再好好学习，争取在时装界成气候，让奥利克时装公司成为全国甚至于全世界的知名大公司。一个全国甚至于全世界的大公司的总设计师的收入，你想应该是多少？"

我激动得满脸通红，心跳得胸壁都痛。

"努力干吧小玉！"

我们出来时，周总说："我还是不带你了，你自己坐出租车回去。车票明天给我。"

"没关系，周总，我自己回去。"

"小玉，我要告诉你，我不带你，是因为怕你滋生出骄傲，一定要谦虚、扎实，工作和做人都一样。只有这样才能做出更大的成绩。"

"嗯，我懂了周总。"

周总抚摸了一下我的头，上了车。我心里很激动，长久地沉浸在周总抚摸我头的感觉中，尽管周总抚摸我的头只是那么一会儿。我看着周总那辆豪华车开远。

　　我并没有马上回去，心里一拱一拱的激动。刚才周总抚摸我头的感觉还在身上滚动着。我觉得非常幸福和平静。周总的抚摸让我想起了父亲，不，比父亲还要安顺的那种情绪。我走在中山大道上，两边的商店都有许多人在进出。在我的故乡，现在这时间店早就关门了，每家每户都已进入梦乡。这是我第一次在这么晚的时间逛大街。

　　周总的形象老在我脑中跳动，平时很难看到他的那张和蔼可亲的表情。我忽然觉得周总是那么可依赖和信任，仿佛让我产生在爸爸身边的感觉。同时心里涌起一股温暖，这样的晚上这样的机会能够多点多好啊！我心里竟有这样的盼望，这是不是对周总生出感情了呢？我使劲摇摇头。为了赶走脑中的胡思乱想我走进了一家时装店。

15.对周勃痛苦的爱情

　　满目漂亮的时装一下子吸住了我的眼睛和思想，我马上和自己的设计联系进来。我边看边想着哪些衣服的设计式样可以被我借鉴，我自己在设计时应该注意些什么问题。我有些贪婪地看着，看得时候眼神都有些发直。服务小姐几次走到我身边问我需要什么帮助，我都笑笑说看看。服务小姐不断地说我的身材好，皮肤白，穿这件衣服一定漂亮等等。在服务小姐的努力下，我终于看中了一套淡灰色的无领时装套裙。当我走到试衣镜前我的心动了一下，我为自己的美丽感动。我又为表姐挑了一套。

　　走出时装店，我又来到了"享得利"表店，替姐夫买了块瑞士表，在我付钱时，心里一痛，这块表要六千六百元，但我还是买下了。我心里涌满了复杂的感情。可以说我有今天都有姐夫指点的功劳。我心里默默地叫了一声姐夫。我这么叫的时候眼里竟流出泪来。我抽出纸巾轻轻地把泪水洇干。

走出表店，我给表姐打了个电话。我问他们睡了没有，若没睡我想过去一趟。表姐说，你来你来小玉，好长时间没看到你了。

当我把衣服和表给表姐和姐夫时，他们的表情非常吃惊。

"你干吗小玉？你是不是疯了？你哪来那么多钱？"

我笑笑说："我的时装设计为公司作做出了贡献，周总今天给我红包了。本来我想请你们吃饭，但没时间，饭就以后再补。正好路过中山街，就替你们各买了一样东西，感谢你们那么长时间来对我的关心和帮助。"

"那也不能花这么多钱呀！"表姐看着发票紧张地说。

"这样小玉，衣服我们就收了，但表的钱我们自己付，我本来也准备替你姐夫买块好表的。"

"不行不行。"

"小玉，听你表姐的话。"

我又转向姐夫："姐夫，你就收下吧，否则我会很难过的。"

"小玉，你以后要用钱的地方多着呢，你首先要准备买房子，这要很大一笔钱，然后你还要寄给你爸爸妈妈，还要帮助你弟弟读书，你不能这样大手大脚地花钱。再说了，'奥利克'现在不错，但市场经济是不能保证一个公司永远好的。所以你时刻有要有危机感。听话，这表钱你收下，心意我们领了。"

我难过得都快流泪了。表姐拿出钱来。

"小玉听你表姐的话，她说得非常有道理。"

我看了姐夫一眼，收下了钱。但过了几天，我抽空又去了一趟中山街，替姐夫买了一套高档西装。

周总对我非常器重，在总经理办公会上，要各部门全力为设计部提供好的条件，配合设计部工作。

我们实际上并不需要别的部门的配合，设计完全是设计师自己一个人的工作，不需要什么别的部门的配合，周总这么说无非是一种姿态，要让全公司的人对我们设计部重视。周总不像以前那样不进我的办公室，而是过几天就会来一次，看看我的设计图纸。看了我的设计图纸后，有时会赞赏两句。这时我会停下手中活，和周总说几句话，心里总会流过一些温暖的感情，一些冲动。周总一次很认真地说，"奥利克"有你真是幸运啊！周总这么说的时候脸上表情非常认真。我当时激动地说，周总，我会认真工作的，以报答你的知遇之恩。我这么说的时候心里涌满很多很多感情。后来我慢慢明白，这很多感情里就有一种是对周总的爱。

美国的莱恩时装公司终于和我们来谈判了。接到传真后，周总非常认真和严肃。我知道周总内心一定很激动，但他以更认真的工作态度来表示他的激动。他把我叫到房间，对我说："小玉，你参加谈判吧，你对时装有研究，再加上你懂英语，可以直接和他们对话。"

我的心激动得突突急跳："周总，谈判有什么特别要注意的？"

"谈判时你要永远记住，你的设计是世界上最好的。但谈判时一定要稳定。在此基础上谈判，以谈判成功为目标。"

那天的谈判气氛非常好，莱恩公司的一个副总裁波特参加了谈判。当波特知道那次在纽约出演的时装全是由我设计的后，脸上是一脸的惊讶。他说：

"Those are the works of a girl, I cannot believe my eyes."

波特说完和我握了握手。

莱恩公司看上了上次出演的十套时装。然后我们就十套时装的价钱进行了商谈。他们对每套时装的细节问题进行了询问，还问了我的设计经历和所上过的大学，我一一作了回答。在回答上过哪所大学时我说：

"I have ever studied in a university which I think is the most famous. In the university I have not only learned much about fashion designing, but also understood that if one wants to have a successful career, he or she must be filled with love for mankind, for nature and for life. I am filled with love for all these, which is my source of inspiration in fashion designing.（我上过一所我认为最最著名的大学，我在那里学到很多时装设计的知识。我在那所大学懂得了一个人的心里要充满很多爱，要爱社会爱人类爱自然爱生命，这样他才能成就事业。我心里有这些爱使我在时装设计上灵感勃发）"

我这么说完，波特竟然拍起了手。

他们还问了我那十套时装的设计思路。我就把自己平时对时装的理解，以及那次晚上一个人看时装的感受也谈了。

莱恩公司所有参加谈判的人都脸上都显出吃惊的表情，尤其是那位波特先生。之后他们又鼓起了掌。

我看了一眼周总，我看到了周总眼里也充满了吃惊和满意。当下我们和莱恩公司签订了一百五十万美元的时装贸易合同。莱恩公司先付五十万美元。

谈判结束后，我们各自离开了宾馆。大家吵着要周总请客。周总说，今天他有点私事，请客的事他一定放在心上。

周总还是和往常一样没带任何人，他让大家自己回去后自己上了车。

我心里很兴奋，没有一点回去的意思。这时候我多么盼望有一个人和我一起来分享我的快乐啊！我来到中山街，走进了"华衣"时装广场。

我激动得安不下心来欣赏时装。

这时我的手机响了，我一看是周总的电话，赶紧打开手机急切地喂喂起来。

"小玉，你现在在哪儿？"

"我在'华衣'。"

我激动得话语都有些颤。

"这样，你十分钟后到九江路的门口，我来接你。晚上我要好好地犒赏你。"

"好的好的。"

我竟说了这样的话。我的心脏激动得狂跳，跳得我胸口都痛。我没想到周总说的私事就是为了单独犒赏我。我把手机放进小包，几乎是一路小跑地来到九江路的出口。我知道时间还早，却使劲地看着三个方向。后来我知道了九江路是单行线，就看着一个方向，我急切地盼望周总那辆白色的奔驰早点出现在我的视线里。这时我觉得时间竟是那么慢，我不断地抬腕看表却只过去一分钟，有时甚至只过去几十秒钟。

周总那辆奔驰终于开了过来，不过那时我正拿着我的小镜子在看自己的脸呢！我有些难为情，脸上很烫。我知道我的脸一定很红。周总替我开了车门，叫了我一声，我红着脸坐上了车。

"小玉去哪儿，你自己挑地方。"

我冲周总妩媚地一笑，歪着脑袋说："随你周总，你愿意带我去哪儿我就去哪儿。"

我忽然觉得刚才说话的语调很轻浮，但我心里并没有谴责自己，相反心里隐隐地觉得应该这样对周总说话。周总笑笑就踩了油门。车上了高速公路。

周总把我带到了近郊的一家很红的酒店,名字很好听，叫"嬉水苑"。我们来到叫麒麟阁的包间，一进去我就瞪起惊讶的眼睛，进门就是一座各种石料装饰的假山，流水潺潺，里面是100平方米的大厅，再里面是3间串联的房间，配备各种生活娱乐设施，还有床。周总让我点菜，小姐把菜单递给我。我一看菜单大大地吓一跳。这么贵啊！我放下菜单想对周总说换一个地方。周总仿佛看出的心思说，也不是经常来，因为今天高兴，也算是对我的奖励。他对着小姐说了几个菜：两盅鲍鱼，两盅丽参炖血燕，两份南瓜饼，最后再要了一瓶干红。

小姐走后，我忽然流出了泪水。我难以平静自己的心情。周总有些吃惊地看着我，你怎么啦？他问我。见我还是在流泪，周总走过来，递给我他的手帕，抚摸了一下我的头，说，我也是很难得到这里来，是因为你对公司做出了很大的贡献。周总说完坐回他的椅子。

我接过周总的手帕，激动得心突突跳，刚才难过的心情隐去了。我心里忽然涌满了想找一个可以让我倾诉感情爱我的让我爱的人。我站起来，脑子很乱思想却很明确，我走向周总。当时我对自己的想法一点都没有吃惊和羞愧。后来我认真地分析了自己，我明白，我之所以这样一次又一次地爱上男人，实在是因为我的孤独，我在塞壬的无助，实在是心里涌满了不安全感。

我走到周总跟前流着泪说："周总，我现在的一切都是你周总给的，我真不知道怎么感谢你，周总爱我好吗？"

后来我无数次惊奇怀疑自己当时怎么会说出这样的话，怎么要求周总爱我？

我说完不等周总说话就搂住他亲吻。周总闭着嘴，没有拒绝我，但也没有纵容我。后来我明白，周总之所以这样，是怕拒绝我伤了我的自尊，纵容我只是对我的不负责任。他用一只手拍拍我的背，稍等了一会儿，说：

"小玉，我真的非常喜欢你，但这种喜欢和爱情不是一回事。这么说吧，小玉，我是把你当成了我的女儿，小玉，做我的女儿好吗？"

激动委屈涌满了我的胸膛，我激烈地说："我不要当你的女儿！我不要我不要！"

"小玉别这样好吗？我是个已婚男人，和你爸爸的岁数差不多，已经这样了！你还小，你今后的前途充满光明，你的生活会很美好的。你要好好珍惜自己的前途，为自己的前途多想想。你会有美好的爱情和婚姻，你要珍惜你自己。再说了，在一个公司里，这样的爱情会影响工作的，影响工作就会降低公司的利润，你也挣不到钱。快去坐好，小姐一会要来的，看到影响不好。"

周总搂着我肩把我推回我的座位上。

我有些难为情，我感觉我的脸通红通红了。

一会儿小姐端上菜进来，倒好酒后走了出去。

这时周总从一个袋里拿出一双鞋。

"这是对你的奖励。"

"我不要鞋子。"

"快听话，我都已经买来了。"周总把鞋子拿出来，欣赏地看着，"这可是一双好鞋，菲拉格慕，意大利名鞋。世界上许多名流都喜欢这个牌子。"

"他们喜欢我就一定喜欢啦？"我不快地顶撞了周总一句。

"试试看，你一定会喜欢的。听话。"

我很不情愿地试着穿上，大小正好。我才想起，那次周总莫名其妙地对我说，我看你的脚很小啊？和你的个头不相配嘛。然后问了我脚多大。

真的非常漂亮，而且又柔软又轻，就像穿着布鞋的感觉。我这才明白一个道理，名牌就是名牌。我要脱下，周总说，别脱了，他就把我那双旧鞋放进了盒子。

我看着周总又想起了刚才的话题，有些一不做二不休的味道。我说：

"周总，我爱你，不管你怎么对我。"

我这么说着又流下了泪水，心里有些羞耻有些辛酸又有些悲壮。

16.周勃有个二十年的情人

周总看着我，表情很真诚严肃。他说："小玉，你非常可爱，你是我至今看到的最好的姑娘。但别这样好吗？我有妻子，家庭生活正常。我是个忠诚家庭忠诚爱情的人。你这么信任我，我也信任地告诉你，我还有一个情人，而且都已经是二十年的感情了。我知道，这样很不道德，我最初也一直克制着，但克制了二年还是没克制住。尽管你非常非常漂亮，人也聪明，品质也很朴实忠诚，但我认为我们还是别这样，我真诚地希望你努力地为公司工作，希望我们能成为非常好的朋友。若你真的非常想和我好，那就做我的女儿，或者做我的小妹妹。"

我感到非常伤心和委屈，泪水更是像断了线的珠子滚了下来。我真的非常不幸，周总没有家庭这是不可能的，但刘经理说他人品很正，为什么还有情人呢？而且这个情人都已经和他有二十年的感情了。为什么这个情人不能是我呢？我连做他的情人都不行啊！优秀的姐夫爱我，我无能为力，但丁爱我我还是失去了他，现在遇到周总这么好的人，我还是不能拥有他。这世界对我真是关闭了所有爱的希望之门了吗？我忽然发疯地对周总说：

"周总，我不要做你的女儿，不要做你的小妹妹，我就是要做你的爱人。"

我真的发疯了。我说着这些荒唐的不知羞耻的话后呜呜地哭了起来。我觉得我真不幸，真可怜，真耻辱。

"小玉，你怎么可以有这么胡乱的思想？"

周总站起走到窗口，他仿佛真的生气了。时间只过去了一分钟，我却感觉过了很长时间，而且还很窒息。我还是在那儿哭泣。周总走到我身边，用手抚摸了我的头：

"小玉，你安静些，这是在外面，你要注意影响。"

"我不管。"

周总温和地说："小玉，你要为我想想，大家都认识我，你要照顾我的影响和以后我们的生意啊！而你，正是风华正茂的时候，你也应该更珍惜你的名誉是吗？你的前途非常宽广，不应该这样对待自己。再说了，世界上好男人很多。"

换抬起头盯着周总，说："周总，世界上好男人很多吗？这是你的真心话吗？"

"但好男人总还是有吧！"

我猛地转过身子，把头埋在周总的怀里压抑地哭着。让我的泪水放肆地洇湿了周总的西装上。

我哭够了，周总拿过纸巾给我。我擦掉泪水。周总回到他的座位上。

过了一会儿，周总仿佛为了剔除刚才的不快似的，夸张地笑了笑，说：

"来，我敬我们才华横溢的时装设计师一杯。"

周总使劲和我碰杯。我们把酒喝掉。

我看着门外，隐隐看到大堂里都坐满了客人。临门口最近的一桌坐着一对男女，一看就是知道是一对情侣。我转过头看着周总，说："周总，你的情人是谁能告诉我吗？"

周总表情奇怪地看看我，把头转向门口。良久，又转过头，说：

"小玉，这你就不用知道了。你把心思放在工作上吧，这是我最希望的。"

血液一下子涌上我的头顶。我心里很不满。我有些歇斯底里地大声说：

"我就是想知道！"

周总吃惊地看着，表情都有些变。他犹豫了一会儿说："是一个和我差不多年龄的女人。"

"这么大，你还爱她？"我突口而出。

周总笑笑说："小玉，这就是真正意义上的爱情。好了小玉，今天我请你，不是来谈爱情的，是为了我们今天做成了一笔大的买卖。这主要是你的功劳。来，把鲍鱼吃掉，这是一道非常名贵的菜。太烫了你可以把下面的火压灭。"

我看着周总的样子把一个小铁盒一样的东西盖在了火上。但我还是没心思吃这名贵的鲍鱼。我的泪水滴进了鲍鱼汤里。

"小玉，别这样好吗？快吃吧。"

我一点没食欲，只勉强吃了一点。但周总一定要我吃完，他说他今天的菜点得很少，一定要吃完的。

我毫无味道地吃完了菜。周总从包里拿出一个信袋。我知道周总又要给我红包了。但这时我没有一点高兴。

"这是给你的奖励。"

我忽然激烈地推开信袋说：

"周总，我不要这个奖励，我要你爱我。"

泪水顺着脸颊流了下来。周总走过来，把信袋放进我的小包。

"小玉我会爱你的，像爱自己的女儿一样。"

"我不要这种爱。"

吃完饭后，周总把我送回了家。一路上我们都没说话。

车停后我还是控制不住自己的感情，横倒在车座上，头趴在周总的小腹又伤心地哭了起来。周总拍抚着我的头，劝着我。我无意碰到了周总的下身，竟是那么坚挺。我忽然觉得周总是爱我的，是那种情人的爱情。他只是克制着自己。我猛地不知羞耻地握住周总的下身说："周总，你不是爱我的吗？你为什么不接受我？"

周总坚决地把我推开说："小玉，快别闹！你太不像话。"

周总严厉的话，把我吓得一下子坐起来，紧张地看着周总。

周总又柔和地说："听话小玉，快回去吧！一定别影响明天的工作。若那样我真的会痛苦的。"

但我下车前，说了句很硬的话："周总，我若实在过不去，我还会找你的。"

"小玉快回去吧。"

这天晚上，我又一次失眠了。我想了很多很多，既然周总认为我各方面都好，我又那么爱他，他为企么就不能接受我？而且他是有情人经历的的。泪水打湿了枕巾，我的心里悲凉极了，越想越觉得自己可怜，头昏昏沉沉的。在东方出现鱼肚白时我决定：把周总从所有的女人那儿夺过来，我真是疯狂得不可理喻。但我当时怎么也控制不住自己的思想。正当我这么想睡一会儿时，忽然一个声音严厉地响起，仿佛是妈妈责问我：吟小玉，你为什么要去充当第三者？这样去破坏别人家庭道德吗？你就不能好好去谈个男朋友结婚？好像一盆冷水浇到我头上，我一下子清醒了。我问自己，吟小玉，你这是怎么了？

　　第二天快下班时我却还是走进周总的办公室。秘书小林没说什么冲我笑笑。我竟直走到周总的桌子对面。我知道我的表情很严肃。周总有些吃惊地看着我。

　　"周总，今天晚上我一定要和你谈谈。"

　　"小玉，晚上我有应酬，改天行吗？"

　　"不行，你若真的没空，我就几句话，现在就行。"

　　周总按了铃，小林进来。

　　"你倒杯水来，哈设计师有个想法要和我谈。"

　　小林倒好水冲我笑笑走了出去。

　　"周总昨晚上我一夜没睡着。"我看着周总，泪水盈在眼眶，"我作出了一个很不讲理的决定：要不相爱，要不我离开奥利克。"

　　周总吃惊地看着我："小玉你怎么可以这么任性？姑且不说你走后对'奥利克'公司的影响，但你也得为你自己的前途考虑，你这样要毁了你自己。你因为这样的感情而离开'奥利克'，你带着这种感情困难到别的地方，一定会影响你的设计的，甚至于会毁了你的才华，你的灵感。你甚至于会变成一个在设计上非常平庸的人。设计就是创作，是要有平静美好的心灵和心情的。再说，你还要成家立业，我怎么可以影响你的今后呢？那样做，我是个什么样的人了？你是个非常优秀非常迷人的姑娘，可以说，你是我见到的最美最好的姑娘，我也非常喜欢你。但我不能让自己变成一个品格低下只为满足自己的私欲的人，那样，我也不会原谅我自己。你为什么就不能退一步呢？退一步，我们有友情还在，你的心灵心情会很美好，你还是搞你的设计，你为什么要钻进爱情这个牛角尖呢？社会上有很多好的优秀青年，好好去爱一场，然后结婚。"

周总一口气说了这么一大堆话。周总显然很激动。他很少这样激动过。

我盯着周总，严肃而平静地问："那么，我这样在这里会有美好的平静的心情吗？"

"你好好调整好自己，找一个好小伙子去恋爱，你很快就会正常起来。那时，你感谢我还来不及呢。"

"不可能不可能！在我眼里没有比你好的，哪怕只有你十分之一优秀的都没有。"

"你现在是在感情的盲区，平静一些时间，你一定会发现的。要不，我替你物色？我有一些朋友，我发动他们，你一定会找到一个非常满意的好小伙子的。"

"不，坚决不！我对什么都是执着认真的。"我的声调也高了起来。

周总愣了一下："小玉，我没想到你是这么固执。"

我看到周总无言以对心里忽然产生了一点高兴。我们坐着谁也没再说话。

过了一会儿，周总说："这样吧，小玉，晚上的应酬很重要，是意大利的一家时装公司的总裁来了，和我们有合作意向。他们想打开中国市场。你陪我去，等结束了我们再好好谈。但是今天晚饭希望你能以工作为重。"

我一听真是太高兴了。

谈判很成功。我们又签订了一份八百万意大利里拉的合同。

晚上我们在中央绿地里散步。我们话说得很少。我不改变我的决定，周总也没法说服我。周总又不想让我走，说服我留在公司。我们只能这么散步。我非常渴望他能吻我拥抱我，他却总是用轻缓的又不会让我失面子的动作告诉我不能这样。那天晚上我们散步到很晚。

后来我们经常这样散步，我的心也渐渐地缓和了些，我在'奥利克'留了下来。其实我并不真的想离开'奥利克'离开周总。自从那晚上的失眠后，我不敢想象真的离开周总我会怎么样。我知道我已经深深爱上这个中年男人了。我这么不断地对他说我要离开'奥利克'只是对周总的一种要挟，希望他能经常做做我的工作，这样我就可以经常和周总在一起，周总这么陪着我散步我觉得真开心。尽管他不接受我，但只要有这样的晚上，在月光下，在温柔的风中，在情调暧昧的酒店，周总陪在我旁边，我就觉得十分满足。只要能和周总经常在一起，或许他哪天会对我动情，我们就会相爱。我就是想得到他的爱情。我不相信一个正常的身体健康的男人常在月光下在情调暧昧的酒店和一个美丽绝伦而且非常爱他的姑娘在一起会不产生爱情和冲动。我想，这么走下去，我坚信他会爱上我的，我坚信我能把周总的心夺过来。这是我心灵深处的阴暗。

但是周总并没有像我想的那样对我产生爱情和冲动。他是爱我，但这爱情是他第一次就对我说的那种对小妹妹或是女儿的爱。这让我很失望，心里充满痛苦。而他每周总是要和他的情人约会一次。他居然情愿和一个四十多岁的半老徐娘幽会而对美丽绝色的我于不顾！每次幽会回来后，周总总是精神焕发，心情特别好。我心里像有无数毛毛虫在爬一样难受。我决定跟踪周总，看看那个让周总爱了二十年的女人是个什么样的天外来客。

17.硬闯周勃的幽会

那天我感觉周总下班后会和情人幽会，我就特别注意周总办公室的门口。我一看到周总出来就冲着门口走去。

"周总，晚上有空吗？我想请你吃饭。"

周总有些紧张地看着我说："改日我请你吧。今天我确实有事情。"

我表情平静看看周围，严肃地问："是去会情人吧！"

我这么问的时候眼里盈上泪水。周总有些严厉地看着我。但他看到我的泪水就容忍了我的放肆。

"小玉早点回去吧！明天我请你吃饭。"周总说完没再看我匆匆走了出去。

我也急着回办公室拿上包冲了出去。我拦了辆出租车对司机说："跟上前面那辆奔驰。"

周总来到了新侨饭店，这是个非常普通的饭店，专做宁波菜。我心里忽然涌出很多高兴，周总带我去的饭店吃一餐，可以在这里吃十餐。这说明周总对我感情和重视！

我悄悄地跟了进去。让我吃惊的是，周总的情人竟然是我非常熟悉对我非常好有恩于我的"九里云"的刘经理！我心里猛地涌满深深的悲哀。我怎么爱上的人又是对我非常好我不能伤害的人的情人？我眼里盈上了泪水。我在远处站着，看着周总亲热地扶着刘枫的肩，像夫妻一样，心里仿佛有无数蚂蚁在爬一样。

我走进卫生间，对着镜子看着自己悲伤的脸。我对自己说，小玉，你尽管不幸，但你不能去伤害刘经理，她对你多好啊！若没有她对你的推荐，你怎么会有今天的成功？我对着镜子把眼泪擦净，又敷了些脸粉。就在我擦完粉后，我疯了，心里产生了些怨言：为什么都是我受伤害？为什么都是我让步？为什么都是我理解别人？周总已经爱了刘枫二十年了，为什么就不能让周总爱我几年，就是一年也行。周总就是现在离开刘枫，刘枫也应该算是个幸福的女人。一个女人被一个出色的男人爱了二十年，我想这个世界上也是不多的。我把周总夺过来，上帝也是会原谅我的。

我把东西放好酝酿了一下表情走出卫生间。我径直走向周总和刘枫吃饭的桌子。

"刘经理，你也在这儿啊，我能坐下来吗？"

周总吃惊地看着，慢慢地表情变得又冷漠又严峻。他显然对我非常不满。

刘经理热情地冲我笑："是小玉啊，太难得了。来，坐下，好长时间没见了，我正想找你呢？"

"周总，我能坐下来吗？"我对周总说，但我的语调很正经。

周总看看我，冲边上座位点点头，表情像雕塑一样。

我坐下来。现在我开始意识到自己的鲁莽。我紧张地看着周总。我知道周总肯定很不高兴。

"小玉，在周总这儿好吗？工作顺利吗？"刘枫客套地问我。

"还可以，不，是很好，刘经理，周总对我很关心很照顾。"

我心里有些发虚。

"听周勃说你工作很努力很用心，在设计上很成功，一定要好好干啊。"

刘枫真诚地笑笑，从她的脸上可看出她对我的成绩很满意。

"刘经理，你放心，我一定会努力的。"

刘枫拍拍我的手，说："小玉，我不会看走眼的，所以我才舍弃你，把你推荐给周总。"

"小玉，你有事吗？没事早点回去吧，我和刘经理还有事情。"周总平和地说。

"周总，我还没吃饭呢。"我忽然固执地说。

刘枫看看周总，轻声说："周勃，让小玉陪我们一起吃饭吧。"

周总让人不易察觉地冲我瞪了一眼。

"小玉，你喜欢吃些什么菜？"刘枫问。

我看了周总一眼，故意说：

"周总喜欢吃的，我都喜欢吃。"

刘枫转眼看周总，脸上闪过一丝轻笑。周总脸上却出现尴尬和愤怒。

刘枫很热情地让我吃菜。我和周总各怀着心思，都很别扭。只有刘枫间隙问些问题。

吃完饭，周总看着我示意我可以走了，不等周总赶我，我说：

"刘经理，我还有些事情要和周总说，你能不能先回去？"

我应该说向周总汇报，但我有意不说汇报，让刘枫感觉我和周总关系不一般。刘枫奇怪地看看周总又看看我。

"小玉，你干什么？有什么事明天到办公室说！"

我没顾周总严厉的话，对刘经理说：

"谢谢刘经理，我真的有事情要马上和周总说。"

刘经理已经站了起来："那你们聊，周勃，我先走了。"

周总起来要送刘枫出去。

"周勃，你不用送了，小玉还有事情。"

但周总还是把刘枫送到门口。

周总一回来就严厉地问我：

"哈小玉，你想干什么？！"

我眼泪流了下来，我没想到周总会对我这么凶。我低着头，泪水滴在我的裙摆上。周总从烟盒里抽出烟点了起来，没顾我的哭泣。我心里越来越伤心，泪水也越流越多，接着又哭出声音。

周总可能是怕引起其他顾客的注意，把纸巾递给我："好了，别哭了，快把眼泪擦了，让人看了难看。"

周总劝我的话还是这样生硬，想起他对刘枫的态度，越发觉得伤心。

"小玉，别再哭了。刚才我态度不好，请你原谅。"周总的语调稍微缓和了些。

"我不要你这样说，我不要你这样说。"

我哭得更加伤心。

"好了，小玉，别任性了。"

"那你再给我点一个菜。"

我擦着泪水。这时我仿佛回到儿时，心里充满了任性。

"那你想吃什么？"

"我想吃什么你不知道呀？"

"那来个鱼翅？"

"我不要吃这个。"我大声说，我很心疼周总这么大手大脚地花费。我心想，点这么贵的菜干什么？贵就让我开心了吗？

"那你想吃什么？"

我点了个平菇。我们吃完后我让周总来到了楼上。308房间，是我预订好的。到了楼上，周总不走了。

"你要干什么？"

"我有东西给你。"我打开门。

"有东西你给我就行了。"

"东西在房间里。"

我把周总推了进去。一进门我不知羞耻地抱住了周总，疯狂地说我爱你我爱你。我把周总推倒在床上，用力亲吻周总。周总把我双臂用力握住，不让我动弹，压抑地说，小玉，你要干什么。我悲绝地狠狠地说，周总，我知道我要干什么，你也知道我要干什么。周总闭上眼睛，表情有些难堪有些痛苦。我想一定还有些幸福，尽管他的脸上没表现出来。刚开始他还是拒绝我，一会儿他就不反抗了，我们做爱了，但他表情冷淡，毫无激情。我哭了，很伤心，我抽泣地说，我就这么不值得你爱一次吗？你就要这么伤害我吗？我的哭声悲凉而绝望，我自己都被感动了。周总就在这时把我紧紧地抱住，说，小玉，你别难过，你是个好姑娘，但我不能这样啊！他仿佛要哭了。他满满地把我拥在怀里，小玉，你是天底下最好的姑娘，我周勃不配得到你啊！他开始温柔地激烈地让我享受了漫长而幸福的性爱，我泪流满面。

我起来后看到整个床单都湿透了，幸福的心里涌进了一丝难为情。

"小玉，我真的不该这么做的。哎！"

周总抱着头，一会儿抓住自己的头发。

"周总，你不要这样，不要有压力，我不要求你和刘枫断，也不要你对我负责，但我要你爱我。要求你爱刘枫的同时也容纳我爱我。"

周总哀伤地看着我，然后把我抱过去，把我抱了很长时间，大手掌轻轻地拍抚着我的背，嘴里不停地叹气。

之后周总松开了双手，我却恐惧地抱着周总不放，仿佛一松手，我的生命会掉落到万丈深渊一样。很长时间，我越抱越紧。

我们相拥了很长时间后，我松开了周总。我故意裸着身子在镜子前整理着头发，有意甩了几下我那漂亮的长发。我知道周总一直在看我，我就整理了很长时间的头发。之后，我替周总倒了杯水送过去。我在来回走的时候，我有意走得慢些，走得美些。放好杯子后，我又搂住周总亲吻了一下，然后就追问周总是不是爱我。我看到周总的表情有些伤痛。我很难过，但还是追问他。他点头后我又要他说出来。周总最后终于说了我爱你三个字。

"我都和你做爱了，我有责任爱你啊！小玉，我爱你。但我不会放弃对刘枫的爱。"

尽管我听到周总最后一句话心里很难过，但我心里还是很高兴，也很激动。我搂住周总，说："周总我爱你，除了你，我不会再爱上任何一个男人。"

我在心里下定决心，一定要彻底征服周总。

"我明天不知道怎么面对刘枫。"

周总的脸上充满痛苦的内疚。

"你已经爱了她二十年了。你已经够伟大的了。不能面对，那就离开她。"

"小玉，你太小，你还不懂感情。"

周总说着抚摸了一下我的脸。我抱着周总心里充满着幸福。

"我怎么不懂感情？"

"二十年的爱情是什么？意味着两个人的心和心长在一起了，肉和肉长在一起了，要分开就是把心撕开，把肉裂开。"

我的心被周总的话剧烈地刺痛了。我用劲抱着周总，痛苦的泪水滴在周总身上。

我没想到周总又冲动起来和我又做了一次爱，做爱让我暂时把刚才的痛苦忘记了。在做爱的过程中我幸福得一直在说我爱你三个字。

后来平静了，我脑子乱极了，不幸，心酸，耻辱，甚至不要脸等等都向我脑子涌来。我觉得自己真不幸啊!

18.周勃的奇谈

　　第二天我看到周总时对他更加尊重。这是我昨天回家后认真想的。千万不能因为和周总有这层关系就轻狂起来。周总一定非常讨厌我这样。

　　我工作更加努力,比平时设计得更多的图纸,并且主动拿到周总的办公室去让他看。可能是爱情给了我灵感和力量,周总对我设计的新时装非常吃惊,立刻把王纪品叫了过来。

　　王纪品看了我的新时装设计后也赞赏不止。

　　周总立刻从书柜里拿出一瓶XO。我马上拿过酒杯在三只杯子里倒了酒。

　　"来,为'奥克利'的更大发展干一杯。"

　　我们把酒一干而尽。

　　"'奥克利'有你们两位,一定会更加发达!"周总充满豪气地说。

　　为了奖励我对公司的贡献,也可能是为了我对周总的巨大爱情,周总竟然同意了我提了多次的要求:到塞壬市的大街小巷塞壬的那些公园我从来没去过的地方看看,到郊外到大自然去踏青。在周六我们从上午一直玩到傍晚。我们的足迹印遍了塞壬的大街小巷,塞壬所有的公园电影院都让我们寻觅到。塞壬的那些我从来没看到过的有些乱糟糟的小马路那么地吸引我,小街上走动的那些塞壬底层的市民让我觉得那么新鲜那么有亲切，我会长时间地站在街头，看着小街旁的那破旧的房子，那些房檐下晾着的衣服，那些腌鱼腊肉，我心里涌满了幸福和爱情，我会情不自禁地搂住周总，把头紧紧地偎在他的怀里。那几天敢说是我今生玩得最多和最痛快的时间之一。我们放肆地消耗时间，大胆地享受着爱情和浪漫。周总也像变了个人似的，我从来也没有看到过他说了这么多的话。他有些无所顾忌地对我大谈了很多我从来没听到过的言论，我甚至认为是些奇谈怪论。我才知道周总是那么地蔑视现在所认为的很多真理，怀疑现在所行的很多理论和思想，他说，真理和荒谬只一步之遥，高尚的背后就是卑鄙，真诚和虚伪的本质上是一回事，大智若愚大善如恶大忠似奸大道无边。我吃惊地看着周总，我被他的胡言乱语给怔住了。我睁大纯净的眸子，用有些怀疑但又崇拜的眼神盯住他。可周总却没有停止他的说话。周总说他读大学时对文学对艺术有着浓厚的兴趣。于是他开始和我谈谈文学和艺术，他和我谈了现代文学的发展历史，谈了小说中的一些流派，如意识流等，他说他读大学时看了很多西方现代小说和现代绘画，他说他那时非常喜欢普鲁斯特的"小玛德兰点心"和"斯万的爱情"的写法，对俄罗斯画家何康定斯基的"构图第二号"非常欣赏，我问他康定斯基是谁，他说，康定斯基是个画出来的画没有人看得懂的画家。怎么看不懂？看不懂的画怎么会好？周总笑了，说，艺术实际上就是仁者见仁智者见智，康定斯基的绘画理论就是：点和线应该消除它的功利性解释性。点和线是绘画的基本元素，点和线没有功利性解释性，那画出的画用通常欣赏画的常识去欣赏那肯定看不懂了。我被他说得糊里糊涂。后来他又谈了凡·高的一些事情。我说，凡·高我知道，凡·高的画现在是世界上最贵的画，一幅画都卖到几千万美元。他轻声说，可是凡·高生前几乎一贫如洗，画很少卖出去。他忽然忧伤说，凡·高最后得了精神病，一辈子没有得到爱情的凡·高在他生命最后的岁月里爱上一个老妓女，一贫如洗的凡·高为了表示对那个妓女的爱情，把自己的一只耳朵割了下来送给那个妓女，没多久，在凡·高三十七岁时，贫病交加凡·高终于离开了这个他厌恶的世界。我听了心里仿佛倒进了黄连水又被一把钝刀在割着一样，我难过得泪水滚了出来。周总看到我如此悲伤，就又说了些其他的事情。萨特和西蒙·波娃的爱情非常感人，周总说。然后他又说了他们的爱情轶事。我听了满心的羡慕。他又说了肖邦和乔治·桑的爱情，他说乔治·桑写了那么多小说，肖邦创作了那么多经典曲子全是因为爱情。我听了感动得心里发烫，我说，我现在创作出这么有灵气的作品是不是也是因为爱情？我这么问着直直地盯着他。周总认真地看着我，一会儿说，是的，是因为爱情。我满足地笑了起来。这时他用我从来没看到过的眼神盯着我说，小玉，你真是仙女下凡。我激动得一下子跳到他身上，搂住他。后来，我让他说他和刘枫的爱情。周总不肯说，我却执意要他讲。周总被我缠得没办法，说，我说了，你别不开心。我说不会的。

19.周勃对刘枫的爱情

　　周总遥望着远处的天或者是云悠悠地说，脸上充满了平静和幸福。那时我的婚宴安排在"九里云"，刘枫是经理，她出来接待。我看到她后，被刘枫的气质深深地打动了。按理说新婚的我不应该对异性产生这样的感觉，但是我的婚姻是一种商业联姻，是妻子的父亲看中我的能力而成的婚姻，妻子的母亲掌握着一个大公司，对新婚妻子谈不上很深的感情。婚宴后，我就把我的所有饭局放在了"九里云"。以前饭局都是由秘书预定的，那以后我都自己打电话预定。刘枫在电话里的声音也非常好听。每次打电话我都想和她多聊几句，刘枫也非常客气地说几句，但没一会儿她就会说，周总，其他没事了吧，就这样吧，明天见或者晚上见。她不会和我多说话，她是个很认真的人。她曾说过，"九里云"是个老宾馆，硬件已经没法和新建的大宾馆比了，只能靠抓管理出效益。所以，刘枫电话里不会聊天浪费时间。每次见到刘枫我都特别开心，我知道我爱上她了。但我们见面除了客气简单的对话什么也没有。可我心里怎么也克制不住对刘枫的思念。我知道她已经走进了我的感情深处。可是刘枫是个严谨的人，在她面前，你没法也没有机会说出格的话，更别想说一些时下饭局上流行的黄色段子。因为她柔和的严肃、圣洁，让你感到她无处不在的高贵，你没法也不敢去亵渎。大概过了一年，有一次没饭局我给她打电话她很意外，因为我打电话都是有饭局的，我问她晚上有没有空，她说，晚上上班呀。我说，能不能请她吃饭，就在九里云。她说，上班吃饭不太好吧，我说，我是下了很大决心打这个电话的，刘经理别这么就回绝了。刘枫在电话里停了好一会儿，有二十来秒钟，她说，那我陪你一会儿，但我不能一直坐里面。好好，太太好太好了！我当时真的非常激动。我到的时候，一个小姐把我引向一间小包间。小姐上好菜后刘枫走了进来。我站起，恭敬地替刘枫拉开椅子，待她坐时再把椅子推进去。我们刚吃了一会儿，刘枫就被电话叫走，过了五六分钟她又进来。进来时刘枫说，对不起。我说没关系。我们聊了会儿各自的情况，我才知道，刘枫和我差不多时间结婚，比我早半个月，先生是个大学物理教授。我看着刘枫，这么近，很幸福，很温暖，心里像海涌一样一拱一拱的。可是就是不敢对她说我爱她，是她的严谨庄重阻止了我，仿佛一个俗人面对一个仙女不敢说任何玷污的话一样。中间刘枫又出去了一下。之后，又看表。我明白刘枫想让我早点结束。我只得结账。我发动车后，坐在车里半天，还是没法平静，想了一会儿就给刘枫发了条短信："在你的庄重严谨仙女般的圣洁面前，我不敢有任何出格的语言，我不得不靠短信告诉你，自我一年前见到你后，爱你的情感一直在我心里漫延，而且起来越汹涌。若让你不快请原谅我。周勃。"我心脏突突地跳着等待着刘枫的反应。我时不时地看表，感觉过了很长时间却只过去五分钟，十分钟，我感觉刘枫不会回信了就开车了。我刚开上高架路，手机响了一下，我明白是短信。我的心猛地狂跳起来，我把车停在一个下口的停车位上，按下双跳灯，看短信，结果是条公共信息。我非常失望！开了一会儿，又一条短信来了，我把车停在紧急车道上，按下双跳灯。尽管没有刚才的激动，但还是盼望着是刘枫的回信。当我看到是刘枫的回信时，心里的狂喜比刚才还激动。刘枫这样回信："周勃，谢谢你的真诚和厚爱。刚看到信息。L。"尽管刘枫的回信非常简单好像平时的电话一样，但我还是感到亲切。刘枫只是客观地礼貌地写了她对我的爱慕短信的反应，没有一点多余的让我多想的东西。我没法判断刘枫的态度。刘枫是个细心的人，她短信中还加了一句：刚看到短信，也就是说，她看了我的发信时间，知道我等回信的时间很长了，知道我等信的心情，加上刚看到短信，既是表示了歉意，也说明了客观情况。我不知道怎么进行下去。我想了想又给刘枫发了信："我希望有机会能约你一起看芭蕾。"我边开车边等着刘枫的回信，但这次，我一直开到家都没等到刘枫的回信。我想想也是，我发出这样的邀请，她怎么回答呢？当天晚上十点钟我给她发信："工作很累，愿你睡个好觉！你睡好觉我很开心。"刘枫回信很快："谢谢！你也睡好。"以后我每天晚上十点发这条信息，刘枫也这样回信。这样过去了两个月，这两个月我邀请她吃饭，都被刘枫拒绝了，刘枫说，饭都吃过了。那年秋天，我买了两张大戏院的票子，请她看芭蕾，是彼得堡芭蕾舞团演的。我不敢打电话，也不敢问她的意见，我发了这样的短信："我有两张今天晚上七点三十分的芭蕾《天鹅湖》

票子，我在大戏院三号门左侧台阶上端等你。手机块没电了，我可能关机。"我害怕收到刘枫不来的短信，才这样说了个谎。我非常害怕听到短信的响声。那之后我收到很多短信，每次响起短信的铃声，我都害怕得心跳加快。好在那天直到离开演还有十分钟都没收到刘枫的短信，我非常高兴。我想，现在她是不可能再决定不来的。但离开演还有五分钟时，刘枫来了个电话，她说，非常抱歉，晚上厅长忽然到饭店吃饭，她不能离开，要等到厅长吃完了才能走。我非常难过，我说，厅长来吃饭一定要你陪吗？刘枫说，不是我陪，而是我不能离开饭店，"九里云"是厅里开的，我这经理也是厅长聘用的。刘枫见我不说话，又说，这样吧，你看完芭蕾厅长饭也应该吃完了，我请喝茶。我把票子退了，我的心就像烧红的炭扔到水里一样。我一个人到书城去了，我在书城整整逛了两个小时，看了很多书，也买了一大包书。我走出书城，也没接到刘枫的电话。我心里有些不舒服。但想见刘枫的欲望还是特别强烈。我看了表，九点半了，就给刘枫打了个电话。电话一响，刘枫就接了，刘枫说，周勃，我还没忙完，你在哪儿，那你过来吧，你过来，我这儿也忙好了。

　　我赶到时，刘枫已经在宾馆门口等了。我为她开了车门。刘枫上来后就说，对不起周勃，厅长来前没有通知，临时的。现在我们去哪儿？你选，我请客。我倒不想吃饭喝茶，我想散散步。我说，我们在人民广场走走如何？刘枫看了我一眼，表情有些意外，她说，好吧，陪你散散步。那天晚上我拥抱了她，刚开始她推我，让我别这样，但在我强力下，她放弃了，我把她紧紧地抱着，抱了很长时间，足有五分钟。之后我吻她，她一开始不让，嘴一直在躲避我，不断地说，周勃别这样，我不喜欢这样。后来，我双手捧住了她的头，才亲了她。但她的嘴一直紧闭着，直到我轻轻地咬了她的嘴唇，她轻轻地叫了一声，我才把舌头伸了进去。她把我推开后羞涩地低下头，不断轻声说，我怎么这样？从这天后，我每天晚上的短信改成了："工作很累，好好睡觉，我爱你！！！！！！！！疼你！！！！！！！想你！！！！！！！"我用了八个感叹号。这样又过了一年，在我第三次订了房间后她才勉强和我进了宾馆。那次几乎是我强夹着她进去的。在大堂里她不断地往外走，我就搂着她往里走，我说，大家都看我们了，难看。进了房间，刘枫非常严肃，或者说表情非常紧张，是那种害怕的紧张。但她没有拒绝我，而是木头一样任我脱去她的衣服，我看到她在抖，眼神流溢着恐惧。当我进入她身体时，她一动不动，头羞怯地转向一边。由于激动我很快就射了。我们平静地穿好衣服。我以为刘枫会发火，但没有。刘枫说，周勃，在我的脑中，从来没有情人的概念，你要向我发誓，永远不会让第三个人知道我们的关系。那时我跪了下来，向她发了誓。我发誓时，泪水流了下来。刘枫不是个浪漫的人，她也不喜欢做爱，她可以说是个工作狂，她从来不对我说我爱你三个字，只在做爱来高潮时才这么说，就是这样我也非常爱她。就这样，我们相爱了二十年，我从来没找过另一个情人，想都没想过。直到你出现。

20.小玉热恋

我看着周总深情的对刘枫恋恋不舍的表情，心里涌满了醋意，心里的难过铺天盖地。我搂住周总，问，你会爱我二十年吗？我知道我的表情一定非常难看和悲伤：流泪、凄苦和哀伤。周总看了一会儿，说，会。但周总说得很无力。我压抑着嗓子平静但是坚定地对周总说，一定别离开我！我会爱你一辈子！我这么说的时候心痛得要命还充满苍凉和绝望。我不明白我就是强烈地这样觉得，周总不可能和我相爱长久，哪怕是两年或是一年。

市区已再没什么可以玩的了。我们便商定到郊区去玩。那个周末一大早我们就奔向郊外。看到郊外那片田野，我心里充满了亮堂和清爽，一股全新的感觉涌入心底，我心里生出股强烈的激动和兴奋。对置身于一望无际的绿色田野中间在心中会产生如此清新爽朗的感觉我是未曾料到的。就是在边疆我也没产生过如此强烈的感觉。我后来想，我在边疆没能产生这种感觉实在是因为生活太艰难了所以没有心思去欣赏大自然的美好了。我的血脉在突突地跳着，产生了想大声叫一叫的强烈欲望。我立刻就大叫了起来，随着大叫，我浑身是通体的爽快。周总听到我的叫声快乐地笑了起来。周总仿佛也被我感染了，从来没听到他唱过歌我却听到了他亮开艰难嗓子的歌声，他唱的是俄罗斯民歌《三套车》，他那浑厚又有些忧伤的歌声在一望无际的田野上远远地传出去传出去。我幸福而激动地看着他。我们在一条河边停了下来，河岸坡上长满了小小的青草。我一屁股坐了下来，脆声叫道：

"真累死我了。"

周总也在我边上坐下。河水绿油油的，微风吹起涟漪，河两岸一望无际的水稻被秋风吹得哗哗地响，透溢出黄灿灿的香味。绿色的水面泛起温馨和清甜。周围空无一人。蓦地，我心里涌荡起激动，眼睛竟有些潮。我看着浩瀚的稻海，喃喃地说："多好……大自然……多好……生活……"

我一动不动地凝视远方，低低地说：

"青春多美丽。"

两颗晶莹的泪珠流过我的脸颊。

我和周总的感情发展得很快。我们几乎每天在一起，而且每天做爱。

　　这样的日子我既感到幸福又觉得麻木，我甚至觉得自己已经毁灭了，已经无可救药了。每次做完爱后一个人回到家总是极度的空虚和绝望，可是第二天又拼命地在做爱中麻醉自己。但是有一点我是意识到的：那就是我是一种今朝有酒今朝醉的心态。上帝对我太不公平，我这么追求爱情，希望有一个自己的家，却一个个都得不到，而周总居然爱了刘枫二十年！

　　我对周总更加热爱，他让我做什么我就做什么，就是他没让我做的，我只要想到了，我都做了，不仅是出于爱情，更出于我潜意识里想让周总在脑中彻底埋葬刘枫的影子。不管周总爱了刘枫二十年，也不管周总是不是还有过别的女人，我要用我的爱让周总彻底忘记她们，我要让周总知道我不仅是世界上最漂亮的姑娘而且是最爱他的姑娘。

　　后来我明白，我潜意识里还存在着要让周总离婚娶我的念头。我不仅表现出一个情人所必须有的一切，而且要像个淑女，像一个贤妻，我想以后还要像一个好母亲一样。在我们两人在一起时，我尽我最大努力做好。我有时撒娇，有时任性，但从不过头。我知道任何一个任性过头撒娇过头的姑娘都不可能让一个男人长久爱她。在我的努力下，我已经明显感觉到周总已经爱上我了。有时他会主动拥抱住我，然后热烈地亲吻我。那时我仿佛真的获得了爱情一样。我非常感动，心里也生出越来越浓烈的感情，有几次我流着泪说：

　　"周总我真的离不开你了，离不开了，离开你我真的会死的。让我永远跟着你吧（我这么说着泪水把周总的衣服全打湿了）。周总你不要当总经理吧，我们不要这么多的钱，我们到一个没有人知道的小区，过平凡的生活，什么都没有，就有爱情，我替你生几个孩子，我们像平常家庭一样养儿育女，我每天早上去菜场买菜，回来烧几个你喜欢吃的小菜，你去干一份普通的工作，每天早早地回家，我们一起吃饭，吃完饭早早地上床，然后我们尽情地做爱，每天这样过日子好吗？"

我这么说着幸福的泪水止不住地流下来。周总看着我，他激动地眼里盈上泪光，他说：

"小玉你真是天底下最善良的姑娘。但是小玉，尽管我很想这样，我们不能啊，我有妻子孩子，还有刘枫，我怎么能丢下他们呢？"

我听了周总的话，伤心地把他紧紧地抱住。

21.找刘枫摊牌

后来我做了件让周总很生气的事情：我去找了刘枫。

我们一坐下后，我就对刘枫摊牌了。但在这之前我一看到刘枫时我就知道她已经预感到了什么。刘经理一脸平静但有些严肃地看着我。我说出自己的想法前情不自禁地流下了泪水。

"刘经理，我对不起你，我爱上了周总，他也爱我，但他舍不下你，刘经理我现在真的很自私，我想和他结婚。但我并不是要你和他断，只是希望你能原谅我这样，并能同意我和周总结婚。就是结婚了我也不会让他和你断，因为你们之间的感情让我太感动，尽管我心里嫉妒，但我还是没有理由要你们断。"

我语无伦次地说着。刘经理脸色开始变得难看：

"小玉，我对周勃没有约束的权利。再说了，我和周勃之间的关系是很正常的关系，并不是像你想的那样。你想做什么就尽管去做好了！只要周勃愿意。我和周勃还是和以前一样，平常的关系。"

　　刘经理这么说着叹了口气，然后又说：

　　"小玉，你还小，一定要以事业为重，干出一番成绩，在这个城市站住脚，否则，你怎么办呢？你在事业上才开始有了些成绩，你一定要好好发展下去，而不是现在就旁趋他骛。这样你是不可能完成你的目标的。"刘经理停住，深深地看着小玉，"小玉，人一定要有一个好的品质，这对爱情和事业，对你人生的一切都很重要。"

　　刘枫顿住，欲言又止，她站起准备走了。她显然认为我是个品质很坏的人。我伤心极了，哭得更悲痛。

　　"刘经理我对不起你，但我确实太爱他了，我确实太难过了，我过不下去了。"

　　我真想抱住刘经理哭。她对我多好啊！可我现在居然要把对我这么好的人的爱人夺走。可我怎么办啊？

　　我多么希望她能和我多说些话啊！哪怕她把我骂一顿。可她什么责备我的话也不说就走了。

　　我看着刘经理的背影消失在大街上，心里涌满了无穷无尽的伤痛、隐隐的悔恨和深深的自责。

　　周总把我狠狠地骂了一顿，但又说不了几句话。周总气得就在总经理办公室像疯狗一样乱转。尽管他骂得声音很轻，但语气很坚决，他显然气极了。周总边说边在房间里来回走着，手不断地一点一点地指着我，像一头困在笼子里的狮子。

　　"你怎么可以去做这样不知羞耻的事情？你怎么可以这样？！不知羞耻！"

　　就因为我对刘枫的摊牌，刘经理离开了周总。刘枫是个很有自尊的人。她当然不能容忍自己的爱人对她的背叛。

　　那段时间周总很痛苦，我心里却涌满了巨大的幸福，尽管在这巨大的幸福背后还有些内疚。我每天都陪他，尽我最大努力爱他，从情感到行为。我觉得我能为一个男人做的只要想的到的我都做了。那时我觉得我不可能再爱上任何一个男人，我觉得世界上没有一个女人对男人的感情有我对周总的感情这么强烈这么深厚这么刻骨铭心。我脑中想的就是要让周总觉得他选择了我一点都没错，要让他觉得他选择了我是值得的。我要让他从心里认识到我是世界上最好的姑娘。我还要让他自己离开他的妻子来娶我。

　　这都是我最想的。

22.裸照

　　为了让周总时时刻刻记着我，我到表姐曾说过的那家全国著名的"梦的"照相馆拍了一套全裸艺术照片。那时，表姐第一次看到我的裸体，又惊讶又羡慕，她一直怂恿我去拍。那时我羞愧得脸通红，怎么也不可想象我会去拍这种照片，现在我却是那么强烈地想去拍，爱情的力量有多大啊！拍的时候摄影师不断地夸我漂亮夸我身材标准，说他搞摄影二十年了还从来没看到过这么标致的姑娘。照片拍出来后我自己也觉得非常非常漂亮，我激动得心脏突突地猛跳。我想周总看到后一定会兴奋得把我抱起来。

　　但是事情的结果完全和我想的相反。当我兴奋地对周总说：

　　"今天我给你看一样东西，你一定会非常非常高兴的。"

　　周总平静地看着我等着。我拿出我的照片。周总看到后脸一下子变得严肃起来。我心里充满了恐惧。他看了几张后把照片放在桌上，轻声但严厉地问：

"你怎么可以去拍这样的照片？你怎么可以让第二个男人看到你的裸体？而且他要是把你的照片留了一套怎么办？"

"不会的，肯定不会的，我拍之前都问好的。"

"你怎么可以这么相信他们？他们是商人。若你的裸照在社会上流传怎么办？"

"不会的。"

我几乎急得要哭了，泪水在眼里打转。

周总立刻拉着我去了"梦的"照相馆。周总找到了摄影师，看了他半天，然后让摄影师看了自己的身份证和名片。摄影师立刻吃惊地说：

"您就是'奥利克'的总经理啊，久仰久仰。"

"我希望先生能信守拍照前对我夫人的承诺。"

"那当然，否则我们'梦的'怎么在社会上混下去呢？现在拍写真的姑娘很多很多。"

周总脸上仿佛松了下来："但我还是要把话说在前面，若在社会上有任何一张我夫人的照片，我有的是办法对付你。"

摄影师说："周老板放心，我们是要吃饭的，不会冒这种风险，再说现在要漂亮姑娘的裸照，网上多的是，周老板请尽管放心。"

"请原谅我刚才的话。"

"周老板请一定把心放回肚子里去。"

周总从照相馆出来后好像放心了些。他回到房间后又看我的裸照，然后凶狠地把我推倒在床上立刻脱掉了我的衣服。我从来没看到过周总对我这么凶狠这么狂烈。但我心里却涌满了满足感。整个过程中我不断地说我爱你。周总在最兴奋时说我爱你。当时我泪水都流了出来。让他说一句我爱你多难啊！我幸福极了，我当时脑中想的就是我这辈子做女人值了，

就是以后不再有爱情孤单地一个人过下去或者就是死了我作为女人也无可
后悔的了。

周总说他要把这些照片全藏起来，不许再有第二个人看到。

23.被周总太太打

我不知道周总后来是如何和刘枫谈的，但刘枫确实是不再愿意和周
总来往了。我心里很是难过，他们毕竟好了二十年，是我的出现使他们分
开了。刘经理对我那么好，我真觉得很对不起她。但我怎么办呢？

周总经过刚开始的痛苦之后，后来就看不出什么了。我知道周总把
这伤痛埋在心底。我对周总更加热爱。因为这热爱，我创作时灵感勃发，
设计出了很多时装，我们的时装不仅在国内打开了市场，而且在美国在意
大利也开始有了影响。我们的贸易额在不断上升。周总非常高兴，常给我
红包。我的工资真的涨到了如周总以前对我说的让我觉得是天文数字的高
额了。我自己都有些过意不去，我觉得自己的工作成绩远没有到拿这份工
资的资格。周总还是说那句话，不要拿过去的标准来衡量自己，眼光要盯
住那些事业上获得成功的人物。

我在欧洲小区买了一套房子。周总常在我那儿过夜，我们真的像夫
妻一样生活了。那些日子是我最幸福的日子。可是好景不长。不久，我又
开始感情无所寄托的生活了。

周总常带我出入很多他朋友的圈子。我认识了很多人，有厅长局长
有画家有董事长总经理。从他们的眼神他们的话语，我看得出来他们对我

都非常欣赏。尽管他们表现得很正常，但通过他们的表情，从他们一闪即逝的那种深深的羡慕夹杂着嫉恨的眼神，我还是感觉到他们非常嫉妒周总和我的爱情，或者说嫉妒周总能拥有我这么个姑娘。那个叫大卫的画家却一点掩饰都没有，画家说：

"周勃，你真是大福之人，人说商场和情场不可兼得，可你周勃却都得了，而且情人竟是天底下如仙女般的尤物，这真不公正。不过小玉真是个人见人爱的姑娘，对我来说，我看到她就灵感勃发，我可以肯定地说，今天遇见小玉将使我创作出一幅大作品。若周总没意见，我希望小玉能做我的模特儿。小玉已经让我灵感勃发。我一定会创作出在中国油画史上站得住的作品。来，为我那幅能够载入中国油画史的大作品干一杯。"

大卫说完后，把酒一干而尽。大家听后都大笑起来。

但是这样的日子过得并不长久。我等待的周总离婚的事情还没眉目，苦难就走向了我——周总的老婆终于发现了我和周总的事情。周总的老婆家庭背景很深，她非常骄傲也非常凶狠。她根本不给周总面子更不用说我了。那天她冲到我的办公室不说任何话上来说是给我一个耳光。我毫无准备，被她打得脸颊火辣辣的，羞耻的泪水滚出我的眼睛。幸亏我是一个人一个办公室，没有人看见，否则我真不知会不会从楼上跳下去。她打完后凶狠地对我说：

"你这个小娼妇，马上离开我丈夫远远的，否则我叫你离开这个城市，甚至让人消灭你的肉体！"

她说完就气汹汹地走了。我看着她的身影在门口消失，竟一点行动都没有。可能是自己理亏，也可能是自己从来就不是个会和人吵架的人，我默默地流着泪，心里很乱很空，有一种灾难临头的感觉。我从小就知道权力的厉害，知道权力可以让一个人上天堂也可以让一个人下地狱。我真后悔当初没问问周总夫人是干什么的。我真后悔太莽撞了让周总太太发现了我们的事情。我不知道怎么办。可我怎么也想不明白她怎么会知道的。

但让我感到一丝慰藉的是她没有到周总那儿去闹。周总要是这么出丑那以后他怎么工作啊！

她走后不久周总就打来电话。他让我中午到新侨吃饭。我知道他是为了安慰我，同时也想和我商量。可我没想到的是周总选择了和我分手。我一听泪水哗哗地流了下来。我哭了很长时间，哭得直打嗝。周总怎么安慰我都止不住泪水。

"周总，你若离开我我真有死的想法。"

我哽咽着说。幸亏是在包房，我怎么哭都没关系。周总不再说什么，他使劲抽着烟。

"小玉，我老婆是个很凶狠的女人，她父亲很有背景，你真的会死在她手里。"

"可我离开你，我一样活不下去啊！"

我大声说。说完我又更悲伤地哭泣。

"小玉，别耍小孩子气。我们都先好好想想有没有更好的办法。但既然她知道了，我们再想保持下去的可能性是不存在的。"

我抱着周总痛哭着。那时我真的死的心都有。

可能是为了事业，也可能是为了自己的前途，周总最终没顾及我的感情和悲痛，离开了我。

"小玉，你若还念及我们相爱一场，念及我的感情和我，请你一定不能轻生。"

周总抱着我郑重地说。说着他也流出了泪水。这是周总第一次也是唯一的一次在我面前流泪。

24.离开周总小玉大病

就这样，我和周总快乐幸福的生活只过了一年零三个月就结束了。我大病一场。我躺在床上不吃不喝，悲伤几乎把我消灭了。我有种活不下去的感觉。我确实想过死，脑中无数次幻想着从我房间十八楼的窗口飞跃而下，在飞跃过程中，城市的高楼群和低矮的平房在我眼前飘过的情景美极了。这种飞跃的情景一次又一次地在我眼前闪过。我甚至感觉到了一头撞在楼下卵石路上一瞬间的剧痛和随之而来的解脱和轻松。我甚至感觉到了我灵魂飞出我的躯体的惬意和彻底自由的幸福。我多次走到窗前，看着对我有巨大吸引力的窗外的世界。我慢慢地打开窗，窗外的风立刻使劲地吹着我。这呜呜作响的风仿佛提醒了我。我耳旁又响起了周总流着泪对我说的话：

"小玉，你若还念及我们相爱一场，念及我的感情和我，请你一定不能轻生。只要有可能，我以后一定还会来找你。只要你不结婚，你永远都是我的情人。"

我停了下来。我靠在窗沿哭了起来。我浑身无力，像条水蛇一样软在窗台。这时我好像又听到周总在和我说话：小玉，你心甘吗？你这么年青漂亮，为什么要去走黄泉路？你就那么绝望地认为你以后就不会有幸福的生活了吗？

我回到床上，我的枕巾都湿透了。这时，我翻开《柳永词选》，我又看那首我很喜欢很感动的词《雨霖铃》。这是柳永考上官后离开首都去湖南任官前，他的情人为他饯行时柳永写的词。"寒蝉凄切，对长亭晚，骤雨初歇。都门帐饮无绪，留恋处、兰舟催发。执手相看泪眼，竟无语凝噎。念去去、千里烟波，暮霭沉沉楚天阔。多情自古伤离别，更那堪、冷落清秋节。今宵酒醒何处？杨柳岸、晓风残月。此去经年，应是良辰好景虚设。便纵有千种风情，更与何人说。"泪水随着柳永的词滚滚地流到枕巾。

我知道自己这样不吃不喝会死的，就坚持每天喝牛奶喝水。冰箱里能喝的东西全都喝完了。我痛苦绝望地躺着，我不知道怎么把日子挨过去。我现在多么需要一个人，需要一个人来安慰我。我想找个男人好好聊聊。我想到过姐夫，想到过几个对我不错的男人，可是我一个都没找。我知道我现在去找谁我都会失去控制。我不愿意自己在这种情况下出现什么意外，不想在这种情况下再一次失去自己。我就这么躺在床上苦熬着。

这时周总的好朋友画家大卫在一天晚上给我打来电话。他说他现在特别需要一个模特儿。他说他要创作出色的作品参加全国油画大展，务必请我当他的模特儿。

"马上就来好吗？你一定能让我画出伟大的作品。马上来好吗？马上来，我请求你小玉。"

大卫在电话里说得很恳切很疯狂。

大卫给我打电话时是凌晨一点钟，我想艺术家可能都是这样，深更半夜的都不睡觉。

我竟然忘了画家电话背后的东西。后来我才知道大卫在这个时候给我来电话一定是从周总那儿知道了我们分手的消息。他知道我肯定特别痛苦，他怕我出事情，所以才打这个电话。当时我听了大卫的话，激动得把被子紧紧地搂在怀里仿佛是搂着周总一样。

我的心情特别坏，漫漫长夜使我难熬，度日如年一样。这些天我也不知道是怎么过来的，整天整天躺在床上。现在大卫让我去正好可以让我摆脱我难熬的漫漫长夜。可我一点力气都没有。我对大卫说：

"我生病了，没一点力气，走不动。"

"是吗？怎么会一点力气都没有？我马上过来小玉，你别着急。"

我放下电话，心里流过许多温暖。泪水又大滴大滴地滚出我的眼眶。

没十分钟我的门就被敲响。我摇摇晃晃地走向门口。我一打开门，就顺着墙软了下来。大卫立刻把我抱到床上。他把我放下的同时颤声问，小玉你到底怎么啦？大卫问的时候泪水竟然流出了他的眼睛。

"小玉，你怎么会这样？现在我的心很痛很痛。"

我看到大卫的泪水，我心里一动。

"小玉，我们去医院。"

"没事，大卫，我主要是好几天没吃东西了。"

大卫大惊失色，他立刻冲了杯糖水让我喝。

"我们马上去医院。"

"不用大卫，我休息一下就会好的。"

"不，小玉听话，我们去医院，你看你的脸色，走，去医院。"

大卫说着抱起我就走。我像水蛇一样软锦锦的。

医生听了大卫的叙述，又听了听我的心跳，然后让护士给我打点滴。大卫坐在我身边，握着我的手。

"大卫，谢谢你。"

大卫小声对我说："小玉，你应该知道你对这个世界有多重要，尤其是对我，你怎么这么不爱惜自己？看到你的样子，我心里像被刀割一样。"

我的眼泪又滚了下来，心里被大卫的话温暖着。

"大卫，就你这么看重我？实际上我在这个世界上就像一根羽毛一样。"

我的手冰凉，大卫脱下风衣盖在我身上。风衣上有大卫的体味。那在平时我会觉得非常难闻的体味，现在对我而言竟是那么亲切，那么让我感动。我把大卫的风衣捂在脸上低声抽泣起来。

"小玉，你别哭了好吗？只要你同意，从现在起我会一直陪伴你。"

大滴的泪珠滚过我的脸颊。我握握大卫的手，绵软无力。

回到我的住处已是凌晨三点多了。大卫马上替我准备吃的。他替我下了一碗面条。大卫真细心，回来的路上在一个超市他买了些东西。这面条就是刚才买的。我几天没吃东西，大卫怕我胃受不了，把面条烧得很烂。当大卫把面条端到我面前时，我的泪水滚滚而下。

"别再哭了小玉，你的眼睛已经这么红了，再这么哭下去，眼睛要哭坏的。把眼睛哭瞎的事情并不是只是说说而已，是真的会发生的。"

大卫递给我一条毛巾。

"我真想让自己的眼睛哭瞎。"

"为什么？小玉你不能这样！天大的事情也能过去。别再哭了好吗？我要你的眼重新明亮起来。"

我吃完面条感觉有了些力气，我说："大卫，现在就去你画室画吧。"

"你太虚弱了，你先好好睡觉。"

"没关系大卫，我现在要睡也睡不着，画吧大卫。"

我站起准备走。可是，我刚起身，身子却晃了一下，差点没跌倒。大卫眼疾手快，冲过来把我扶住。

"还是别画了吧。"

"没关系大卫，我真的一点都睡不着。你就画一个病美人吧，这也是个新的题材吧，再说，我不想一个人再在这儿待着。再在这儿待着我会变疯的。如果方便的话，大卫，我想到你那儿住一段时间。"

"好好，太好了，到我那儿去，你好好睡觉，睡他个七天七夜，好好休养。也让我好好照顾照顾你。"

我起身，眼前天旋地转，我又晃了一下。大卫立刻扶住我。

"小玉，有什么事情，你说我去做。"

"我拿些换洗衣服，你不知道在哪儿。"

大卫扶着我。我把化妆品和一些换洗衣服及没吃完的零食放进一个纸包。

可能是太累了，也可能是这段时间深重的心灵创伤使我精疲力竭，我在画家大卫那儿睡了整整半个月，除了必须做的，我就是睡觉。而且怎么睡也睡不醒，越睡越想睡。

25.给大卫当模特儿

除了吃饭上厕所，我连着睡了半个月后，精神缓了过来。我躺在床上开始细细回顾自己来到塞壬市后的经历，尤其是三次爱情。姐夫、但丁、周总他们三人形象不时地走进我脑中。他们对我说的很多话常常会在我耳边回响。尽管心里还很难过，但已不像以前那么严重了。想起他们和我分手的原因，想起他们对我说过的一些话，我忽然觉得十分悲哀。姐夫和周总都是有妇之夫，他们和我相爱，但没有一个是真正想离婚和我结婚的，他们只想让我永远成为他们的情人，而自己的家庭又安然无事。而一旦危及他们的家庭，他们的事业，他们都不约而同地牺牲了我。但丁尽管没结婚，却不能宽容我不是个处女，若他是真正爱我的，怎么会不宽容我呢？我真不明白但丁怎么会这样？只要相爱，为什么还要在乎这个？后来，我又想到自己，我自己是不是有错呢？对姐夫对但丁我觉得我一点没错，但是，对周总，完全是我自己追上去的，周总已经抗拒了我很长时间，只是最终被我征服而已。

我的命运或许就是这样。面对窗外的皓月，我心如止水。

那天早上我开始给大卫当模特儿。尽管我精神好些了，但还是很虚弱。我脱衣服时，我的文胸却怎么也脱不下来。我的手没有一点力气，我解不开背后的扣。还是大卫帮着脱掉了文胸。我就按大卫的要求摆好姿式。大卫回到画的位子上，当他审视我的时候，忽然愣住了。他眼睛一眨不眨地盯着我看，喃喃地说，你真是太美了！后来大卫告诉我，他作为一个职业画家，见过无数美丽漂亮的女人，但从没见过我这样美得让人震惊美得让人恐惧的女人。

我刚一坐会儿就觉得很累。我问大卫还要画多长时间。我根本就不明白画一幅画要多长时间，画家画一次——他们叫工作一次一画就是几个小时，模特儿就必须一动不动地几个小时坐着或者站着。我才坐了没十分钟，就问大卫这样的话。

大卫看看我的脸，忽然他明白了：

"小玉，你是不是很累？"

"是有点累。"

"那你躺在床上，我画躺着的。"

大卫拿过被子和枕头，让我躺舒服，又把我的双腿摆了个姿势。大卫先是拍了几张照片，然后开始画起草图。

我躺在那儿睡着了。可能是一个小时，也可能更多些时间，当我醒来时，我看到大卫已经停在那儿认真地看着他的画布。我的身上盖上了毯子。我轻轻地叫了一声大卫。大卫仿佛被我的叫声吓了一跳。他见我醒来，立即让我过去。大卫兴奋地说：小玉，你快过来看。显然他对自己的作品非常满意。

大卫真是个天才，他居然已经画出了一张油画！大卫把我的脸画得非常逼真。看到自己被大卫画得这么入神，我很高兴。我欣赏着。

"小玉，这幅画一定会引起震动。你一定能让我画出最伟大的作品。"

大卫又让我摆了个姿势。大卫真是个艺术家，浪漫得出奇，而且很直接率真。他画完我的草图后放下了他的画笔。他走到我的身边，什么话也没说就把我拥在怀里。

"小玉，自从我见到你后，我就没有一刻忘记过你，我没有一天睡过一个安稳觉。夜里常常会梦到你忽然醒来。你是我这辈子见到的最漂亮的姑娘。我常常在半夜醒来，再也睡不着，心里充满激情。我就开始画画，一直画到窗外露出鱼肚白。真感谢你让我画了大量的画，而且这些画都非常有水准。今天你终于来了，我可以和你生活在一起，我真是太幸福了。我知道你受伤了，让我好好爱你吧，让我好好保护你吧。我会像保卫自己的生命一样保卫你。我今后再也不会让人来欺侮你了。"

听了大卫的话后泪水流出了我的眼眶，我那颗受伤的心得到最大的安慰和治疗。我也热烈地吻大卫。我们吻得天翻地覆。我们吻了足有十分钟。我心里涌满了欲望。后来我想，和大卫才认识就这样，我是不是因为恋爱受了大伤后心里产生了自虐与被虐心理？是不是自己被人抛弃后心里有一种轻贱自己潜意识？是不是我开始堕落了？这时我想到了一个英语单词Coquettish，我是不是一个Coquettish姑娘？

后来大卫就把我的衣服全脱光了，然后很突然要求进入。事实上，当时我什么感觉也没有。只是想做爱，想疯狂地做爱，甚至于希望自己在做爱中死去。那晚上我们只有疯狂，我只是承受着大卫那巨大的爱和猛烈动作。但我心里是那么满足，那时我忘却了所有的苦难，所有的痛苦，大卫对我的巨大的爱和欲望让我那颗受伤的心灵也得到最大安慰，身心彻底地放松。而此时如沙漠一样的空虚却绵绵不绝地在我心里泛起。

第二天我感觉下身火辣地疼痛。

后来，我就和大卫相爱了。不，应该说我被大卫爱上了。因为大卫爱我的过程中，我还处于非常伤痛和空虚之中。我的心灵应该说还处于麻木状态。直到后来很长时间我才慢慢感觉到大卫带给我的幸福，那种爱情的幸福。要不是大卫，我可能真的毁了。大卫把我从人生的一个大灾难中救了出来。

我在大卫那儿住下了，我的身体也渐渐地康复。大卫开始了据他后来讲的那种疯狂的创作。只要我能坚持，他就一直在那儿画，有时我们都忘了吃饭。常常是一人泡一盒方便面草草了事。真的如大卫说的那样，大卫创作出了大量的作品。大卫那间一百五十平方米的画室的墙上都是我的人体画。后来我才知道，画一幅古典油画是需要很长时间的，一幅一米见方的画连续不断地画也需要一个月。可是大卫真是发疯一样，没日没夜地画。实在累了才睡上一两个小时，有时画得太累了，就和我做爱。我真不明白，大卫这么累了，怎么还有劲做爱？

大卫仅仅用了三个月时间，就画出了二十五幅画。平均三天就一幅。最大的一幅有二米宽三米高。大卫说，他要办一个个人画展，还要选几幅作品参加全国美展。

后来大卫累病了，发高烧，三十九度七。我送他去医院，医生给他打了退烧针后又给他吊了水。可他刚退烧就又站到了画布前。我怎么劝他都没有用。

和大卫在一起我的心情渐渐地平静下来。我自然不再去周总那儿上班。上刘枫那儿更是不可能了，就是可能，我也没脸再去了。在周总那儿工作时，我挣了不少钱，眼下就是不工作也没关系。但没工作的日子还是让我心里发慌。我来塞壬的目的远没有实现。我还得找出路。有时晚上我一个人坐在那儿静想，当时若不和周总相爱，我的事业不是会很成功吗？周总当初不是反复告诫我，要以事业为重，可是，当时我什么也听不进去。疯狂的爱情和嫉妒让我不顾一切。本来是非常灿烂美好的前程全让自己给毁了。这就叫作咎由自取啊！都是我自己作的呀！

可是二十岁的我又怎么能够抗拒得了汹涌的爱情呢？

26.画家大卫

尽管有时我会认为姐夫有些自私，但我还是觉得姐夫是个品德高尚的人。他一直沉浸在对我的强暴的悔恨中。尽管我从来都没有责怪过他，但他没有一刻停止过忏悔。

因为我好长时间没有和表姐和姐夫他们联系，姐夫那天找到了我，我们一起到中央绿地。我们走累了在椅子上坐了下来。姐夫握住了我的手，然后开始流出了泪水。姐夫说：

"我知道你所经历的苦难，所有这些苦难都是我带给你的。"

我非常吃惊姐夫怎么会知道这些，后来我才知道，姐夫一直在关心着我的命运。他知道我和但丁事情，知道我和周总的感情，当然也知道我现在和画家大卫的关系。他对我说：

"小玉，如果你真的什么都没有了，我离婚和你结婚，我要让你幸福，一定要让你幸福。我既然对你做下了那件事情，我一定要对你负责。"

我听了姐夫的话泪水立刻滚了下来。我心里多么希望能和姐夫在一起生活啊！可是表姐怎么办呢？

"我真是陷在泥潭里了，一边是你，一边是和我生活了那么多年的你表姐。她是个非常好的人，我怎么狠得了心去伤害她呢？我真是个浑蛋啊！"

"姐夫，你别这样，你一定要好好照顾好表姐，千万别和表姐不和。那样我真的会难过死的。我没关系，我会好的。"

姐夫抬眼看我，好像心里充满了感激。

"小玉，你真是个懂事的姑娘。"

我听了姐夫的话心里酸酸的。我是懂事啊，可是我的命运却是这么苦。

"大卫人怎么样？"

"大卫是个艺术家，艺术家有些自己的特点，但人不错，很真诚。"

"那么好好相爱，早点和他成家，过安定的日子。"

我看着姐夫渐渐远去的背影，我心里像弥漫着大雾一样迷茫空落。

大卫是个艺术家，他并没有要和我结婚的想法。但他非常爱我。和大卫最初相爱的那段时间，我真的非常非常幸福。我几乎忘却了周总离开我给我造成的伤痛。那段时间我们沉浸在疯狂的恋爱或者说做爱和画画之中。我每天坐在大卫的画室里，当他的模特儿，大卫拼命画，画累了就和我做爱，做完爱接着画。我不懂画的好坏，但看到大卫每画完一幅画那个得意劲头，我就知道画画得很不错。

大卫有四幅画入选全国美展。而且都是画我的。大卫感到很满意。大卫说，一个画家能选上一幅就很不错了，很多画家一幅都选不上。选上两幅的画家都很少。大卫的个人画展在他的朋友文化局长的帮助下，办得很顺利。开幕那天很热闹，管文化的副市长、美协主席、文联的有关头面人物都来了。大卫也在很显眼的位置被电视台摄下。后来又被记者采访。大卫西装笔挺、风度卓越、侃侃而谈。我没想到平时不修边幅的大卫，西装一穿还真像回事。大卫在摄像机前高高地昂着头，微笑着，眼神谦虚而又透着傲气。尽管他没看到我，但他一定知道我在电视上看到他。当记者问大卫是什么让他创作出这么高水准的作品时，大卫突口而出："For an angel.（因为一个天使）"

大卫脸上是灿烂的笑。

"能透露一下这个天使是谁吗？"

大卫笑了笑："不能，因为她还没成为我的妻子。不过展品中就有这个天使。"

记者和旁边的人都朝画展看，人群中有些骚动。

"您有信心得到这个天使吗？"

大卫想了想说："我有信心，但是，她愿不愿意嫁给我，我没把握。"

"但愿这个天使能看到听到您的话。"

"我想她一定能听到。"

"不过，据我了解，大卫先生是个独身主义者，现在是不是因为遇到了一个仙女而改变了主意了？"

大卫神秘地一笑。我看着大卫得意的脸，心里流过一些狐疑。他可是从来也没响应过我有关婚姻问题的谈话。难道他心里真的是想结婚的，只是没和我说？还是在画展上一时激动随便回答记者的话？

晚上大卫看了电视新闻，很是满意。他的镜头出现了三四次，并有一句"这是本市著名画家大卫先生的第三次个人画展，大卫先生的画在全国非常有影响"的介绍词。电视上出现了他的两幅作品的定格。其中一幅就是我的人体画。那段采访对话也放了出来。大卫心里一定涌出些激动和自豪。电视新闻一完，他就把我拥在怀里。我想问他有关结婚的事，但想想还是算了。

这一夜大卫毫无睡意。他又在画室工作了一夜。

大卫是创作力非常旺盛的天才画家，他可以同时画几幅大的作品。他的画室非常大，他的画布充满了整个墙壁。他曾激动地对我说，我给他带来了巨大的无穷无尽的灵感。大卫始终是非常有激情，画画非常快，他会几个小时一刻不停地画下去，我累极了他都不会有一点感觉，他只会注意自己的画。我有时实在太累了，我就对他说我能不能动一动，他就让我动一动，自己还是没停下画笔。他并没有让我休息。后来大卫点烟时我问他：你是不是想把我累死？他这才笑了起来让我休息。有时他画的时候牡物都会勃起，然后放下画笔就和我做爱，简直疯狂到了极点。而每当此时我也非常兴奋，我们做爱质量非常非常好。这时我问大卫，那天电视里你讲的话是不是真的？大卫问我是什么话，就是结婚啊，大卫说，我是想娶你，但不是现在。我要让我的事业更加成功后再考虑结婚。什么才算是更加成功？我问大卫。大卫看了半天说，等我有钱了，等我一幅画可以卖到十万美元了。我惊愕地瞪大眼睛。我第一次听到一幅画可以卖到十万美元。大卫双手搂着我双肩，盯住我，严肃认真地说：

"我要让你过上幸福的日子。"

我看着大卫，心想，金钱并不是我最需要的，我最需要的是感情，需要的是爱我一辈子的男人。

大卫真的不错，让我过了一年三个月的幸福生活。这一年三个月里，我几乎天天给大卫当模特儿。大卫创作了大量的画。

办了个人画展后，他又运作着把自己的画推向市场。但大卫对他的画估计得太好了，他的画在艺术大厦的画廊里最高的标价也只有一千八百元。然而买的人不多。这和他的期望相去甚远。大卫非常沮丧，情绪一落千丈。那时的大卫很情绪化，会为一点高兴的事情欢呼跳跃，但遇到一点挫折便立即情绪低落。那段时间，大卫画画的热情也不高了，甚至连和我做爱的热情也大大地减退。

大卫是个自由画家，全靠卖画维持生活，画卖不出去，生活自然很拮据。自从我和大卫一起生活后，刚开始大卫还没让我感觉出生活的艰苦。我刚去几天，大卫对我招待得不错。但没两天，我就看出了他的困难。我便拿出钱来，对付日常的生活开销。后来我知道，画油画成本是很高的。油画的颜料非常贵。有的进口颜料要几百元一支。而大卫对于他认为重要的画便会去买这种进口颜料画。

这样的生活让我感到隐隐的不安。但日子还是一天天过下去。大卫的情绪慢慢恢复过来，他又开始了他的疯狂画画。我很高兴。我情愿累点，也不愿意看到大卫的消沉。大卫仿佛又进入了旺盛的工作中。

可是大卫并没有让我过上幸福的生活。相反，他的浪漫或者说是文人的变态，让我心灵受尽了屈辱。

大卫有一个好朋友是个作家，名字叫西山。我想这肯定是他的笔名，但真名叫什么我也不知道。他有事没事经常到大卫画室来。大卫说，怪了，西山以前很少来。大卫说他一定是因为我漂亮所以才老是往这儿跑，他就是这样，看见漂亮姑娘就心慌眼直的。

西山来就来了，但他看我的眼神让我很难过。他会不知羞耻地眼睛不错位地盯着我看，看得我心惊肉跳的。我以前听说过作家，就是写书的人。我一直以为，能够写书的人应该是个高尚的人。可在我人生中真正认识的第一个作家却让我如此害怕，给我留下了这么可恶的印象。西山看我的眼神是如此的色情，甚至可以说是流氓，而且毫不掩饰。

晚上我对大卫说西山的眼睛太不老实。大卫却不当回事。

西山不仅眼睛好色，而且嘴也不闲着，时不时当着大卫的面说些下流的话挑逗我。我不知道他哪来的那么多黄色小段。西山每次说这种下流话的时候我就走开，到另一间房间看书。可过不了多久，大卫就会叫我过去，说西山难得来，陪陪坐一会儿。我没办法，只得陪他们坐。

西山不仅没有收敛，反而变本加厉，他会直截了当问我很下流的问题，甚至我和大卫性生活他也会问。有时我真是脸红得不知道怎么办。可大卫却觉得没什么过分。晚上我对大卫生气了，我说：

"他要是还这样，以后他来我就走。"

如果光是好色的眼神或者说些黄色的话，我还可以忍受的话，大卫让我当着西山的面当模特儿实在让我非常非常生气。我拒绝了。我高声质问大卫：

"是不是他让你这样？是不是你老婆的身体让全世界的男人都看见你都不在乎？"

大卫瞪大眼睛好像很不解地看我：

"这有什么关系？美永远会使真正的艺术家创作出伟大的作品，美是艺术家的创作灵魂。你这样天仙般的美一定会让真正的艺术家创作出最伟大的艺术品。你看因为有了你，我的油画上了一个更高的台阶，西山也一定会因为你的仙女似的美丽而创作出伟大的小说。你这么美的身体让他看见了一定会让他灵感勃发创作出伟大的作品。你这是对人类的贡献。"

我气得眼泪滚了出来。

"你这是什么逻辑？你这是胡说！你到底还爱不爱我？"

我盈着眼泪问大卫。大卫说："我当然爱你。"

"那你为什么还让我的身体让第二个男人看？你的爱是这样的吗？"

我的泪水滚滚而下。

"让别人看并不代表我不爱你，你的人体画不是展出了吗？那有多少人在看？"

大卫把我拥住，抚摸着我，你让别人看正是我的骄傲，我有这么漂亮的爱人。"

"我不同意！"我大声说着走进卧室，把门用劲关上。

但大卫一定要我这样做。最后大卫恳求我，说就一次，让西山感受一下生活。大卫说，拿一块布遮住我的下身。大卫求我，我心里很难过。那时我还非常爱大卫，我被爱蒙上了眼睛。我犹豫着。最后他说如果我还爱他就算为他牺牲一次。

那晚上我们没有做爱，我拒绝了他，狠狠地把他推下了床。我躺在那儿想，爱情难道是这样的吗？画家的爱情是这样吗？

第二天一早我就要大卫开始工作。我不想当着那个流氓西山面脱衣服。我躺在模特儿床上，按照大卫的要求摆好姿势。我拿了一块红绸布遮住我的私处。

我刚躺下盖上那块红绸布，西山就来了。他显得红光满面，脸上不时流露出兴奋的表情。他看到我裸身后竟没有一点矜持腼腆紧张，相反却显得很轻浮，眼神充满着流氓腔。他不是远远的站着，反而站在很近的地方，两眼直勾勾盯着我看，那样子恨不得要把我吃掉。他根本不顾这样会不会影响了大卫的画画。

因为我心情不好，表情自然很不好。我的脸色始终很严肃。大卫却说很好，有冷美人的样子。西山在一边依旧说着过去老说的那些无耻的话。我气得心里恨恨的。

这一上午的工作终于完了，这个上午像一年一样漫长。可是这样的侮辱并没停止。更大的灾难正悄悄地向我走来，我却毫无感觉。

27.和周总再次约会

周总和我分手后，很长时间一直没和我联系。那天可能是因为心里觉得内疚，也可能是因为割舍不下我们的感情想我了，或许是因为他的那个凶老婆折磨他了，他心里难过想找个人说说。周总给我打了个电话。电话里周总很平静。

"小玉，你好吗？"

我听到周总的声音后还是忍不住流出泪来。我才知道我有多爱周总。尽管大卫使我平静了下来，并且我也有点爱上了大卫，但那不是全部，在我的心灵深处我并没有忘记周总。这就像地壳里的滚烫的熔岩，到了时候才会像火山一样喷发出来。

我拼命克制着自己的感情，我说话的语调非常平静：

"我挺好的，周总有什么事吗？"

"小玉，我想你了。所以才给你打电话。"

周总那充满磁性的浑厚的声音传了过来。我再也克制不住自己的感情，泪水哗哗地滚了下来。

周总仿佛看到我流泪一样，他低声说：

"小玉，你别哭，你哭我心里会痛得支撑不住的。"

"嗯，周总，我不哭。"

我这么说着心里温顺得像只小绵羊一样，但泪水流得更欢了。

"我想见到你，晚上想和我一起吃饭，好吗？"

"好的。"

我的泪水流得跟小河似的。

我对大卫说晚上要回外婆家去看看，要晚点回来。大卫看也没看我说，对对，是应该回去看看你外婆了。晚点回来没关系。回来时打个出租回来，晚上一个人不安全。

我穿了一身周总给我买的时装。这身衣服是周总非常喜欢的。临出门前，我在门口站了一会，我看着专心画画的大卫。大卫并没有看我。我心里有些酸。大卫怎么这么不在乎我，或者这么相信我。我为自己欺骗大卫而产生些微难过。我情不自禁地非常温柔地叫了一声：

"大卫。"

我的泪水几乎流了出来。大卫转过头来有些疑惑地看着我。我冲过去搂住大卫的头亲吻他：

"大卫，我爱你，我爱你。"

我心里乱极了，我非常盼望着和周总见面又觉得对不起大卫。大卫笑着说，怎么啦？

"这么长时间，我从来没离开过你。"

"去吧，玩得开心点。"

我早早地走进那间我们过去常幽会的"玫瑰厅"时，周总已经端坐在里面了。周总见到我时站了起来。我走进门，停在那儿，百感交集地看着周总。这是我们分手后的第一次见面。我眼泪哗地流了下来。周总慢慢地向我走来。我醒过来似的一下子冲了过去，搂住周总哇地哭了起来。之后我发疯一样亲吻周总。周总也热烈地回吻我。我们吻得天昏地暗，连小姐推门都不知道。

周总点了我最爱吃的菜。我盈盈欲滴地看着周总，心里充满着爱情。我忽然发现周总一下子老了许多，鬓角都有白发了。我心里酸痛酸痛的。我走过去，亲亲地抚摸着周总的白发，而后又亲吻着，泪水滴在了周总的头发上。

"周总，你都有白发了。"

"小玉，坐下吃饭，头发白是自然现象，你也不想想我已经多大了。"

"可是，你以前没白头发啊！都是因为我呀！"

我心里悲痛，我把周总的头拥在怀里，周总的脸捂在我的双乳之间。我用劲抱着周总的头，心想这样可以给周总一些安慰。我感觉到周总的泪水洇湿了我的上衣，我的乳房觉得湿湿的。

周总让我坐好。我们开始吃饭。我们喝了一瓶红葡萄酒。这顿饭我们吃得很伤感。

饭后我们到了周总订的房间。我们做了爱。做爱时我流泪了，周总后来也流了泪。他哽咽地说：

"小玉，我对不起你。我不仅没带给你幸福，还让你丢了工作。"

周总把我紧紧地抱着。

"不不，周总，是我自己不好。我一点都不后悔。我觉得这辈子能和你相爱我就够了。"

这是我第一次看到周总流泪。看到平时这么坚强的一个男人却为我哭了，我心里难过得快碎了，同时心里涌满了幸福。

"周总，你说过，只要我不结婚，你永远爱我，我永远是你的情人，周总让我们永远相爱吧。"

"小玉，我真的希望你永远属于我，永远是我的情人。但我不能这样，你还是努力去寻找吧。"

"我会的，一定会的。但我永远是你的情人。"

我哭了起来。周总用他的手绢擦掉了我的泪水。周总拿出一张十万元的支票，递给我。

"小玉，我已经尽最大努力了，我的钱都让她拿去了，这是我的零用钱。你拿着。我已经和刘枫谈过了，你还是回到'九里云'去工作，那里工资低了点，这十万元钱你贴补着用，别太苦了自己。"

"不不，周总，我有钱，在公司工作时，我已经存了些钱。我不要你的钱。你自己也要备些钱，遇到难题时可以救个急。"

"小玉你一定要收下，否则我心里会很不安的。我自己不会用钱。"

"周总，听我的话，钱你放好。我真的有钱。"

我想我若收下钱，便是对我们爱情的最大侮辱。

"小玉，听话，你一定要拿着。你就这么想，你是我老婆，老公给老婆钱，老婆应该拿着。"

周总这么一说，我便没话再说了，心里也没有侮辱不侮辱的想法了。我看着周总把支票放进我的小包里没有阻止。之后他又从包里拿出一个小盒。

"小玉，这是我们的爱情信物。"

我打开盒子，是一条白金项链，坠子造型非常漂亮，中间镶着一粒钻石。没有三四万元钱绝对下不来。我心里非常高兴。

"不不周总，这个太贵重了。我不能要。"

周总替我戴好："小玉，我的爱人，你戴上多漂亮！另外，你住的那套房子，我已经把产权证上改成你的名字，你以后就可以安心在塞壬市生活下去了。"

我听着心里翻腾起巨大的激动，泪水盈上了我的眼眶。

周总把房产证放进了我的包里。然后他亲吻着我的脖子。

"周总，我，我，我怎么可以……"

"小玉，你别在这样了，你这样等于把我看成外人，你若把我看成是你的丈夫，你就不会这样了。"

我偎在周总怀里抽泣着。周总仿佛离开我后再也没"吃"饱似的，又狠劲地"吃"了一顿。

我们依依不舍地离开了酒店。

晚上我回到大卫的住处。大卫正好完成一幅大的作品，心情非常好。他见到我就要和我做爱。我把大卫推开。

"大卫我很累，真的很累，能不能明天？"

"不，小玉，今天我太兴奋了太高兴了。你知道我完成的这幅作品有多伟大吗？要来，一定要来。这是我的庆祝方法，因为这一切都是由于你，你使我有了这种非凡的创作灵感。"

我拗不过大卫。

"那让我洗一洗。"

大卫不让我洗，就要抱我上床。我生气了：

"大卫，这样要生病的。女人要是感染了是很麻烦的。你先到床上去等着，我冲个澡一会儿就好。"

事实上我很不想和大卫来，尤其是和周总刚那个过了后。但我没有理由不答应大卫。那一晚上，在短短的几小时，我被两个爱我的人进入了，我心里涌满了复杂的感情。但一种感觉很明确，那就是，我太不幸了。什么时候我能和一个爱我的人真正安稳地过日子呢？我两眼茫然地看着窗外，一直看到月亮偏西。

28.大作家西山造访

　　我没有去刘枫那儿工作。我觉得我没脸再见到她。尽管刘枫很大度，但我还是不能去。我准备出去找工作。因为我不能靠存款过日子。大卫是个没固定收入的人，仅仅靠卖画挣点钱。他的画尽管很有名，但在市场上买得人不多，而且价钱也卖不高。这段时间的生活开销都是我的钱。大卫不让我去工作，说他的画很快就会有人买。大卫一会儿说有个台湾商人看上了他的画，愿意出很高的价钱，一会儿说一个日本老板看中了他的哪幅画。但一次也没成交。好不容易画廊上有人买了他一幅画，他就马上花掉。大卫花销非常大，总认为自己以后总会有钱的，会有很多的钱，所以他花钱像流水一样。

　　我坚持要出去找工作。大卫不同意，他很认真地和我算了笔账。他说，我请个模特儿一个月起码得付她二千元钱，我出去一个月能挣二千元钱正好持平，等于白干，挣三千元钱也只有一千元进账。去找个三千元的工作没那么容易。再说工作一个月有多辛苦。

　　"那你把我的人体按你的要求拍下来。你就按着照片画，那样不是一样吗？"

　　大卫瞪大眼睛看着我，仿佛不明白我怎么这么不懂一个画家。

　　"那怎么行！你看世界上哪个大画家画出的传世之画是画照片的？画照片的感觉和画人体的感觉完全不是一回事。那感觉太差了。"

　　我看着大卫良久。我告诉大卫我已经没钱了。我不想把我的存款全部花完。照大卫的花法，我再多的钱也会很快就坐吃山空的。大卫愣了一下，他看了我半天，说：

　　"周勃那小子就给你这么点钱？太扣门了。"

　　我忽然对大卫产生了巨大的厌恶。他怎么会变得这么无赖！我没话可说，走进了房间。

　　我气得一个人到房间里落泪。我又不能和大卫吵。我这个人天生就不会吵架。从小妈妈就告诉我吵架是无能的表现。一个有力量的人是表现出对任何事情要讲理。讲不通理时就离开。我用被子狠狠地盖上头，一会儿又猛地掀开被子。我心里想定，一定要出去工作，就是晚上回来让大卫画四个小时也要出去工作。我就这么想定了。我拿过《安娜·卡列尼娜》看了起来。我不想再陷在刚才的不快中。自从姐夫让我看名著开始，我对《安娜·卡列尼娜》非常入迷，按照姐夫的观点，我的文学素养已经很不错了，起码是我对好书有感觉了。

　　这一天在非常平淡或者可以说是在非常冷淡中度过的。

　　一时没找着工作，我依然给大卫当模特儿，大卫还是拼命地画画。大卫的画偶尔卖出去一张，但这也难以维持我们的生活或者说像大卫那样的生活。我的存款越来越少。我已渐渐地明白大卫对我是一种什么样的爱情了。我没有人好商量也不能和任何人商量。和谁说？谁都会说我是个傻瓜。哪有一个姑娘没结婚就和人同居还自己贴钱的？尤其是像我这么个漂亮姑娘。去找周总商量，周总一定会难过得发疯。

　　大卫还是和以前一样要我，我却再也提不起情绪。在这种没有爱情的状态下又过了一个月，我下定决心要离开大卫，但看到大卫还是和以前一样那么爱我，我的心又软了下来。

　　那一天的屈辱终于来了。那一天的屈辱让我终身难忘。

　　那天下午，大卫说他有点事情要出去办，可能晚上回不来，他说晚上要和一个画家讨论画的问题，让我自己在家里。

　　晚饭后我一个人在房间里觉得百无聊赖。尽管大卫最近让我很不开心，但他真的离开了，让我一个人在他的大房间里待着觉得特别空落。我从大卫的画室走到卧室，又从卧室走到阳台上，又从阳台走到卫生间，连卫生间我都会走进去看看，可想而知我那时真是觉得没劲透了。

后来我躺到床上去，还是看书。我翻开最近才从书店买来的澳大利亚作家怀特写的《乘战车的人》。小说以二次世界大战前后风雨飘摇的澳大利亚社会为背景，写了一座神秘私宅的兴衰和一些特别的人物。前两天还看了几章，觉得写得还不错。但那天晚上却怎么也看不进去。我把书放在一边，又拿起《安哪·卡列尼娜》，这本书我已看了两遍。我翻开看了两行又觉得没劲。我打开电视机，从1频道调到100频道，最后把台固定在一个正在播放外国时装表演的节目。我的心安静了下来，同时心里有些隐隐作痛。

这时我听到有人敲门。我从沙发上起来。我想，可能是找大卫的人吧。大卫的房门没有观察孔，若是有观察孔我或许就不会打开门，我或许就不会遭遇那场不幸，或许我的人生会是另一种走势。我打开门，当看到西山站在门口时我吃了一惊。通常西山来之前总是会打个电话，西山是很珍惜时间的，他是不会把时间浪费在白跑的路上的。今天怎么连电话也不打一个就过来了？

我刚把门开开，西山就把门推开进来了。这时已经是晚上十点多了，这么晚了，让一个品德不端正的男人进我的房间——而且是在大卫不在的情况下，实在有点问题。

"这么晚了，你有什么事吗？"

我礼貌地问。尽管我对西山印象很不好，但西山是个大作家，我还是表现出对他的基本尊重而把我的厌恶深深地压在心底，我明白我对他尊重不是对他这个人而是对文学的尊重。因为西山出版的几本书我还是看了，像《45年》《焦土·百合·玫瑰》《最后一封情书》都写得非常好，有责任感很严肃，故事也写得好看。所以文如其人实在不可信，通过西山的例子，包括西山他们平时聊的一些事情，实在让我觉得过去对作家有那么崇拜的感情是一种羞耻。

"没什么大事。"

西山有些心不在焉地说，眼睛却死死地盯着我的脖子和胸脯看。我转过身下意识地提了提睡衣的领子，心里涌满了恶心，仿佛有无数蛆虫爬进了我的心里。

"没什么事情的话，大作家还是请回，大卫今天不在家。"

我站着不动，我想让他明白我不想让他进去。

"小玉别那么着急赶我，大卫一会儿会回来的，我已经跟他通过电话了。"

我不相信地看着西山："不可能！他走前明明白白和我说晚上有事。这么晚了，大作家还是早点回去吧。我今天很累，也想早点休息。"

西山认真地看着十多秒钟，然后认真地说：

"小玉，尽管我看出你对我有些讨厌，但还是请你听我说几句。对美的欣赏不是罪过。你应该知道你有多美，当然，你可能没有意识到自己美的程度。我那么告诉你吧，如果要把美分成等级，而且一等就一个，那么这一个就是你。我见过许多美女，但没有一个美女像你这么全面：面相，肌肤，体形，胖瘦，身腿比例，你没有一方面不是最好的，再加上你的为人处世，你的嗓音都是美的。如果托尔斯泰看见你一定会写出比《安娜·卡列尼娜》更伟大的作品。托尔斯泰因为看见美丽绝伦的普希金的妹妹才写出了《安娜·卡列尼娜》。我是个作家，看见如天仙般的你我怎么能够不激动？我对你的美表现出特别的热情让你不快了，甚至让你觉得我不是个品德端正的人。但是小玉，这都是因为对美的感动。对美疯狂对美激动不是一种罪过，小玉你说是吗？一个人如果对美不激动，那么他还会是个有生命有灵性的人吗？如果一个人不是个有生命有灵性的，那他活着还有什么意义？一个作家如果对美不激动，那他怎么可能写出小说？对美有多大的感应就能写出多大的作品。原谅我小玉，我是个作家。小玉，一个最高尚的人，不是对金钱的拥有，不是满脑子道德，而是首先对美有一种巨大的感受力和爱。我不是个坏人不是个卑鄙的人，我自己认为我是个高尚的人有追求的人，你现在那么急着赶我走，那么讨厌我对我是多大的伤害啊！你这种态度实际上是在扼杀一部未来的世界上的最伟大的作品，在伤害一个伟大的作家。小玉，我可是从来也没受到过如此的不尊重和伤害。如果你认为我说的话有理，就别急着赶我走，别急着让我走，好吗？"

西山的最后一句话音调很低，语气非常诚恳。他说完这些话竟然眼睛里盈上泪水，并且很快就流了下来。我看到西山的泪水，心弦被什么东西拨了一下。西山平时给我的印象是多么骄傲，充满尊严，自信得仿佛都可以把地球吃下去，在我的印象中，他除了列夫·托尔斯泰谁都不放在眼里。他曾经对大卫说过一句话，他说，世界有文学小说至今，只有一个列夫·托尔斯泰我是从心底里佩服的，其他的，什么海明威福克纳，我的小说都不会比他们差，只不过没有被国外的评论界知道而已，更不用说中国作家和小说了。这么尊严狂妄自负的西山现在却因为我流泪了。看着他泪流满面的脸，我心里渐渐地涌起一些温暖，一点感动，眼睛也禁不住盈了上泪来。我不明白为什么会这样。后来我想，我可能太善良太纯，生活又太多苦难，所以对别人对我的感情表白都会感动。过去西山对我的种种不敬和无耻的亵渎所引起的不满和愤怒一下子消解了，心里转而生出些对西山的感动。他过去对我那样完全是出于对我的美的爱和倾慕。他说的对啊，一个人对美的倾慕对美的爱是没有罪过的。我不应该对西山这样啊！

29.无耻的交易

我终于愚蠢地让西山进来了。

这时西山的泪水却越流越多。但西山流泪时也表现出了很好的风度。我非但没有觉到西山流泪的尴尬和羞耻，反而因看到西山为心爱自己而毫不掩饰地流泪从心底里生出尊敬。同时西山的哭击碎了我的心。我起来从桌上拿过纸巾递给西山。

让我没想到的是西山接过纸巾的同时抓住了我的手。我也因消除了对西山的厌恶而没有把手抽回。过去我看过许多西山写的书，那时我看完后总认为西山对美对爱情写的太热烈太情欲化，现在忽然觉自己理解了他的小说。是的，西山说的是对的，一个人对美不感动他就不是个有激情的有灵性的人。

在我这么想的时候西山把我拥入他怀里。我吃惊地瞪着西山，用力推他，说不出话来。但我的力量对西山来说没有什么作用，西山用劲抱住我，我没想到西山一个文人竟然有这么大的臂力，我感到有些透不过气来。但我心里隐隐地涌起了许多满足。过去爱我的人抱我时，没有一个这么有劲的，就是西山一半的力量也没有。我放弃了反抗。

我至今都奇怪当时我心理的变化。

接下来西山开始亲吻我，我像个木偶似的没有反抗，而是任凭他的亲吻。

后来我深刻地反省自己，我为什么不拼死反抗，我在问我自己，我的潜意识里是不是盼望着强悍男人的攻击。我无数次想，那时我是个多么下贱的女人啊！

"小玉我爱你，我爱你，我发疯一样地爱你，自从看见你后我的心就没有一刻安宁过。"

西山开始疯狂地向我攻击。

我听了西山的话的一瞬间竟感动得眼里盈上了泪水，而且激动得内里充满着欲望。在我泪水涟涟的过程中西山退掉了我全部衣服。

我猛然醒过来似的用劲把西山推开，我迅速地穿好衣服。我大口地喘着气，脸色也变了。我对自己刚才的表现非常不满，心里全是对自己的痛恨。

"西山，你回去吧，大卫回来了怎么办？西山你回去吧！"

我还保持着对西山的尊敬。

西山极度痛苦地看着我，颤抖地说：

"小玉，大卫不会回来。他和我说好了。"

我吃惊地看着西山，脸变得通红：

"大卫和你说好什么了？"

西山愣了一下，说："我和大卫说好了，晚上来玩啊！"

他知道西山晚上要来玩怎么还出去？我心里很不满意甚至是痛恨了。一瞬间我甚至产生了答应西山一切要求的想法，既然大卫你这么无耻，我还为什么要为你守节？

"西山你早点回去吧，我真的要休息了。我连着几天都没睡好。"

西山听了我的话非常难过。他看着我，说：

"小玉，我非常喜欢你，非常爱你，让我再和你待一会儿好吗？"

听了西山这么恳切的话，我的心又软了下来，我看着西山那难过的脸，说：

"那再坐半个小时，好吗？"

"小玉，能给我一杯水吗？"

我站起，倒了两杯水。我把水放到茶几上后，到卫生间整理了一下自己的头发，补了口红。

我出来时，看到西山正在往口袋里放东西。我坐下后，西山说：

"小玉，我已向你表明了，我非常喜欢你，爱你，不管你怎么看待，让我爱你吧，你就是不接受我的爱也没关系。"

"大作家，这，这么可能呢？爱是两个人的事情。"

我觉得口干，喝了口水，也为西山续了杯水。

"小玉，作家对待爱情是另类的，我不指望你现在就接受我的爱情，只希望你能让我常看看你。来，小玉，为我对你的爱情干杯。"

西山拿起水杯，举过来。我慢慢地举起杯子。西山和我碰了一下，喝了一大口水。经过刚才的激动，我也口渴了。我把水喝光了，又去续了水。

"小玉，为我能写出一部世界上最伟大的小说干杯吧！"

我看着西山，觉得十分别扭，又觉得西山太狂妄。

"小玉，为我举杯吧，来干杯。"

西山举起杯碰了我的杯子把水喝光了。

"小玉你相信我能写出好小说吗？"

"我相信。"

我觉得头有些晕。我想，难道是西山的爱情让我头晕了，确实，这时我心里产生了一个想法：被西山这个全国著名作家爱是不是一件值得骄傲的事情？若西山以后在他的文字里记载了对我的爱情，我是不是很荣耀？我知道这是我的虚荣心。

忽然，我的心里开始发热，渐渐地浑身燥热难忍，内里充满了欲望。一股强烈的想被人拥抱想拥抱别人想让人进入的欲望在心底强烈涌起，同时，浑身变得虚软无力。我半靠半躺在沙发上，两眼控制不住发饧地看着西山，头晕得更加厉害。

　　西山微笑着看了我一会儿，然后坐过来，慢慢地拥住我，开始亲吻我，然后又脱掉我的衣服。我脑子一片混乱，想拒绝西山，但我虚软得一点力气都没有，脑子发晕地看着西山对我动作。西山从沙发上一直运动到我卧室的床上。他像是个运动员一样，轻松地把我抱到床上。我脑子很乱，几乎没有意识，只知道西山一直在我身上，很长很长时间。后来我睡着了。

　　我做了个长长的梦，梦里我又回到了周总的身边，周总终于和我结婚了，我感动得流了一夜的泪。周总也激动得流泪，不断地和我做爱。我真像进入天堂一样幸福极了。我激动得大叫起来。

　　我醒了过来，发现西山在我身上。我猛地把西山从身上掀下去，迅速穿上衣服。我觉得我的脑子痛极了涨极了。渐渐地我想起了昨晚上发生的事情，羞耻和愤怒像漫上来的水一样涌满了我周身每一个细胞。我明白了西山在我喝的水里放了什么东西。以前只是听大卫说过那种叫春药的东西，没想到我居然也成了春药的牺牲品。我哭了起来，悲痛欲绝。我心里充满了对西山的痛恨。他真是个大流氓啊！

　　"小玉，我现在说我爱你，你一定会非常反感。但我确实非常爱你，昨天晚上我不得到你，我知道我真的会死去，所以我才会这样。我希望你别恨我，我是因为爱你才这样的。"

　　"你走吧，你走吧！我不想再看见你。"

　　太阳已经升得老高了。阳光从窗口照进来，房间里有了一些生气。我看着窗外，看着大楼前那片绿地，那片竹林，那片人造湖里的水面，脑子非常混乱。

　　这时西山从后面把我拥抱住。他疯狂地对我说：

　　"小玉，你嫁给我吧，让我好好地疼你爱你，让我因为有了你而创作出比《安娜·卡列尼娜》更伟大的作品。我能的我一定能的。你嫁给我吧！"

　　我心里充满了厌恶，同时心里又泛出了些感动，以前和我相爱的人没有一个说过这样的话。没有一个真的愿意抛弃一切来娶我。我的泪水又流了出来。我和大卫这样下去肯定不行，大卫不是个真的想成家的人。可是西山作为自己的丈夫行吗？和西山生活会幸福吗？我脑中慢慢开始试想西山做我丈夫的问题。我真是无可药救，怎么这么没有自尊自爱呢？西山对我这样我却这么想。我心里怎么会这么想呢？可我就是这么想了，就是这么想了！这时我又在心里在问自己："但是大卫爱我，他怎么办？"我是个什么样的人呢？明明知道大卫对待婚姻的态度对待我的态度却还是想到他，这是不是我走到今天走到现在的根源呢？

　　"小玉我爱你，嫁给我吧，我会像保护珍宝一样爱你疼你。我这辈子娶到你我死都无憾了。"

　　西山这么说的时候再次流下了泪水。我感觉到了他的泪水润湿了我背上的衣服。我转过身看着他，被他的真情感动了。我竟原谅了他昨晚上对我做的禽兽行径。但我还是想大卫怎么办。

　　西山仿佛看出我的心思，说：

　　"小玉，爱一个人需要有能力，要有一定物质基础，大卫没能力爱你。他或许是个优秀的画家，但他的画现在卖不出去，非常穷困。而且，大卫并不像你所认为的那么爱你。"

　　我警惕地看着西山。

　　西山看着我，犹豫了一下说："小玉，这个世界上，不会有人爱你比我对你的爱还要深，我不是个没修养的人，但是，我却因为对你的爱，对你的倾慕，连最基本的修养或者廉耻也不顾了。因为我实在太爱你了。你可能会认为我的话没道理，你可能会认为我那么无耻地那么近地看你的裸体，认为我充满淫荡，但我确实是因为对你巨大的爱情而失去了理智，根本不顾及自己的修养。我见到你后，我几乎睡不着觉。小玉，这是一种多么巨大的痛苦。我这样完全是因为对你的爱。"

西山的语调沉重，表情严肃还有些忧伤。我的泪水盈了上来，我的思想犹豫着矛盾着混乱着，我在想，世界上有人这么爱我我还不够吗？我心里也开始对西山感觉产生了变化。西山那些书，又回到了我脑中。我忽然觉得西山那些书是多么有感情，多么充满着心灵的苦难。

我的心里是多么矛盾犹豫和混乱啊！

"西山，我怎么对大卫说，大卫是在我最苦难的时候爱上了我，拯救了我，而且他非常非常爱我，我怎么可以……我这样不是对他的背叛吗？你让我背叛了大卫！"

西山看着，痛苦地摇摇头，说："小玉，其实大卫并不像你想象的那么爱你。"

我又想到西山说的他晚上来是和大卫说好的。他们说好什么了？他们是不是还有见不得人的交易？

"西山，你若真的爱我的话，那么请你跟我说实话，你和大卫到底说好了什么？你说，到底说好了什么？"

我严肃地盯着西山。西山看了我一会儿，说：

"小玉，我对你说实话，但你一定要理解我所做的一切都是出于对你难以遏制的爱情。你一定要原谅我！"

西山停止了说话，眼巴巴地看着我，他的表情有些心酸有些内疚又有些痛苦，他仿佛在等待我的同意。见我没说话，他低下头去。良久我问：

"你说，你们之间到底对我做了什么？"

西山抬头看着我：

"那天，我实在难以排遣对你的爱情，痛苦到了极点。正好大卫到我那儿来借钱，我就向大卫述说了我对你的爱情和爱上你后一个字都写不出来的现状。我说着都流出了泪水。我对大卫说，大卫你真是太幸福了。我若能有这么个像仙女一样的女人做老婆，我可以放弃现在所拥有的一切。大卫看了我半天，笑了起来，说为一个女人至于这样嘛。我听了后大骂他浑蛋，我真恨不得给他一拳。小玉，人一旦穷困到了一定的时候，他是会变得没有廉耻的。后来，大卫对我说，既然你这么爱小玉，那么我就把小玉让给你，条件是他欠我的八万元钱一笔勾销，另外再给他十万元钱。我听了非常非常高兴。我知道你和大卫没办理过结婚手续，只要大卫退出来，我想只要让你知道我对你的感情你会爱上我的。我答应了。大卫却让我立刻给他钱。昨天我给了他一张十万元的支票。我随口问他，小玉怎么会同意，我的意思让他快点想办法让小玉离开他，他却对我说了这个方法，药还是大卫替我买的。我本不想这么做的，但我实在太爱你太想得到你，更为重要的是怕你不离开大卫，还和大卫在一个房间里生活。他一定还会和你做爱的，而且会在有限的时间里不断地和你做爱，想到这点，我妒嫉得快疯了，仿佛大卫已经和你做过爱了。"

30.西山的爱情

我一听，胸膛真的快裂开了，我才明白平时所说的气得肺都炸了是真的存在的。我流下了愤怒的泪水。我那么爱大卫，大卫也口口声声说爱我，可是他转身居然把我当商品卖掉了。十八万，我就值十八万。

西山看着我的表情，脸上紧张起来。他走过来，搂着我的肩说：

"小玉，我完全是因为爱你，为了得到你才同意这个交易的。否则我怎么能得到你呢？"

"你们！你们全是流氓！我非杀了那个卑鄙家伙！"

我蹲下来悲痛地哭了。

"小玉，你可千万不能有这想法，更不能去干。"

我悲痛地哭着。

"小玉，我们这样是很不好，但是，大卫是可耻的，我却是因为爱你，我爱你你知道吗？我爱你，我只要能得到你能娶你为妻我什么都不顾了，你想小玉，我这样全都是出于对你的爱！"

我用泪眼盯着西山，我不明白，爱还可以用强暴这种形式完成。但是听了西山的这番话我心里还是有些感动。但我仍然没法消除昨晚上西山对我强暴的阴影。

"小玉，我看到你和大卫那么好，不，应该是大卫把你占得那么牢，我心里非常难过和嫉妒。我清楚，你是不会主动离开大卫的，我清楚，大卫不是个好好过日子的人。他对他的画，对他的艺术投入了全身心。另一方面，现在大卫也没这个经济基础娶你为妻。他对你只是对漂亮女人的强烈的追求和占有欲。可我是真的从心里想娶你为妻，若我是第一个知道你失恋的人，我就不会让大卫在我前面找到你了，我一定会在第一时间飞到你身边安慰你。小玉我爱你，我想娶你，我没别的办法，只能采取这种办法。"

我怎么这么命苦啊！一个个爱我的男人没有一个能和我平平顺顺地过下去的。我看着西山那对真诚的眼睛，痛苦地低下头，泪水又滚了出来。

"自从见到你后，我想天底下再也没有一个姑娘像你这样尽善尽美了。我经历了许多姑娘，我想再没有一个姑娘会比你更优秀了。所以我下定决心，一定要娶到你。我想从昨天晚上开始，我再不会让任何人欺侮你，再不让你过没有着落的日子，我也不再过那种不安定的生活，就和你安安稳稳地过一辈子，直到我们白发苍苍，步履蹒跚，让你陪着我写出比《安娜·卡列尼娜》更伟大的作品，让你陪伴我像托尔斯泰一样七十二岁还写出《复活》。"

西山说到要"和我安安稳稳地过一辈子，直到我们白发苍苍步履蹒跚"这句话时，我心里一动，这是我多么向往的生活啊呀！西山走过来搂住我。西山的这一席话让我心里涌泛起巨大激动。我的人生能有这么一个男人陪伴那不是我的梦想吗？我看着西山，心里在想，为什么爱我的人大都是以这样一种几乎是强暴我的方式出现呢？我的泪水流了下来。我拥住西山，把我的泪水洇在西山宽厚的胸膛上。我哽咽着说：

"那你为什么要用昨晚上这种方法来爱我呢？"

西山愣怔地看着我，良久才说：

"小玉，你想啊，大卫那么爱你，你又无意离开他，再加上，你对我的厌恶，我一来你就让我离开，不愿意和我在一起，我能通过和你谈，向你求婚得到你吗？我有这个机会吗？这次正好大卫太需要钱，我想这是个机会，是一个向你说清楚的机会。这个机会我若错过以后或许再也不会有了。"

西山亲吻着我的头发。我抬起头看着西山问：

"让我怎么才能相信你，怎么才能相信你是真的想娶我呢？"

"小玉，只要你愿意，我们明天就可以去办理结婚手续。"

我有些不敢相信地看着西山。我看到西山的表情认真而执着，我感动得滚出泪来。

"西山，你真的那么想和我一起生活？真的想让我做你的老婆？"

"是的小玉，我非常想。我希望我们尽快去办结婚证。"

西山这么说着，泪水涌上眼眶，我的泪水更多地滚了出来。真的就能结婚？真的就能和西山结婚了？我不敢相信。我睁睁地看着西山，心里很乱，很慌，很不真实。

"西山，我是个简单的姑娘，我只想找个可靠的男人成家过日子，我的经历你也是清楚的，我再也经不起折腾了，否则我的这颗心再也好不起来。你是真心对我会真心对我好是吗？"

西山摇着我的双肩，说："小玉，我是真心对你的，我会真心对你好的，我会一辈子守着你尽我最大努力让你过上幸福的生活。我不会再让你这颗心受到伤害。我们一起好好过安稳的日子，我要让你这颗伤痕累累的心在我的呵护下重新温暖幸福起来。"

西山把我拥在怀里，他抚摸着我的背，我的头。我感动得有些抽泣。太阳已经升得很高了，我们躺在床上。我担心大卫会回来，西山说，大卫不会回来。西山说，只有他先回去了，大卫才会回来。听到西山这么说，我的心再次受到了羞辱。

西山不断地向我讲述他的理想，向我讲今后生活的前景，他要写的大作品的故事内容。西山说，他一定会成为中国的大作家。西山后来说，昨晚上我吃了药睡着后他几乎一直在和我做爱。我吃惊地瞪大眼睛。大声说：你不要命了？更让我吃惊的是西山还要做爱。我忽然想到了《红楼梦》中被王熙凤害死的男人，他不是就这样死的吗？我心里充满了恐慌。

"西山，以后的日子还长着呢！你不是想娶我吗？以后你可以天天做爱，但今天别再来了好吗？你这不是在毁自己的身体吗？你一定知道《红楼梦》中被王熙凤害死的男人，我很害怕。"

西山并没有把我的话当回事。他还是要来。他说，那是书上写的，一个人哪会因为做爱做死的，根本不可能的，要真死了也是别的原因。

"小玉，我不会死，我是个奇人，我有无限的能力，更因为我有对你的爱情，我会非常健康地生活。我告诉你，我每星期踢一场足球，而且是踢满全场的。"

我再次吃惊地看着西山，西山还能踢足球？踢足球要消耗很大体力的。我实在抗不住西山。我心里充满了害怕。在西山爱我时我在想，我的爱情是不是也该像初升的太阳一样升起来了？我在心里默默地祈祷。

"西山，你多大了还这么踢足球？"

"四十五了。"

"什么？四十五了？你有这么大吗？"

我吃惊地看着西山，他怎么会有四十五岁？我一直以为他最多只有三十二三岁。

西山爱过我之后立刻为我写下一首诗。我立刻一阵恐惧，一种宿命的感觉充满了我的思想。但丁那么爱我也是写诗的，可最终但丁离开了我。我对诗有种巨大的恐惧感。我不敢看西山的诗。西山却拥抱着我说，是因为我给他的爱情才使他这样灵感勃发。

"只要我们在一起，我真的会写无与伦比的好作品。"

西山像发表宣言一样大声说。

我还是看了西山的诗。

诗歌
——献给我亲爱的小玉

千百年来
诗歌的血液里流淌着圣洁和虔诚
风是清洁的
水是清洁的

思想是清洁的

可是今天，诗歌却像污浊恶臭的淮河水

源源不断地从众多诗人的心里流出

诗歌里的那些美好的事物

高大的杉树

蓝天和白天

像天仙一样的美少女

已经成了古墓里的一石谎文

诗歌开始和金钱 阿谀 呕吐物

还有透明的避孕套称兄道弟

时时刻刻不知羞耻地排泄着美丽的垃圾

浸淫着

少女的玉体

孩童的理想和心灵

成人的鲜血和肌肤

再也看不到

美若天仙的少女那圣洁羞怯的眼睛

清纯悦耳的笑声和让人为之一清的纯洁

充耳听到的是

献媚 恶腐和淫荡

缪斯啊！你何时才会降一场大雨

清洗诗歌的灵魂和血液

让我的孩子看到美丽的诗歌

这诗写得多好啊！但我又看到了西山诗中的一丝绝望和颓废情绪。

我又想起了以前看西山小说时的那种感觉，通篇弥着忧伤和绝望。

"小玉，你记着，我会为你写出很多很多好诗好文字的。你相信吗？"

西山热烈地看着我，眼睛充满光辉。我用力点点头，说：

"我信，你一定能的。"

"我谢谢你小玉！"

我看了一眼墙上的电子钟。大卫早晚还是要回来的。我心里很不安。大卫要是回来，我怎么面对他呀！西山仿佛看出我的心思，说：

"我给大卫打电话，今天你就到我那儿去住。你若还和大卫在一个房间里，我知道，你心理上会受不了的。我也一样会受不了的。"

我吃惊地盯着西山，今天就住过去太好了。

西山打通了大卫的手机。

"大卫，我在小玉这儿，我已经和小玉谈通了，她今天就到我那儿去住。具体情况我们九点在一品阁面谈。"

听了西山的话我觉得很别扭。我好像市场上的商品一样，而大卫和西山则成了卖家和买家。我有种被亵渎的感觉，心里充满了耻辱和痛苦。

"西山，我成了什么了？我觉得我好像是市场上的商品一样。"

我还是对西山说出了我的想法。

"小玉，只要我能得到你，只要我们能结婚，在一起生活，让我以后能爱你疼你，什么形式都是次要的了。你收拾一下你的东西，我九点半回来接你。"

西山把我紧紧地拥抱在怀里，放开我前在我背上拍了两下说："小玉我非常非常爱你，现在我觉得我是世界上最幸福最幸福的男人了。我恨不得向全世界宣告，我是最幸福的人。我真想从环球大厦顶上挂一幅巨幅，上面写着：小玉，我爱你！等着我回来接你。"

西山说完又使劲地吻我。我感动得心里很烫烫。这一刻我是多么感激西山，感激西山的爱情。

我在忐忑不安中开始整理我的东西。脑子乱极了，生活之于我竟然会在一天里发生这么大的变化。

我没想到大卫对于西山要求我离开他的提议没有一点反对意见。尽管我盼望着和西山结婚，但我还是感到十分难过。大卫对我们这一段时间在一起生活的情谊竟是那么轻率地就放弃了，没有一丝留恋。直到西山把我接走，大卫都没露过面。一路上我真的心凉到极点。难道我过去爱的一个男人竟是那么薄情的人？就这么把我以十八万元卖掉了？一股仇恨的情绪在我心里升腾起来。

31.和西山同居

我就在这种状态下开始了和西山的生活。可是后来发生的事情，把我彻底打垮，我精神崩溃了。我也因之开始堕落。

和西山最初的日子让我觉得幸福。西山是个专职作家，整天没事干就是在家写作。他说写作就是他的工作。他说，他写作时心里特别愉快，就像跟女人做爱一样幸福。他单身一人，生活很有规律。每天早上七点半起床，八点半开始写作，一直写到下午四点。然后和一个朋友到乒乓馆去打一个小时的乒乓。之后到饭店吃饭。晚上七点半看完新闻后再开始写作，一直写到凌晨一点。西山是个很富的作家。他写的书很畅销，有一本《夫人在废墟上做爱》竟然一版再版印了50万册。当时，我听了没什么反应，等西山告诉我说50万册能挣多少钱后，我才大吃一惊。他说《夫人在废墟上做爱》30万字，定价43元，因为西山是知名作家，出版社给他较高的12%版税。那每印一本他就可以拿12%×43＝5.16元，印50万本他就可以拿5.16×50万＝258万元。我当时听了犹如听了一个天方夜谈，惊得心脏都突突急跳。

西山说，他还有几本书印数都在5万册以上。因为他是知名作家，出版社都给他高版税，起印都是5万册。再加上他常被约稿，每月在杂志上发表小说的稿费都比他从市作协领取的二千元工资高。

西山告诉我这些后得意地说：

"中国作家协会有九千多个会员，但要达到我这样的稿费收入的，不会超过百分之一。绝大部分作家穷得要命，在中国，作家若要靠稿费生活，那不饿死也比拿低保的还要差！"

我很不相信，问："为什么？"

"因为，现在的稿费太低太低！我三十年前发表第一篇小说，八千字，拿到的稿费比我工资还高。可现在，只能拿到三百元钱左右，我估算了一下，是塞壬市平均工资的三分之一。有的杂志报刊给的更少，一百元的也有，这也说明现今很多人从根本上是不把作家当回事的。哪个作家真要把自己当回事那他真是脑子进水了。"

我有些意外地看着西山。从我认识西山到现在他一直是很骄傲很张扬的。而在我心目中，作家也是让人尊敬的。

"小玉，我娶你就是要让你和我一起分享我的快乐和幸福，就是要让你帮助我产生写作的灵感。"

西山说完盯住我，慢慢地搂住我的双肩，眼里充满深情：

"小玉，你愿意和我一起走完人生吗？"

我的泪水流了下来。我的血液从头到脚奔腾了好几遍，这么多年我不就是为了这个目标在苦苦奋斗着吗？可是，我的伤痛经历又让我不敢相信幸福会来的这么容易这么突然。我说：

"西山，我愿意，只要你爱我，你就是不写书，你就是只拿二千元的工资，我们每天过着很普通很普通的生活，我也愿意和你白头到老。"

西山看着我，泪水也流了下来。我的心里却充满了难以言说的苦难感。我经历了一次又一次的爱情，每次都充满热情地投入，去爱，认真地去生活，到头来现实都把我打得头破血流。我暗暗地祈祷上苍，让我这次能安安稳稳地过上平静幸福的日子吧。

西山并不仅仅写畅销小说，相反，他的大部分，或者说他的极大部分精力都在写严肃小说。西山的多部小说获过全国各种文学奖。他说，他对人类生存的苦难有一种与生俱来的敏感，对人类生存的困境充满忧虑，对人的精神苦难特别关心，对现实中邪恶像癌细胞一样无穷无尽的扩张充满忧虑。西山告诉我，他资助了十来个在塞壬就读的大学生读书和生活。中学生那更多了。西山说，他实在没法忍受那些学生因为经济困难而读不起书的现实。

"我每年资助学生读书要支出十万元左右。"

我又一次瞪大惊愕的眼睛，同时心里涌满了对西山的崇敬。

西山准备和我一起去办理结婚手续的前一天晚上表现出来的对我的爱情让我刻骨铭心。我洗完穿着漂亮的睡衣躺在床上准备着西山来和我做爱。西山走了进来。让我有些意外的是西山穿着西装，表情庄重充满爱情。平时他就是晚上要出去也是先和我做完爱再走的。今天是怎么啦？我深情地看着他，问：

"你是不是准备出去？"

"我不出去。"

我有些尴尬地看着他。

"小玉，你起来。"

我站了起来，我紧张得心脏突突地跳了。我不知道他要干什么。

西山把我拥住，用劲抱着我。

"我爱你，小玉，我用我整个生命来爱你。"

我听了幸福极了。我说，我也爱你西山，我永远爱你。

西山抱了我很长时间后把我松开，又盯住我，我爱你，西山说。渐渐地两行泪水流了出来。

我幸福得心里发酸，泪水也滚了出来。我什么话也说不出来。

西山然后跪了下来。

"小玉，上天做证，我西山想娶你为妻，小玉你愿意吗？"

西山说得很慢，泪水滚滚而下。

"我愿意，我愿意嫁给你。"

"你愿意和我白头到老吗？"

"我愿意，不管你以后怎么样我都不会离开你。"

我泪流满面。

"我们明天去登记结婚。"

终于盼到这一天了。我激动得抱着西山的腰，然后搂着他，亲吻他。我们的泪水流在了一起。

32.爱情是什么

　　我和西山的同居生活幸福得令我心醉。西山那种疯狂的爱情我想在这个世界上绝无仅有。我们先在家里搞了个结婚仪式，西山很浪漫，他让家里铺满了郁金香和玫瑰花，在那首每对新人都要听的乐曲声中，西山把我横抱起，随着音乐我们接吻着缓缓地走进卧室，然后在音乐声中我们完成了浪漫的"仪式"。之后他就把我的各种照片放大，挂满了家里的墙，甚至把我的一张照得非常漂亮非常性感的全裸照片挂在客厅和卧室的墙上。尽管我强烈地反对把我的裸照挂在墙上，但西山还是坚持要挂。他说：

　　"小玉，你是真的爱我吗？爱我你就听我的。我把你的裸照挂在墙上，我觉得很幸福很自豪，或许正如你所说，别人会有看法的。是的，别人是会有很多各种各样的看法，他们或许并不认为你美，或许认为我这样是矫情。但我不为别人活着，我为我自己活着。看到你的这些照片，我就会觉得生活在爱情海里，全身心都被爱情浸泡着。你想，一个作家始终觉得被爱情浸泡着，他能不写出好东西吗？别人怎么看我管他干什么。"

　　我马上想到他过去写的那么多作品也都是因为爱情，都是因为有好姑娘爱着他。那么西山以前一定经历过很多爱情。我这么想的时候，心里流过一股极强的嫉妒，酸痛的感觉立刻让我有些坐不住了。我不得不离开，一个人走到卧室里。我站在卧室的窗前，看着前面的大草坪。我对自己说，小玉，你别去管他过去的事情。过去的事情与你没关系。只要你们现在好好相爱就行了。但是嫉妒还是像无数小虫在咬我的心。我又控制不住地走了出去。我看着正在端详墙上我的照片的西山。我轻声问：

　　"过去是不是有很多姑娘爱你？"

我还是忍不住问他。

西山看着照片，脸上露出满意的表情。他边看边说，你看有多美。

"你刚才说什么小玉？"

"你以前写出那么多好小说，是不是因为有姑娘爱你？"

"对，是有很多姑娘爱我。"

西山说的很轻松，他边说边走向照片，踩在椅子上，浪漫地吻了一下照片上我的乳房。多美啊！西山边吻边说。他下来后把椅子放好。他看了我一眼。可能是觉得我有些异样，他问：

"小玉，你怎么啦？"

我没想到西山说到过去爱他的姑娘时的语调会是这么轻松，甚至是轻佻的。我忽然觉得那些爱西山的姑娘很悲哀。

"你爱她们吗？"

我的语调充满忧伤。

"你很爱她们，是吗？"

我又轻声追问了一句。

西山笑了起来："那种爱与我现在爱你的感情相比简直不是一个级别的，"西山说着搂了搂我，"小玉，原来我也以为那是爱情，但自从遇到你后，那就不是真正的爱情了，或者说只是一小点爱情，更多的只是一时的冲动，一点生活的浪漫。"

西山说完又去做他的事情。但我心里还是堵得慌。

"现在你还爱她们吗？"

我的语调轻得不能再轻了。西山走过来拥住我。他仿佛怕我受伤似的。

"我现在心里就你一个人，小玉，我永远爱你。"

听了西山的话，我心里的感觉好极了，仿佛被堵的东西一下子被疏通去掉了。但是过后嫉妒还是不断地折磨着我，我只是时时地在安慰调整着自己的心情，尽最大努力不让嫉妒破坏自己的心情。

可能是，西山为了让我感到他对我的强烈爱情，或者是为了让我彻底忘记他过去的那些女朋友，他除了对我关爱备至，他几乎不断地疯狂地在任何地点和我做爱，在车库旁，在敞开的阳台上，在小区的花园里，大白天在窗户内的平台上而且窗帘也不拉上，他说，他要让全世界羡慕我们的爱情。

但是，我们还是没有去民政局登记结婚。我催过几次，西山也一直说要去，却一直没去成。

就这样我和西山开始了充满爱情的生活。可我还一直担心大卫。但他让我非常失望。大卫并没有一点反应，仿佛我从来就不曾在他身边生活过一样。西山几次说要让我陪他一起去大卫那儿。他说要去看看大卫的画，看看有没有新的作品。我不肯，每次都找理由。我不想再看到大卫。

可那天大卫来我这儿了。我真不明白他为什么会到我这儿来？他难道没有一点羞耻心吗？可他就是来了，并且表现得很平静，仿佛我们过去根本就不认识一样。

西山去开门，一看是大卫，像往常一样拍了一下他的肩，说，有一段时间没来了嘛?

我一听，马上起身回到卧室。我不愿意和大卫照面，心里有说不出的别扭和耻辱。可是大卫问西山，小玉呢？你是不是放她出去诱惑男人去了？大卫你胡说什么呢！你要再这么胡说八道我跟你翻脸。西山严厉地冲大卫说。大卫我告诉你，我对小玉的爱情就像你对圣母的爱情一样，不管你们以前怎样，但从现在开始，你要尊重她。听到大卫那轻佻的口气，我气得眼泪都流了出来。我们都同居过，而且他那时是那么爱我，现在怎么这么轻薄我。我在心里大声责问：大卫你怎么可以这么对待你曾经深爱过的姑娘？但同时心里涌了对西山的感激。西山的那些话让我心里很温暖。

他们在西山的书房说了会儿话。西山说，大卫，酒在冰箱里，要喝你自己去拿，白的红的啤的你自己挑。大卫说，我当然来XO了。已经太长时间没喝XO了。XO真他妈的好喝！听了大卫的话，我都有点不相信是大卫说的，他以前可不是这样无礼没修养。大卫说话时的腔调和那股无耻的神态清晰地在我脑中显现。我和大卫在一起那段时间怎么一点也没发现大卫这么无耻的一面呢？我恨恨地按着摇控器，电视频道从1一直按到99。然后又拿出书来看。

大卫可能喝了几杯酒，说话开始放肆起来。

"西山，就因为你有钱，把我漂亮的情人夺了去，我真他妈的难过啊！这天下真是太不公平了，有钱人就可以这么生生地把别人的情人抢走啊，天理在哪儿啊！"

"大卫，你别睁眼说瞎话了，你自己不想和小玉结婚，还能怪我爱她娶她吗？人家小玉只想有个安稳的家，她并不看重钱，可你一直不想和她结婚，你真是辜负了人家小玉对你的一片真心。"

大卫忽然哈哈地大笑起来。

"西山啊西山，你还真是让小玉给迷住了，你那么多年想过结婚吗？以前你不都是视婚姻如牢笼吗？你现在倒说起我了？来来，把小玉叫出来，我真的想看看能够让我们顽固的独身主义者大作家西山走进婚姻的牢笼的小玉，现在已经变成什么模样了。"

大卫说话的语调仿佛我和他之间从来也不曾发生过什么，我好像是他的一个局外人。我忽然觉得搞艺术的人把爱情把感情看得这么轻淡。我心里猛地一激灵，西山会不会也是这样呢？

"大卫，我再一次郑重告诉你，以后对小玉要尊重，对我们的爱情要尊重。"

"立地成佛了？行了，行了。"

大卫自说自话地来敲我的门，我不想见他，把门锁上了，他怎么敲我都没理他。我却捂着被子哭了起来。我也不知哭什么，为大卫？为西山？

我也不知道大卫是什么时候走的。

西山让我去学开车。我不想去，西山说，去学吧，学好了我替你买辆车，你一个人闷的时候就开车出去玩玩。我说，我要出去找工作，有一份工作就不会觉得闷了。西山说，还是不要去工作，任何一个和你接触的男人只要这个人是个正常的男人都会对你产生非分之想，就是他不表露出来，他的心里也已经对你下流了，所以我不想让你出去工作。你出去工作我都会吃醋。

西山这么看待我出去找工作，我心里也打消了找工作的念头。我按照西山说的去了一个驾校学起了驾驶。一个月后我就考出了驾照。西山替我买了一辆红色宝马车。当时我说，不要这么贵的车，买一辆波罗车就行，西山说，开玩笑，我的太太怎么能开这样的车。

那时我认为我开始过上真正意义上的幸福生活。我每天的生活随着西山，他起床我也起床，他写作我就读书或者做些家务，他去锻炼我也去跑步。有时，西山陪着我一起到恒隆广场买衣服，我一看恒隆广场的衣服这么贵一件衣服就要一千多元钱，有的甚至二三千四五千一件，便不想买，西山却一定要让我买，只要款式喜欢就买。我说，同样的衣服在别的店买只要这儿一半价钱，西山说，你初看衣服好像是一样的，但实际上是不一样的，最主要的是在恒隆广场买衣服是买一种心情，买一种心态。西山说的是没错，我穿惯了恒隆广场的衣服后，确实看不上在别的店的衣服了，就是自己以前买的许多非常喜欢的衣服也慢慢不喜欢穿了。我也说不上其他衣服到底哪儿不好，但就是感觉不如恒隆广场买来的衣服穿着舒服。有时西山在写完了一个中篇小说后就会陪我一起出去玩，这时我脑中会突然跳出周勃，心里便泛起一阵酸痛。但这种酸痛很快就被西山的爱情淹没了。那次在"名人苑"游泳池游泳，我没带泳衣没有游，西山连续用各种姿势游了五个来回，最后一个二十五米西山是用自由泳冲刺游的。他游完后爬上游泳池喘着气说再也游不动了，我激动得心里发烫，心里涌满了欲望，西山的身体是多么性感啊！若没有人我真会立刻躺下来就在游泳池边上和西山做爱。西山出来后就在"名人苑"的小路上，他抱着我亲吻，边亲吻边把我转起来，我的整个身体离开了地面飞了起来。我幸福得直掉眼泪。

幸福的生活短暂得如昙花一样。当初让我激动得泪流满面的爱情如过眼烟云一样。我不明白把爱情看得如此重要的西山怎么会变得这么快？或者说，西山本来就是这么个人。

开始西山还是一如既往地爱我。我根本不会想到在这种情况下，苦难会渐渐地走近我。算起来我和西山的幸福生活没有多长时间，耻辱和苦难再一次降临到我身上。我真不明白老天为什么这么对待我。

没过多久，令我痛苦和耻辱的事情接连不断地走向我，使我这么个渴望安定生活，渴望有一个家的西部边陲来的诚实善良的姑娘也不得不离开他。我在心里大声地问苍天，为什么要这么对待我？为什么要把那么多的苦难加到我的头上？

后来我想，这些苦难和耻辱的源头应该是从那次西山邀请他的一些官场上的朋友吃饭开始的。

西山是名作家，在社会上很有些地位。他可能是觉得得到我太幸福了，也可能是虚荣心太强了，他觉得应该让我在他的朋友圈里亮亮相。那时我已经意识到或者说那次西山关于我要出去找工作时西山对男人的评论让我对男人有了警惕，加上我自己到塞壬后的经历，我确实对男人产生较为严重的成见。我不希望再和任何没关系的男人接触，以免产生不必要的麻烦。我对西山说，爱情是我们两个人的事情，没必要让你的朋友们知道。我问西山，你不让我出去找工作不就是为了不让我和任何别的男人接触吗？怎么还要让那么多和我不相干的人和我见面？尽管我多次反对，但最终还是没能阻止西山组织的那次聚会。西山的聚会理由就是他结婚了，让朋友们一同庆贺一下。

我们并没有像通常人结婚一样在饭店请人吃饭大办宴席。西山说，他最讨厌那种吃饭了，很多人认也不认识，饭桌上尽说些言不由衷的话。西山的这个想法倒和我一致，结婚是我们俩的事情，跟别人没关系。不请人吃饭我倒也没觉得什么。但西山说要把他认识的塞壬市的一些头面人物请来吃一次饭。西山说，娶了这么个像仙女一样漂亮的老婆一定要让大家看看，让朋友们知道，我西山有多幸福。西山这么说的时候脸上的表情充满得意和满足。我能理解西山的虚荣心。看着西山那种满足的表情，我心里也非常高兴。我能让自己丈夫自己的爱人这么高兴我心里涌满了幸福。但从边疆到塞壬生活后，我听到了一些有关塞壬市找情人成风，一些有能耐的人都找情人，联想到大卫对待爱情的态度，我心里又很不舒服，非常不愿意和这些人吃饭。但我不是个任性的姑娘，在多次表示我的看法而西山却执意要我陪他一起请他们吃饭后，我还是勉强而得体地和西山一起参加了宴席。

那天来参加我们宴席的人是我想都不敢想的。我从来没有和干部打过交道。那天来的有林副市长，出版局局长，出版社社长，作协主席，一个副主席，《塞壬文学》主编和编辑部主任。还有一个气宇轩昂的五十来岁的男人，他是林副市长的朋友。林副市长非常隆重地了，他应叫邓一宇，是在塞壬市的一个企业当老总，当时我心里沉沉地跳了一下。宴

席上，西山让我敬了所有人。我说我不能喝酒，西山说，边疆的人哪能不
会喝呢？西山还是要让我敬。他们再反敬我酒，那天我真的喝了不少酒。
令人奇怪的是，我竟然没醉，只是人很兴奋。席间，我明显地感觉到大家
对我的热情。那个副市长却对我比较平淡，他几乎不和我说话，我敬他酒
时，他也只是浅浅地抿了一口，脸上的微笑只是很吝啬地一闪而过。邓一
宇对我很热情，对我的美，直接赞扬，说大作家娶到我，让全世界的男人
都嫉妒，但却是心服口服，才子配佳人嘛。但他看我的眼神让我觉得很特
别，甚至让我感到有些慌乱。西山对副市长特别敬重，甚至有些畏惧。对
邓一宇表现出极大的恭敬，甚至让我感觉到一种媚态。就像电影里那些太
监对皇帝的神情、言行一样，看到我心中那么高大的西山这样的神态，我
心里有说不出的味道。这让我对西山非常陌生，他这么个骄傲的人，这么
个什么都不放在眼里的人，怎么会对人有这种敬畏的媚态的表情和眼神
的呢？他还多次让我向副市长和邓总敬酒。我说我不行了他还一定要让我
敬，我没办法只得敬，害得我喝得头晕乎乎的。

33.西山把我换部长

　　之后没几天的一天晚上，邓一宇来到了我们的家。因为是邓一宇
来，想到西山曾对他的那种极度的尊敬，我便更加小心并且热情。我没等
西山说话就替邓一宇泡了一杯西湖龙井，是西山从西湖边上真正产龙井的
地方买来的。邓一宇接过龙井茶，脸上露出笑意，说，谢谢。他很专注地
看着我。不知怎么回事，我被邓一宇看得心跳猛地加快，像个从不被老师

和同学当回事的不起眼的小学生突然被老师任命为班干部一样。邓一宇只是很平常地看了我，我却总感觉有什么事似的，心跳得我心壁都痛。女人的直觉看来真是非常准确，那晚上果然就有了事情

我们坐着聊了会儿天，说了些无关紧要的话。我自然是问一句答一句，西山的话和表情充满殷勤。西山让我到厨房准备些水果。

我端着水果出来，请邓一宇吃水果。邓一宇端起水杯和我的杯子碰了一下说，小玉以茶代酒，祝你更加漂亮，干了。邓一宇一口把茶水喝了。我也把白水喝了。我替邓一宇续上水，把自己的杯子也续满了。我接好水刚坐下，就觉得心里发热，下身一阵阵发烫，头晕晕乎乎的。我对西山说，我有点不舒服，想去躺一会儿。西山就让我去了。

我头晕乎乎的，心里却一拱一拱的激动，充满了欲望，却又困得很，似睡非睡的。这时西山开门进来了。他好像很清楚我心里的欲望似的，进来后就躺在我边上把我抱住，亲吻我。然后又脱我的衣服。后来就进入我的身体。但我总觉得西山今天有点不一样，当我用劲了全身的力气睁开眼睛，定神看了一眼，我发现躺在我身上的竟然是邓一宇。我拼尽了最后的力气推了邓一宇一下，双手就无力地瘫了下去。我头晕得无法再思想，我就这么承受着。我做了个长长的恶梦。

第二天我醒来时，我发现自己赤身裸体地躺着，西山也是赤身裸体地躺在我身边。西山还没醒。我看了看周围，我的衣服放得很零乱，内裤和文胸在地上东一件西一件，睡衣却在床角。我觉得太奇怪了，西山从来不这样啊！我又转头，猛地看到床头柜上放着女性用的自慰器。怎么会有这种东西？我这么想的同时，心里涌满了难为情。难道西山还对我用这种东西？我的脑袋仿佛经历了一次长途跋涉后又空又疲惫。昨晚的事情渐渐地回到了我的脑中。我想起了昨晚是邓一宇来家里，又想起了我替他沏了杯西湖龙井，他说谢谢时看我那眼神让我心里突突急跳。慢慢地我又想起

了昨晚上的做爱。这么想的时候，我的下身隐隐地灼痛起来。西山昨晚上怎么啦？这么过火吗？我又在想我是什么时候回房间睡觉的，我当时是觉得头突然晕了起来，怎么昨晚上会晕的这么厉害呢？以前喝酒都不曾这么晕过。

我穿好衣服起来，头还是觉得有点重。洗完后，我泡了杯咖啡，坐在沙发里。忽然，我想起了邓一宇在我身上我使劲的情景。我猛一激灵，身体仿佛发冷一样颤抖了一下。我明白了，耻辱像洪水一样冲进了我的胸膛，我的泪水涌了上来。我猛地站起，冲到床前，抓起枕头，摔向西山。

西山睁开睡眼惺忪的眼睛看着我：

"你怎么啦小玉？"

"我要问你，怎么啦？昨晚上你把我怎么啦？"

"你走后我们开始喝酒。后来我酒喝多了，在沙发上睡着了。"

"你知道吗？你的老婆让那个流氓邓总强奸了！"

泪水从我眼里滚了下来。

"不可能！邓总不是这样的人！"

"还不可能？我还会骗你吗？他在我的水里下了药，再把你灌醉。"

"这怎么可能呢？"

我冲过去抓起床头柜上的女性自慰器甩向西山：

"你说，你有这东西吗？"

西山看到自慰器竟然笑了起来。

"小玉，不管到底是怎么回事，我不当回事，不就行了。"

"你说什么西山？你怎么这么无耻！你是个男人吗？！"

我泪如雨下，悲伤到了极点。西山过来把我抱住。

"小玉，我爱你！我非常爱你！你别难过，也别瞎猜，邓总是在我面前多次赞美你，对你很欣赏，但绝不可能做这种下流的事情，他是个有修养的人。你可能是头晕，是脑中的幻觉。"

我使劲把西山推开，把枕头摔向他。

"不可能！西山我告诉你，不可能是我脑中的幻觉。你要是个男人就去找他去！他对你老婆对你的爱人做了最无耻的事情！"

这是我第三次被人强奸。如果说第一次我还爱那个人的话，这一次对我的心灵的打击实在太大的了。我狠狠地踹了西山一脚，冲进浴室。发狠地打开水笼头。我在浴室哭了很长时间，水淋在我身上，我都没感觉到水是热还是冷。西山几次敲门要进来，我都大声让他滚。水冲在我身上，冲着冲着。也不知过了多久，我忽然觉得背上被水冲的地方发麻发疼。我停止了哭泣，让整个身体躺了下去，猛地觉得一阵放松。躺了很长时间后，我站了起来，打了一遍又一遍的浴液，我想把身上的肮脏彻底洗干净。可是我感觉怎么也洗不干净。我用劲把毛巾甩向墙壁。

就这样，我们开始了冷战，我不和西山说一句话，但是西山对我还是和过去一样，体贴，关心，还每天要我，我不肯，他就强迫我，我实在抗拒不了他，就一动不动地躺着。我想，我过去看到书上说，妻子对丈夫没感情但又要尽义务是不是就是我现在这个样子呢？这样的日子持续了一个多月。西山也没有对我的冷漠表示特别的不满，或许他也觉得伤害了我。相反西山不断地讨好我，常常抱着我热烈地说着爱我的话，就是我把他推开，他也一样紧抱着我。有时，西山特别动情的时候，我也有些难过，想到西山对我好的那些过去，心里就有些软下来。但我只是心里动一动，在行动上还是和过去一样，不说一句话，做爱时一点都不配合。吃饭睡觉都不说话。这样过了一个月，我忽然觉得有些对不起西山，我对自己产生这样的想法很奇怪，西山这么伤害我，我怎么会产生这样的奇怪的内疚想法呢！可我确实产生了这想法。

那天西山起得比平时早，我早点还没准备好。西山说，有事不吃了。说完就要走。我从冰箱里拿出一大杯酸奶一定让西山带上。尽管我不和他说话，但对西山的生活还是照顾着。一上午一点东西都不吃怎么行？西山不喜欢在路上吃东西，我把吸管插进酸奶杯递给西山冷冷地说，你现在就喝，下了电梯就喝完了。这几乎是我一个月来对西山说的第一句话。西山发现我的变化，激动地拥抱着我，亲吻着我。我把他推开，说，快走吧。

晚上十点多西山才回来。他喝了不少酒。他一回来就抱着我，大声地告诉我：

"小玉，我到邓总那当人力资源部副部长，我他妈的是企业高管了！"

西山从来没有过地说了粗话。我挣脱出来，吃惊地看着西山。

"你不写小说了？"

"小说当然写，但这官也要当。"

西山发疯一样把我抱到床上。西山不断地在咒骂邓一宇。我奇怪西山这么恨邓一宇，为什么还请他来吃饭？为什么对邓一宇那么尊敬又如此仇恨？他能当上部长，邓一宇肯定起了不小的作用，后来我慢慢地体会出那晚上的事情与西山当部长的因果关系了。也就是说，那晚上我被邓一宇糟蹋是西山为了当部长有意安排的。我问西山那晚上的事情是不是他有意安排的。

"事情都过去了，别再提了！"

西山的表情很痛苦又很不耐烦。我看着西山的表情，我又问他。我是多么想听到西山说不是啊！可是西山歇斯底里的回答让我彻底绝望了。

"是的！是的！不这样我能当上这个部长吗？！没有你我或许可以当部长，就因为他知道我有一个绝色的老婆，他就直截了当地向我提出了这个要求，而且还他妈的一点不掩饰！"

我对西山彻底绝望了。居然一个部长都比我重要！比我们的爱情重要！我第一次地想到要离开西山，离开这个卑鄙无耻的"大作家"。但是我并没有马上决定下来。我想到离开了西山，我再重新开始新的生活还会有现在这样的生活吗？但我心里永远留存着一个羞耻的黑洞。

34.但丁同学文一兵

日子就这样一天天过去，随着时间的流逝，那些耻辱的感觉渐渐地隐藏到我的心灵深处。可是我再也没有最初对西山的爱情了，我仅仅是为了这份平静富有的生活。

西山当上部长后，热衷于官场之道，他常常晚上在外面应酬，喝了很多酒回来。回来后就粗暴地对待我。

这么一天天挨着日子，我的心也一天天冷下来。我心里的悲哀一点一点像涨潮的河水满了起来。但我是软弱的。我到塞壬这几年来的经历让我觉得身心很疲惫，对爱情好像不再有信心，对美好的生活也不再有信心。西山对我爱情没有减弱，就这么过吧，我想这也是一种日子。这个世上，没有爱情的婚姻家庭不是比比皆是吗？我起码还有西山对我的爱情，尽管我已经不再爱西山了。我想只要我和西山有个孩子，我和西山的家庭就会稳定下来，我的全部爱就可以放到孩子身上，西山也会对待家庭更加负责任起来。以后我再好好培养孩子，把孩子好好培养成才，这不是很美好的事情吗？再有可能，就把爸爸妈妈接过来和我一起生活，这不是件更美好的事情吗？我这样想象着，心里很幸福，悲哀渐渐地逃走了。

西山听了我的话，吃惊地看着我，仿佛不认识我一样。

"你怎么会想到要孩子？我们这样不是很好吗？"

"西山，我们生个孩子吧。你不让我去找工作，整天又不回家，晚上还老是喝酒，我在家待得心里发空呀！"

"怎么会发空呢？我写了那么多的书，你好好看看，若看完了，我书柜里有那么多的书，有的你看呢？你怎么会想到要孩子呢？一有了孩子，我什么也干不成。"

"那我出去找工作。"

"小玉，你听我的好不好？像你这么漂亮的女孩在外面工作，你说会安全吗？你就在家好好待着吧。"

我无言以对。我只得自己承受着孤独和寂寞。心太闷时，我曾想过去找过去爱过我的人。但一想到西山对我曾说过，他反对我和任何男人交往，我就打消了这个念头。而且我感觉得到西山的醋劲是很强的，我们每次相爱时，他都会醋劲很足地提到大卫和周总，还问我有没有和别的男人有过爱情，我差点告诉他。那次就在我准备告诉西山全部时，却突然有一个声音对我说，苔丝的教训你还不吸取吗？我立刻把话咽了回去。周总也不是我说的，而是大卫说的。大卫真是个混蛋，把我卖给西山，还把周总和我的事告诉西山干什么，和他有什么关系，他是想让我不幸吗？

从那时起我养成了一个人逛大街的爱好。西山给我不少钱，我便买些衣服。但我并不大手大脚，也不买那些特别贵的时装。看到那些漂亮的时装时，我想起了在'奥利克'的日子，心里便涌满伤感。买衣服时，看着镜中自己穿着衣服漂亮的样子，心里的伤感被慢慢泛起来的高兴压了下去。我才明白为什么姑娘或者女人那么爱逛商店，那么爱买衣服了。很快我的衣橱被衣服挂满了。

不久，我遇到了件事情。我不知道这件事情在我的人生旅途中是祸还是福。但这件事情确实是我的人生转折的一个重要的因素。

那天在淮海路国际购物中心二楼，我遇到了但丁的中学同学。实际上我并不认识他。但丁还没有把我介绍给任何他的同学我们就分手了。我正在"风衣屋"看"风中客"牌子的各种风衣。一个小青年走到我的身旁对我说：

"对不起，请问，你是哈小玉吧？"

我吃惊地看着他，看他那斯文的样子不像街头流氓就点点头。他递给我一张名片，说：

"我在门口的'真锅咖啡屋'等你，我有非常重要的事情和你说。"

他说完走开了。我看着小青年的背影消失在自动楼梯上，又看了看名片。名片上写着：塞壬市作家协会会员、自由作家：文一兵。又是一个作家。我在心里说着，心脏狠狠地沉了一下。我又看了一眼自动楼梯。那里已经空无一人。我提上装着风衣的袋子走向楼梯。

我刚走到"真锅咖啡屋"，文一兵就拉开了咖啡屋的玻璃门："你能来我非常高兴。"

文一兵脸上的笑容，仿佛他有难以置信的意外之喜。

文一兵把我引到二楼的一个安静的桌旁。他点了杯咖啡，问我要什么。我说也来杯咖啡。

他看着我，很长时间地看着我。我也看着他。我被他看得脸红了，便把头转向窗外。

"小玉，你一定很忙，我也很忙。我长话短说。"

我转过头来看着他，有些吃惊于他叫我小玉。

"但丁和你分手后，把和你的一切告诉了我，并告诉了我你们分手的原因。他痛苦得大病一场，但他说他不能再和你相爱。我问他为什么？但丁说，他不能原谅你的那件事情，更不能原谅你不愿意告诉他那个人是谁，还骗他说是梦中被人强暴的。我狠狠地骂了他一顿。但他依然不改变自己的决定，情愿自己大病一场。我当时想到，你一定也是痛苦万分的。我就对但丁说，如果是我，我决不会放弃她。但但丁依然不听我的劝。我想，像你这么个善良朴实的姑娘过去有再大的错也是应该珍惜的。我就向但丁要了一张你的照片和你的电话。但丁说，照片可以给我，但电话已经被他从手机里删除了。我说电话他一定背得下来，但丁说，苦难让他的记忆衰退了，记不住了。我对但丁说，我要找到你，一定要找到你。只要你愿意，我一定娶你为妻。我想，在休息日或者晚上你肯定和大多数女孩一样经常去市里的各大服装商店逛逛或者买衣服，我就经常在这些时间去找你。但是我找了你很长很长时间，一直没找到你。今天我能够遇到你，真是上帝对我的恩赐。"

我听着文一兵真诚的诉说，心里的激动绵绵地涌了起来。

"我已经结婚了。"

尽管在法律上我和西山没有被承认，但还是这么说了。我这么说的时候心里有些酸痛和难过，好像我做了一件对不起文一兵的事情。我看到文一兵脸上出现了尴尬又有些衰伤的表情。

"你结婚了，只能说明我们现在没缘分。但这不说明我们以后没缘分。看上帝的安排吧。我今年二十七岁，在一个机关团委工作，爱好广泛。但业余时间爱好读书写作和挣钱。我和但丁中学时就开始一起写诗。请你给我一个电话，但我不会经常给你打电话的。希望你生活幸福，你若不幸福就离婚，然后告诉我，让我像娶仙女一样来娶你。我会等着你，起码到四十岁，还有十三年。"

文一兵说得很平静。眼神也是平静地看着我。

　　我听了，感动得快落泪了。那天的咖啡我忘了加糖，很苦很苦，但时至今日，我还是觉得那天中午在"真锅咖啡屋"喝的咖啡非常香非常甜，是我至今喝到的最香的咖啡。

　　我走前，留了我的电话给文一兵。那天我离开"真锅咖啡屋"时，文一兵的表情是我终生难忘的，那张笑中隐隐透着离别的凄苦的脸深深地刻在了我的脑海里。我们分手时，文一兵对我说：

　　"小玉，一定要记住我刚才说过的话。请你也一定相信，这个社会，这个世界，尽管有肮脏有险恶，但一定会有美好、善良和真诚存在，一定有有良知、有正义感、忠诚、敢于舍身抗暴、敢披肝沥胆、敢十年磨剑的男人存在。"文一兵停了停，深情地看着我，"小玉，有困难时一定要找我，有任何困难天大的困难一定找我！"

　　文一兵说完走了。我看着文一兵的背影消失在人海中。他说话时的表情，他的话，在我的心里来回滚荡着。有困难时一定要找我，有任何困难天大的困难一定找我！我脑中一遍又一遍地回荡着文一兵的这句话。在以后的日子里，文一兵常常走进我的脑中。

35.西山和女人群舞

　　西山的官道似乎很顺利，没过一年，明显地发生了变化。言语举止都开始拿腔拿调了。过去是个性情中人的西山，那自由的个性在一夜之间消失了。回到家里也是官腔十足。他不再像过去那么努力写作了。忙工作的时间更多了，晚上在外面的应酬更多了。过去被他嗤之以鼻的当官的人和官场上的龌龊他不再以那种鄙视的态度对待了，过去从来不愿意谈及的官场事情现在也会津津乐道了。回到家和我说话都是怪怪的，我觉得很奇怪。他这样和我说话我觉得很难过，但我也没说什么。一如既往地过日子。对这些我并没有特别的反感，对官的害怕或者说敬畏，从小就在我的心灵深处播下了种子。西山能当上这么大的官，我的潜意识里还是觉得是好事。西山对我的感情当然也在变化，对我不像过去那么要的勤了，也没有以前那么浪漫了。对此，我并没有什么觉得特别的不适，相反，觉得轻松了许多。我想，这样安安稳稳地过日子，也是一种很不错的结局。

但我还是在想，人怎么会变化这么大，做官对于人来说有这么大的吸引力？后来我慢慢明白了一个道理：在我们这个文化背景中，当官像海洛因一样浸淫着每一个男人甚至女人。根本原因就是做了官，他就能得到比不做官的百倍多千倍多的利益。西山当官后，经常晚上拿给我装着钱和卡的信封，满嘴酒气大着舌头对我说，到恒隆广场去买套时装！

西山晚上在外面应酬的时候，晚上我一个人寂寞地在家里看书或者做别的事情，或者呆坐在沙发里时，我会想到过去的很多事情，想到来塞壬后的遭遇。我心里就很难过，一个人坐在沙发上落泪。这时想给文一兵打个电话的念头非常强烈，我会情不自禁地拨文一兵的电话，但拨到第七位或者第十位数字时我会恐惧地压下电话，心脏扑扑地乱跳。这样的夜晚是难熬的夜晚，孤独，寂寞，无聊，烦躁。我自己都不明白怎么会想到要和文一兵打电话。我一个人孤独地坐在沙发上，我想到了很多人吸毒，我想这些人最初吸毒肯定也是像我这样因为极度的无聊和孤独寂寞。我为自己想到毒品吓一跳，我在心里警告自己，哈小玉你可不能想这个问题，你绝对不能吸毒，否则爸爸妈妈一定会痛不欲生的。很多这样的深夜我是这样告诫自己然后吃两片安定睡去的。

来年夏天一个星期天，灾难再次落到了我的头上。这次是以另外一种方式羞辱了我，把我本来就伤痕累累的心伤得无以复加。那天早上，西山告诉我，今天有几个他资助的大学生要到家里来玩。我听了挺高兴的，我说那就去饭店订饭吧。西山说，在家里吃热闹，你去饭店订菜，让送家里来。起床后我就立刻打扫房间，我想给西山资助的大学生留下个好印象。走进来几个女学生，她们一见我就哇地叫了起来，说，西山真是有艳福啊，娶了这么个仙女做老婆。我被她们说得脸红了起来，客气地甚至有些殷勤地说，快请进，快请进。我心想，这些姑娘说话怎么这么张扬。一共进来五个女生，我朝后面看看，没有人了，我问，还有同学吗？她们说，没了，就我们几个。她们嘻嘻哈哈地进来，活蹦乱跳的。有两个学生一进来还和西山拥抱了一下，说，西山，我们想死你了。她们这样的举动，让我很反感，我觉得这几个学生有些轻浮。看来她们和西山的关系挺亲热的，连老师也省去了。我心里浮出一丝忧虑。尽管她们都不如我漂亮，但个个都很端正，而且迷人。如果她们走在大街上，肯定是会引来很多目光的。

我把西山叫到卧室，我问西山："怎么都是女同学？"

"我只通知了几个女同学。"

"为什么？"

我有些奇怪地看着他。

"我不喜欢男同学。"

我笑了，说："那你怎么还出钱让他们读大学？"

"那是两回事，他们那么优秀，就因为没钱读不了大学，那太悲惨了。我出钱帮助他们，并不能说明我愿意和他们在一起。"

我摇着头，狐疑地看着西山。

大家在一起。我看几个女同学非常开心，她们赞美着我，说我嫁给西山真是太幸福了。有两个说，她们真嫉妒我。一个还说，若是她大学毕业了，她早嫁给西山了。不会再有我的份了。我听了，心里很别扭，心想她们怎么这么说话。她们还是学生呢，是不是现在的大学生都这么开放随便？

吃饭时她们喝了不少酒，饭却都吃一点点或者不吃。之后，她们嚷嚷着要跳舞。我们便来到了大客厅。

西山很高兴，拿出两瓶XO。我说，已经喝了那么多酒了，就别再喝了。西山还没说话，两个学生就兴奋地叫了起来，我拿来酒杯，替每人倒上。西山把酒杯端到她们桌前。那个留着一头长发长得挺漂亮的叫王曼的女学生很风骚表情很媚地说，谢谢了西山，待会儿，你要和嫂子跳一个贴面舞给我们开开眼界。我听了脸一下子红了。然后她让西山低下头去，像是要和他说什么话。我感觉是西山低下头后，她亲了一下西山的脸颊。我非常愤怒，她怎么可以当着我的面这样？我真想说话。但我还是克制着自己，我在想，是不是灯光太暗了，我没看清楚，或许她没亲吻西山，只是和西山说了一句话？

西山轮流和女同学跳舞，他们跳舞时抱得那么紧，脸和脸几乎贴在一起。我很不高兴，但一想，现在或许跳舞都兴这样。我也没有必要太认真。

我不想再在客厅里待下去。在一曲结束后我对西山说，我想先去卧室休息。西山说，你要累了先去休息。但那个王曼大声反对："小玉你还没和西山跳舞呢？跳一曲，也让我们开开眼界。"

"对对，你们跳一跳，看看我们小玉的舞跳得怎么样，看看西山对爱妻怎么表示。"

几个同学都起哄。

西山便和我跳了一曲。西山把我抱得紧紧的。西山的嘴里全是酒气，很难闻，我把头转向旁边。

"西山，你和小玉好好跳一曲，还不如和我们跳得亲。到底谁是你老婆啊？"

王曼借着酒劲说着胡话。

"对对，西山让我们搞搞清楚，到底谁是你太太？跳一个接吻舞。"

她们起哄。我心里再次涌起愤怒。我在心里问自己，现在的大学生难道就是这样吗？

还没等我生完气西山就抱着我接吻了。边接吻还边问：

"怎么样，这下像我老婆了吧？"

西山满嘴的酒气使我心里一阵翻涌，我恶心得想吐。我从来也没有这么对西山厌恶过。一跳完，我就对西山说回卧室休息去了。但走前我还是没忘了礼貌，向她们道别。

我躺在床上，气得直喘粗气。我用扇子使劲地扇着，又把窗子开到最大。窗外的风有点凉，吹在身上应该是很舒服的，我却没感觉。往日看着窗前花园里黑魆魆的草和植物我都会很高兴，闻着窗外那从树和草的身上散发出来的馨香，我的心情都会变得非常宁静。但现在，我全然没有感觉。楼下的大客厅里的舞曲隐隐地传来，还不时夹杂着她们的尖叫。我把窗关上，洗漱睡觉。我想早点睡去，别再听这些烦人的声音。睡前为了能睡死我吃了四片安定片。

第二天早上我醒来时，发现西山并没有回房间睡觉。我觉得很奇怪，西山可是从来也没有到外面过过夜。昨晚上喝多了？喝多了也该回房间睡觉呀。家里静悄悄的。我走下楼，推开大客厅的门。

映入我眼帘的是一幕极其丑陋极其无耻的画面。这一刻成了我永远的噩梦。我这一辈子不可能忘记这一耻辱。西山和那几个所谓的大学生几乎赤身裸体地躺在客厅里。昨天跳舞的客厅被西山铺着被子，西山和那个王曼睡在一起，另几个学生有的睡在三人沙发上，有的蜷缩在单人沙发上。茶几上地上倒着五六个酒瓶，客厅里全是酒气。我尖叫一声，直奔楼上卧室。我拿上衣服冲出我住两年的"家"。

36.堕落和圣洁

我边跑边流泪，巨大的悲伤和绝望把我打倒了。我拦了一辆出租，回到我以前我住的"欧洲小区"。

这一天我不知是怎么过的，我一直在流泪，双手使劲地撕着枕巾，然后又用枕巾抽打着被子。我一会儿哭，一会儿发疯一样尖叫。我又打开音响，把音量调到最大。幸亏是白天，否则一定会遭到邻居的抗议。但就是这样，心口上尖锐的痛没有一刻缓解过，我的泪水滚滚而下。这种状况一直延续到晚上。

天黑了，我不知道怎么熬过这个夜晚。我觉得孤独无援，我心里空极了，仿佛我的五脏六腑全被掏了。我想到了文一兵。我想起了他对我说过很多爱我的话，清晰地记起了他说的："有困难时一定要找我，有任何困难天大的困难一定找我！"我给他打了个电话。

"是文一兵吗？"

"你是小玉吧。"

文一兵居然听出了我的声音，我百感交集。我控制不住地在电话里"哇"地哭了起来。

"小玉，你怎么啦？你在哪儿？"

我一直在哭。

"你在哪儿？你说话呀！"

"我在家里。"我泣不成声地说。

"你家在哪？我马上过来。"

我也不知道怎么回事，竟然会在电话里对仅仅在大街上邂逅的男青年这么动感情，不知难为情地哭了。事后我想只能归结为文一兵那天对我说的话已经在我心里埋下了种子，而且当时我实在太痛苦了。

我确实太难过了。打完电话后，我还在哭着，但我心里好过多了。我知道文一兵会在半个小时之内或者十五分钟内到来。我盼着他。我站在窗前，流着泪水看着窗外，看着驶进小区的出租车。我不停在看墙上的钟，我的手表也忘在了西山的家里。现在我已经在心里完全放弃了那个家。可是每看一回钟，都让我非常失望，每次，挂钟只走了一分钟，甚至一分钟都不到。终于在我数不清的回头看钟后，我看到了一辆红色的出租开进了小区，我看到文一兵一下车就跑了过来。当我看到文一兵冲到我门口时，我打开了大门。我像受尽委屈的孩子看到父亲一样，扑进了文一兵的怀里。我大哭起来，并瘫软在地。

文一兵把我抱起，把我放到床上。文一兵想起来，我一把搂住他。我毫无羞耻地说：

"文一兵，你要我吧，你要我吧。"

仿佛这时只有做爱我才能被拯救。

文一兵用力把我的手拿开：

"小玉别这样，有什么事你说呀！到底遇到了什么事？"

我的自尊心受到了极大的打击，我从来没有过的像个小孩子一样发起了脾气："你不要我你就出去，然后我就从十八层跳下去。你滚！"

我大哭起来。

"小玉，你别这样，我不出去，我陪着你，把你遇到的事情告诉我。"

"你滚吧，你滚吧！"

文一兵抱住我，说别这样小玉，别这样。

"你不滚，好，那你现在就和我结婚，现在就要我，就现在！"

那时的我像疯子一样不可理喻。

文一兵看了我一会儿庄重地说：

"小玉，从但丁告诉我你的事以后，我就爱上你了，我坚信，你的品质不会变，就是你变了，我也坚信我有能力让你改变，所以我在心里一直就这么爱着你，完全柏拉图式的，所以那天看到你，我会对说那样的话。但你对我根本不了解，让我们互相了解以后，我是说，让你了解我以后，认识到我是个品德高尚有责任感的男人以后，我们再这样好吗？"

我百感交集，哭得更伤心了。我遇到的所有的男人对我的身体都充满着欲望，连我那么尊敬的教授姐夫也会强暴我，文一兵却是这样！要让我认识他、认可他后才能和我做爱。

"那你现在抱抱我好吗？"

从这天以后，文一兵有空就来陪我。但文一兵工作非常忙，他在从事文字工作，单位里的报告都要他写，晚上经常要加班写公文，不能经常来陪我。我的心却因为被西山伤得太狠了一直没能恢复。很多个夜晚，我孤独无援，我觉得自己快崩溃了。我给文一兵打电话让他来，但他不能每次都来。我没法排遣我的孤独痛苦，在那个极端寂寞几乎让我崩溃的夜晚，我开始吃起了摇头丸。等到文兵发现后，我已经中毒很深了。

文一兵第一次发现我吃摇头丸，吃惊地看着我，一瞬间流出了泪水。他看着我，慢慢地跪了下来。

"小玉，我现在向你跪下了。男人膝下有黄金。请你一定不能再吃摇头丸了，这是毒品啊！为我们的爱情，请你一定戒掉好吗？"

我把文一兵抱了起来，我泪流满面，我说："我一定戒掉。一定。"

从此以后，文一兵再也不和我亲近了。更不用说和我做爱了。但他经常晚上来陪我。有时我特别想做爱时，想让他要我。文一兵却没有同意。他说：

"小玉，我爱你，非常爱你。我一直把和你的结合看得非常神圣，我要和一个品质高尚的姑娘做爱。现在，我以我对你的爱情向你郑重声明，陪你一辈子，但你不戒掉毒品，我不会和你结婚。"

文一兵的表情严肃痛苦还夹杂着神圣的爱情。

"我一定戒掉。"

可是我并没有戒掉。只要我一个人时，巨大无边的孤独和痛苦瞬间就会把我打败，我就控制不住地把摇头丸塞进嘴里。而文一兵每次来，我都用尽一切办法，想让他上床。我需要做爱，我需要拯救。我知道我堕落了。可我毫无办法。

我坐在吧台前的转椅上侧对着他。一手拿着酒杯，一手夹着烟。我翘着二郎腿。长长的旗袍往下荡着。因为旗袍的开叉太高，我的三角裤又特别小，我的大腿和半个屁股全在他眼前展现。我就是要这个效果。

我知道自己有很白很细腻的皮肤，从中学起我的皮肤就是同学们议论的话题。我知道我的皮肤很迷人，是男人见了都会冲动的。我想他应该动心。这在我的经历中得到了无数次验证。我希望文一兵还会像以前一样动心。因为我非常爱他，而他也非常爱我。

可是文一兵没有丝毫动静。他坐在我面前，安静地坐在那儿，表情平静，仿佛面对的不是一个美丽绝伦的姑娘，而是一个没有生命的艺术品之类的。现在我开始怀疑他是不是正常的男人，生理或者心理是不是有缺陷。他爱我，怎么会这样呢？可我清楚，是因为我的堕落才使他对我这么冷淡。

现在已经是晚上，窗帘被我拉上了，我开的是那种粉红色的灯，房间里的气氛很暧昧。客厅和卧室的墙上挂着几幅我的非常迷人或者说风骚的裸体照片。在这样的环境里是很容易产生冲动和情欲的。可文一兵没有。这让我的自尊心受到很大的打击。

文一兵是个正人君子。他现在对我没有丝毫邪念。

那天晚上，我在"一品香"舞厅疯狂地跳了五个多小时，一刻也没有停过。我渴极了。我要了两扎生啤酒当水一样喝了下去。我忽然觉得心跳加快，脑袋晕旋，手脚发冷，恶心想吐，我连衣服都没拿就跌跌撞撞地冲出门去。平时都有出租车等在舞厅门口，那天却一辆也没有。已经是凌晨三点了，街上没什么人了，出租车都很少看到。我摇摇晃晃地往前走。忽然，我什么知觉也没有跌倒在地。我醒来时正躺在文一兵的怀里，他正用姆指掐着我的人中。我们在出租车上。文一兵要送我去医院。我说不用了，送我回家。

这时文一兵流出了泪水。

"我就这几天没有陪你，你就这样了。"

晚上，他陪着我。有他陪着我觉得很平静很幸福。这样平静安宁的夜晚已经多长时间没有了。过去的每个夜晚都是在浮躁疯狂充满淫荡和情欲中度过。这样温馨和宁静的夜晚只有在那遥远的边疆才有过。太遥远了，遥远得使我的记忆变得非常温馨。妈妈在油灯下替我一针一线地做着鞋，小油灯衬着妈妈美丽的脸庞。爸爸干了一天的活太累了，早早地睡了。重重的呼吸声像音乐一样在昏暗的小屋里回旋，仿佛是舒伯特的《小夜曲》，像诗一样美。

我知道想象和回忆永远是最美好的。那时我曾经是那么憎恨我的生活，做梦都盼着离开，做梦都盼着有一个白马王子把我带走，让我逃离这苦难而看不到希望的生活，就是离开爸爸妈妈也在所不辞。但现在回想起那样的生活也变得那么温馨那么美好。

我深吸口烟，吐着烟圈。烟圈一个接着一个在我们两人中间飘着。我觉得烟圈在昏暗的灯光中飘动很美，很好看。一个烟圈在空中缓慢地飘动着，我从烟圈的里看到了他的那张国字型脸。我看着他，他表情中游动着不易察觉的忧伤。我却清清楚楚地看到了那份忧伤。我收回目光，又看着飘动着的一个又一个烟圈。

这些烟圈真像我曾经有过的一个又一个希望，我的那些希望又美又圆又精致，伴随着我的整个少女时代。现在一个个全破灭了。我曾经幻想我的第一个爱情之夜的浪漫和温馨，白马王子会永远保存我的那朵鲜艳的梅花。可是……

尽管我现在还这么年轻，但我心如死灰，如一潭死水。一潭死水多好啊！没有一点痛苦。我又吸了口烟，又连着吐出一个个滚圆的烟圈。这样的吐烟圈水平，连那些老烟枪男人也没几个吐得出来。我轻轻地吹出一口气，把所有的烟圈吹碎。我长久地盯着那些破碎的烟雾。

"你看这破碎的烟雾多美啊！"

我用含情脉脉的眼神看着文一兵说。他没应对我的话，只是看着我，眼神和表情都很平静。但我还是看到了他的忧伤。同时他有一种胜利者的安宁。

是的，他是胜利了。摇头丸是一种毒品，我已经吃了近两年，每天晚上孤独寂寞的时候，就吃些摇头丸，然后疯狂地跳上几个小时，再喝上些圣克洛斯酒，在极度疲劳中睡去。文一兵只要有空几乎每个晚上都来陪我，就是为了不让我再吃摇头丸。我已有一段时间没吃摇头丸了。他是胜利了，他战胜了毒品。现在我只得靠圣克洛斯酒了。

"你要是再吃一次摇头丸我再也不会来了！永远离开你！我说到做到！"

自有天晚上我哀求他别走再陪我一会儿后，他对我说了这话。

那天我吃了比平时多五倍的摇头丸，在激烈的迪科中几乎跳了一夜，我如同在水里出来一样浑身是湿淋淋的。我口太渴了，我没喝水而是喝了一瓶圣克洛斯酒。我产生了一个疯狂的念头，我要大醉一场，然后睡去。永远地睡去。酒喝下去后我忽然觉得透不过气来，恶心想吐，浑身发冷，冷汗从我身上每一个毛孔冒出来。我绝望地想到我要死了。可是马上我很平静甚至说是幸福，终于可以了，终于可以离开这个让我极度厌恶的世界了。我心里很安详。这已经是第二次了，那次喝的是生啤，可这次喝的是红酒。我意识到我快要实现了自己的目标了。忽然我又变得那么强烈会想活下来，因为我想到了文一兵。我凭着最后一点力气和意识给文一兵打了电话。

我虚弱地说了一句"我要死了"就躺倒在地。

我不知他什么时候到的，我醒来时已经躺在医院的床上。那时我看到初升的太阳从窗口照进来，那时我看到太阳竟觉得那么幸福，有一种新生的感觉。我心里一拱一拱地发热。

文一兵见我醒了看了一下表说他要去上班。我流出眼泪，对他说："别走好吗，陪陪我好吗？你走我活不下去。"

他看了我一会儿，拿着手机走了出去。他回来时走到床前盯住我看了半天。

"你要是再吃一次摇头丸我再也不会来了！永远离开你！我说到做到！"他说得很坚决。

"嗯，我不再吃了。"

那时我有一种强烈的想重新做人的愿望。文一兵再次救了我的生命。

他陪了我一上午。中午时他把我送回了家。回到家他做的第一件事就是让我拿出摇头丸，我告诉他在什么地方，他拿出来后黑着脸问我还有没有，我说没了。他看了我一眼然后把摇头丸倒进了马桶里冲掉了。

我虚弱无力。但身上因汗出得太多黏乎乎的，躺在床上睡不着。我让他去替我放洗澡水。可我怎么也走不动。我让他帮我。他犹豫了一会儿，还是把我抱到卫生间。我不知是有意还是真的没力气脱衣服，我一下子就摔进在了浴缸里。他听见后大叫怎么啦冲了进来。我喘着气说我洗不动，一点没力气。我让他帮我洗。他犹豫了很长时间没动。

"你就把我当成病人。"

文一兵仿佛下了很大的决心。他帮我脱掉湿衣服，然后开始替我洗。

文一兵是真有坐怀不乱的品性。他始终没有碰我的乳房和下身。他艰难地把我洗干净。我像死人一样沉，他抱我的时候显得非常吃力。我的大腿碰到了他的坚硬的牡物。但他的眼神是那么圣洁。他把我抱到床上，然后用饼干和牛奶调成饮料让我喝。后来我就睡着了。

半夜我醒了一次，看到他躺在我卧室的沙发上睡着。我流出了泪，觉得幸福极了。在这极度的幸福中，我又睡着了。那天他陪了我整宿。

在上个世纪的苏联，有一个杰出的女芭蕾教育家，叫瓦冈诺娃，她一生培养出了谢苗诺娃、乌兰诺娃、维契斯洛娃、科尔帕科娃等世界顶尖芭蕾艺术家。文一兵是个作家，我的经历能让他写出一部打动人心的书吗？可他很少问我的过去，问我的生活。

但文一兵给我写诗。看到文一兵的诗，我想到了但丁想到了西山，脑中流过一个问题，为什么我遇到的可能成为我丈夫的人都给我写诗呢？诗歌是不是我命运中的一个魔咒？我这么想的时候，心里突地一跳，很害怕。但我很快平静了。我已经不在乎什么吉利不吉利了，我的苦难命运再不好还会坏到什么程度呢?

　　致

　　重新一无所有。本来就清贫绝望的诗人啊!
　　用一生的鲜血寻找着真理或者墓地
　　终于看到了。终于
　　真理是那一堆堆
　　白色的骷髅
　　或者是卑鄙者的
　　荣华富贵

　　残忍的四月和冰冻的铁锤
　　挤压或打击着诗歌
　　充满着爱意很浓的鲜艳的花朵

　　虚弱的春风
　　吹拂着
　　诗人的肌肤零乱的须发
　　纯洁的心灵和忧伤的思想
　　在肥沃而残忍的脓血中慢慢衰竭

　　多难的诗歌
　　在春天的枝头不知还能存活多久?

　　须发苍老了

　　灵魂褴褛了

　　肌肤变成了衰败的枯叶

　　一样的太阳却照不到亚细亚贫脊的土地

　　这座遍地荒冢巨大无边的神山啊！

　　到处是用骷髅堆造的

　　歌舞升平的榭台

　　诗人静静地躺着

　　苦想着诗歌的出路

　　和爱情的花朵

　　当我放下诗后没一秒钟，看诗的激动就荡然无存了。我看到他看了一眼钟，他在暗示我该睡了。才九点钟，但我想是该睡了，这样他也可以早点做完事情早点睡。每当我睡了后他还要学习或者工作到半夜，有次我起来小便，他还在电脑上写着，那时已经凌晨二点了。

　　文一兵喝了一口酒，也是圣克洛斯红葡萄酒。这是我最喜欢喝的酒。生活已经把我弄成了一个品酒专家，每天晚上是这可爱的酒陪伴我度过漫漫长夜。我喝过很多酒，最终还是觉得圣克洛斯对我的味口。他不知道这酒的贵重。我在杯沿留下我的口红印。我举着杯子问他：

　　"这口红好看吗？"我知道他不会回答。我自言自语："很多男人看到这杯沿的口红都会心动。你看这杯子多美，多迷人，多性感。"

　　灯光很暧昧。我把涂得鲜红的唇噘起来，对他作接吻状，又站起来，挺起高高的胸脯，在他面前晃悠。房间里弥漫着克劳尔香水的味道。我真感谢雅克·勒诺产生了这么好的纯香香水。

"纯香叫Absolute你知道吗？"

我问他。我知道我变得很无聊。毒品和酒真的会让人变得无聊和无耻吗？我忽然意识到我这些日子的状态。这么想的时候我的心仿佛被锐器狠扎了一下。

他看着我。我知道他不会回答。

但我现在却非常想让自己轻佻甚至淫荡。刚才一瞬间的自责和反省荡然无存。我走到他身边碰了一下他的酒杯。在寂静的晚上，酒杯的碰撞声清脆悦耳，我仿佛还听到绝望。

"来，我们干一杯。"

我把酒一干而净，对着文一兵的脸颊亲了一下，他把脸让开，我咯咯地笑了起来。我自己都被自己的笑声吓一跳。

"小玉。听话，少喝点。"

文一兵终于说了一句话。今天晚上他几乎没开过口。我很感动，心里一下子发烫。自从文一兵知道我吃摇头丸后已经很少快乐很少说话了，我知道他在为我难过。尽管他很少说话，但晚上来陪陪我我就很感动了，他能说话我更感动了。就是为了让他说话我也得多喝点。我又回到座位上坐好。我坐下去时，腿翘了很高很慢，我想他一定看清了我里面穿的那条淡红色的三角裤。不过看不看都没关系，那天他都帮我洗澡了，什么都看到了。

我又倒上酒，右手又时不时地把自己的旗袍撩起一下。我知道我的样子很淫荡。我希望他这个时候会冲动起来，然后猛狮下山一样把我抱到床上，立刻凶狠地把我的衣服剥光，甚至把我的衣服撕烂，迅猛地把我按倒……我的意识很混乱，我知道我很堕落，但我要这种感觉，这样想想我也很满足。我知道他不会，但我这么做，觉得心里很快乐。

　　已经很长时间没有人对我这样，在我最苦难最潦倒的时候的许多情景忽然像电影一样在我脑壁上闪现。苦难和屈辱的感觉弥荡在我的脑中。现在我盼望眼前这个我深爱的人能够出于真正的爱情而对我这样，让凶猛的爱情抹掉我全部屈辱的记忆。可他不会。我不知道这是不是我这辈子都实现不了的奢望，或许是我这一生的绝望。尽管他没有表露，但我知道他深爱着我。否则，他每天来陪我干嘛！

　　我要把我的整个身心都给他，爱他，然后让他离开——他的结局不应该是我，而是一个更好更优秀一个爱他的姑娘——然后去死。我曾无数次想定，在这个世上我能够得到一个深爱我的人的爱情，如痴如醉地结合，我就是离开这个令人憎恨的肮脏的世界也无憾。我曾无数次站在大厅的阳台前，长久地望着鹅卵石铺就的路面，只要眼睛一闭，纵身跳下去，就可以了却了自己的心愿！每当此时我就不寒而栗，浑身发抖。我不敢想象脑袋迸裂脑浆四溅那惨死的景象。这太丑恶了。要死也应该死得很美，让人同情，让人都惋惜，让人为我哭泣。可是我知道，这个世界哪里还有同情！周围的达官或富豪会冷漠地走开，留下一串嗤鼻声；新闻记者会为有这么一条新闻而紧张兴奋，第二天的赛壬各种报纸上会出现一条赛壬西区的欧洲小区内一个长相酷似日本明星藤原纪香的二十多岁的女人坠楼身亡，死因警方正在调查中的新闻；过去那些认为爱过我的男人们看过报纸后或许会有几秒钟的难过，然后这种难过很快就会为一个电话一件不经意的小事而荡然无存，有的甚至连一点难过都没有，一手拿着报纸一手搂着小蜜，看完报纸后立刻投入到和小蜜的调情中。

　　不不，不能这样。我绝不甘心！我生来就是这样的吗？我命运真的就是这样吗？我的脑子很乱。是酒精在起作用吗？

　　我常常回想那次郊游时周总对我说的凡·高的爱情。凡·高深爱一个妓女，在那次做爱后，为了表达自己对妓女的深厚爱情，一贫如洗的凡·高割下了自己的耳朵送给了那个妓女。这是一种多么伟大的爱情！有人这么爱我多好啊！我为什么就不能得到这样的爱情？这难道是我这辈子的绝望？命运已经让你走到了历经苦难的我的身边，我为什么就抓不住你？不！不！我决不能放弃！我冲过去热烈地抱着文一兵，我们忘情地接吻，我听到他深情地说小玉我爱你我永远爱你。我泪如雨下。我只能这么看着他先想象着。

文一兵拍拍我的背，然后把我轻轻推开，说："小玉，我希望你好，什么都好。"

"我知道我知道。"我感激地说。

文一兵坐在沙发上，沙发离吧台只有两米远。但他对我的调情勾引无动于衷，他的表情有些忧伤。他让我想到渥伦斯基对安娜的爱情。安娜多傻，那么疯狂地猜嫉渥伦斯基，还为这个可恶的猜嫉去自杀。若文一兵能这么爱我，我怎么也不死。只要他爱我，他有再多的女人我也不会吃醋。这是不是酒后的胡思乱想？

我不断地喝酒抽烟。

"你能不能少喝点少抽点？你刚才不是还说要戒酒吗？"

文一兵显然非常不高兴。

我笑了起来。实际上我并没有烟瘾，只是无聊空虚想抽罢了。为了让他多说些话我也得多喝点酒多抽点烟。我知道我现在真的非常堕落。但我还是非常想好起来，就像我刚到塞壬市那两年，充满朝气。

他看着我，开始有些坐立不安。他在我再次倒酒时，冲上来夺过了那瓶圣克洛斯酒。

"抱抱我好吗？你已经多久没抱我了，就算是上帝给我的恩赐。"

他看着我，表情是那么严肃。

"你要不抱我，我还是要喝。"

我就得很任性，我把他的手放到我的后腰。我头有些晕，真的有些晕。我趁机装成喝多了，靠在了他的身上。我的头偎在他的宽阔的胸上，我明显地感到我的乳房受到了压迫，这是我自己压上去的。多长时间没这个感觉了？我有些感动，眼泪流了出来。

文一兵已经有很长很长时间不抱我了，连碰也不碰我，每次来就是陪我聊天。文一兵在偶尔向我表示感情的同时不断地让我振作起来。他像一个教士在布道一样，更像一个牧师在拯救一个迷途的灵魂。

文一兵在抱我去床上的途中，不经意间，我碰到他勃起的牡物。借着酒劲，我握住了他的牡物。在我的经历中从来也没有遇到过如此坚硬的牡物。我的意识中强烈地盼望得到这个牡物，让文一兵进入我的身体，充满爱情地进入。

我知道此时此刻我没有一点羞耻心。

文一兵迅速有力地推开了我的手。他还是不说话。就是这样了，他也克制着，或许是对我敬重有礼，或许是因为……我想我清楚他在等什么，他在等我的回归。他把我放在床上，替我盖好薄被。文一兵又把所有的窗打开，让房间里的烟雾散出去，又把我的烟缸倒掉，把吧台和茶几擦干净。

我觉得空气清新多了。

他替我倒了一大杯白水，他知道我半夜会口渴。当文一兵把一大杯白水端到我的床前时，我对他说："一兵，和我一起睡好吗？我真的很孤独，很难过。每个夜晚对我来说都非常难熬。你不是一直让我振作起来，让我改好吗？我太孤独，太痛苦，所以我才这样的。你每天陪我我一定会好的。"

我这么说的时候泪水流过我的太阳穴，滴在枕巾上。

我知道我的语调可以把任何一个男人打倒。但没能打倒文一兵。

文一兵在我额头上吻了一下说：

"我还有事情，我还要工作。我就在外间客厅里陪你。你不会孤独的。"

我知道，他又会像过去一样，在电脑上写他的永远也写不完的东西。一直写到凌晨，或者还要看书到凌晨，然后在我的客厅里睡到天亮。

"那你也早点睡。"

"我知道。"

他把我卧室的门关上。我听到他把电脑打开了。

他每天这么晚睡不把身体搞垮吗？困劲上来了，我觉得很幸福很幸福，从来也没有这么幸福过。我开始进入梦乡。我不知道我是不是真的睡着了。

朋友，你说我还算幸福吗？有文一兵这么陪我爱我。当然算幸福，你一定会这样对我说。可事实上我并不能算是真幸福。文一兵实际上并没有从精神到肉体完全爱我，我只是希望我变得像他所希望的那样，到那个时候，文一兵或许才会真正爱我。但我还是很高兴，我真的很高兴。我想我这样生活也够了。

文一兵还常给我写些诗，诗写得真是不错。同时我又一次想到那个问题，诗歌真是我命运的魔咒？

写给小玉

世界像万花筒般闪烁不定

　XO　鲜花　水晶　处女　克隆羊　你最亲近的情人

以及你母亲的谆谆教诲

但是我的朋友

请不要相信任何新的

或你认为是真实的东西

五千年的历史不是这样吗？

五马分身　凌迟　写检查和思想汇报

鲁迅在今天会怎么样？

朋友，请你相信我的忠告

足球　灵魂　你的精液

和你血管里流淌的鲜血

还有你的牡物

才是你可信任的东西

生命的诞生或者死亡

以及割断喉管的悲壮

你忘了吗？

我到我生命的消亡

都不会忘记

我的牡物因此而永远静卧

我对你说过人类应该永远消灭

快乐两个字

你忘了吗？

　　文一兵是个公务员。但文一兵也是个作家是个诗人，我认为他还是个学者或者教授。他工作之外看很多书各种各样的书。而且经常看到凌晨。每天早上都是我先醒，然后再把他叫醒。有时早上我起来后看到他的桌上是晚上看着的书。那天我看到他看一个叫葛拉西安的西班牙人写的《智慧书》，他记了一段："人非生而完美。你要每日德业兼修，不断进取，最终成为尽善尽美者，使你秉性圆满无缺，声名显赫。凡完美之人有如下特征：趣味高雅，才智精纯，意志明晰，判断老练。有的人永远难以臻于完美，总是缺点什么。另外一些人则需要很久的时间来修养才能初见成效。凡臻善臻美者总是言语明智、行为谨慎、小心翼翼的，上流社会总是愿意与之结交，乐与之为伍。"

文一兵在我心里越来越崇高。

我每天就守着这样的生活。过着这样并不算幸福但还觉得满意的生活。我真的是堕落了，有时特别想和文一兵做爱，内里的欲望不可遏止地膨胀着，可是，文一兵还是拒绝我。他一再告诉我，只有等到我彻底变好了，他才可能和我做爱。否则，他说，他就这样陪我一辈子。我为文一兵的话感动，也为文一兵的品德高尚而从心底里由衷地尊敬他。但这样的生活确实让我觉得悲哀。可我毫无办法。

37.西山强暴

但是，就是这样的生活老天也不让我过得安稳。

西山不知通过什么途径，知道了我和文一兵的事情。西山竟然会找到我常去的歌厅。

我去歌厅都是白天去的，因为，晚上文一兵来陪我，他不让我去。而白天，我则难以忍受自己一个人在家里。我便到歌厅里去疯狂地跳上几个小时。那天我跳得正来劲的时候，歌厅老板把我叫下来说，后台有人找我。我来到后台的一间小房间里，看到西山坐在里面。我大吃一惊，心想诺大一个塞壬，西山怎么能找到我。我想转身就走，但一想，走干什么呢？是我怕他吗？是他对不起我。不走，看看他会对我怎么样，看看他怎么面对我。我在心里对自己说。

我冷冷地看着他。他的眼神和过去一样。

"小玉你怎么就离开我了？你真把我找苦了！你为什么要离开我？"

我这才真的有些吃惊地看着他。他居然还问我为什么离开他？我脸上露出冷笑。他一定吃惊我的冷笑。以前我可是一个真诚本分的姑娘，怎么会有这种冷笑呢？

果然他有些异样地看着我。

"小玉，和我回去吧。这两年多来，我真想死你了。小玉和我回去吧。"

"西山，我们之间已经没有任何关系了。"

西山瞪大眼睛看着我：

"小玉，你是我的老婆啊！怎么能说我们没有任何关系呢？"

"我怎么是你的老婆？我们充其量只是非法同居。"

"怎么是非法同居呢？我们是事实婚姻，事实婚姻也受法律保护。"

我奇怪地看着西山：

"西山，你没学过《婚姻法》吧，事实婚姻不受法律保护。我真庆幸那天你没空去办结婚手续。今天找我就是为了说这事吗？"

"小玉，我今天找你就是为了让你和我一起回去。我不能没有你，我爱你小玉。"

"别恶心了西山，自从发生了那件事后你竟然还说得出口'我爱你'三个字？你怎么没有一点羞耻心？我看你的脸皮比长城还厚。"

"小玉，那天我们没发生什么事情，我们是清白的，我们只是在一起跳舞，我们跳累了，便睡着了。"

"你们那是跳舞？你们简直连动物都不如。什么大作家什么大学生，全是流氓！"

"小玉，你可别说得这么难听，我们真的什么事情也没有，我们都好好的，她们照样读书，我照样工作写书。我们一点都没受影响。你为什么那么在乎呢？"

我心里涌满了巨大的耻辱。

"是的，我现在是不在乎了，你走吧，我们已经没关系了。"

我说完准备离开房间。但西山拦住我：

"小玉，不管你是不是还爱我，但我爱你，我要你回到我的身边。"

"西山，你别做梦了。"

"小玉，你要知道，我要办的事情就一定能办到，你不是很爱那个叫文一兵的小青年吗？我知道他哪里工作，我只要找到他的局长，那他就得下岗，就得没饭吃。"

我吃惊地看着西山，我看到一张我全然不认识的脸。这张脸怎么这么丑恶，这么无耻。

我没理会他径直走出门去。我没心思再跳舞了，离开了舞厅。

回到家，我忐忑不安坐在沙发上，脑子乱哄哄的。

晚上文一兵照旧来到我这儿。我们一如既往。但他还是发现了我的异常。他问我怎么啦？我说身体有点不舒服。我不想让文一兵为我担心。

他用手试试我的额头，然后又试试自己的额头。他说还好没发烧。让我到床上躺下休息，然后开始为我做饭。

这天晚上我没心思再和他调情，早早地闭上眼睛睡了。由于我长时间缺觉，尽管刚开始有点睡不着，但我很快就进入了梦乡。

这样的日子过了几个月，一天，文一兵刚去上班，西山就敲开了我的门。我没有开铁门，问："西山，你还有什么事吗？我们已经没有关系了。"

"小玉，你怎么连起码的礼貌也没有了？怎么的也应该让我进门说话呀。你还怕我吃了你不成？"

"我和你没什么好说的。"

我说完把门关上。西山摁了一会门铃后走了。

一会儿又有人摁门铃。我以为是西山，却听到一个女人的声音：抄煤气。

我打开门，又打开铁门："多少字你来看吧。"

可是我没想到我刚转身西山就跟着进来。

"你干什么？出去！"

"我们吵架总不至于不让我进门吧。"

抄表的女人看看西山又看看我，仿佛在说，都是夫妻还有什么好吵的。她抄完数字后走出门去。

西山进来了，我也没有强硬地要他出去。西山在沙发上坐定后说：

"小玉，你这公寓还真不错。"

我不愿意也不想和他再谈什么。

"西山，你有什么事请快说。"

"我没什么事，就是想看看你，这么近距离地看看你。"

我没想到西山说完后竟然把我抱住。我使劲把西山推开。

西山被我强力推开后，有些吃惊地看着我："小玉，你力气不小啊！"

"没什么事，请你立即出去。"

我站起来要去开门，却被西山一把抱住。这次，西山没有松开我，而是把我抱到了床上。我用手不断地向西山打去，他却没有理会。他把我抱到床上后就压在我身上。我拼命挣扎，扭动着身体，试图挣脱。但一点也没有用。我又用手打他，抓他。西山可能被我抓痛了，他用一只手把我的双手在头顶上紧紧抓住，我动弹不得。然后他另一只手撕掉了我的睡衣和内裤。我曲起双腿也没能阻止我的睡衣和内裤被他撕碎。然后他的身体压在了我的两腿间。这时我怎么也动不了，挣不出。我挣扎了有十几分钟，慢慢地觉得没劲了。

这时，西山喘着气说："小玉，你现在再犟也没用了，男人到了这个位置女人只能束手待毙了。"

我觉得羞耻，我的下身却不争气地出了很多水，使得西山很轻易地就进入了我身体。我流出了泪水。西山还要和我接吻，我使劲咬住他的舌头，西山闷叫一声。我真想把他的舌头咬下来。但一瞬间，我改变了主意。我觉得那样太残忍了。

西山和我做爱时不断地说着我爱你宝贝。我却没有一点感动，相反觉得很恶心。大概过了有半小时，西山终于放过了我。

他从我身上起来，一脸的满足。他一起来，我就使劲给他一脚。但这时我已经没有泪水，也没有想哭的欲望，只有恨。我迅速拿出衣服穿上。

"我要去告你！"

"小玉，和我回去吧，我爱你。"

"西山我和你已经彻底完了。"

"不，小玉，我们没完，我们不可能完。我爱你。"

西山竟然流出了泪水。看到西山的眼泪，我心里一动。但立刻，那天早上那幅丑恶的图景在我脑中出现。我不可能原谅他。永远也不可能原谅。

"你给我出去，出去！"

"小玉你记住，我一定会把你弄回去，重新和我一起生活。"

西山出门时，眼里还流着泪水。看着西山的泪水，我心里产生一些难过。但很快我就想起了那个耻辱的晚上和早上，心里立刻涌满了仇恨。

38.文一兵丢了工作

晚上，文一兵回来后，看到我表情异常，问我怎么回事。我看着他，想告诉他，但最终还是没告诉他。我想任何一个男人都不会容忍自己心爱的女人被别人强奸。与其让他和我一起承受痛苦还不如我自己一个人承受。

可能是心里产生了对文一兵的负疚感，尽管这种负疚感不是我造成的，我还是强烈地产生了对不起文一兵的感觉。这天晚上我对文一兵特别殷勤。我准备了几个小菜，一起喝啤酒。吃饭时我尽最大努力表示自己的爱情，但不像过去那样放荡，而是像一个纯正的姑娘对待自己心爱的男朋友一样。文一兵不断地用吃惊和感动的眼光看着我。他的眼光在问我，今天你怎么啦。

晚上，我又让文一兵洗澡换衣服。之后又把他的衣服洗掉。而平时我从来不替文一兵洗衣服。洗衣服时，我心里充满了从来没有过的温暖和幸福。我洗衣服时，文一兵还到我身边陪我很长时间。当他站在我身边时，我情不自禁地靠在了他的身上，文一兵也抱住了我。那时我想，文一兵应该亲吻我，或者用手捂住我乳房。我多么盼望他能在此时吻我呀。但是文一兵没有这样做，而是松开了我，说，谢谢。我的泪水立刻流了下来。我觉得幸福但也感到很伤心。文一兵现在还没有真正把我当成他的爱人，至少是在心灵上接受我。

但是，这天晚上后来带给我的幸福是我难以预料也是从来也不敢奢望的。我洗完衣服，又为正在看书的文一兵续满了水。之后又在他身边坐了下来。这时文一兵也停止了看书。他很认真地看着我，那种眼神我明白，是我的表现让他感到高兴和吃惊。我在想他心里一定很感动，为我的改变，为我的更接近他的要求。

这时我产生了一个大胆的设想：和文一兵谈谈爱情，希望他能够在今天晚上和我做爱。

"一兵，你抱抱我好吗？我现在非常非常孤独，抱我好吗？爱我好吗？"

文一兵看看我，仅仅几秒钟他就伸出手有力地抱住了我。而且让我感到吃惊地和我接吻了。我激动得滚出了泪水。可能是由于白天和西山搏斗使我累了，也可能是因为爱情的激动，我觉得浑身没劲：

"一兵，我累了，抱我到床上去好吗？"

文一兵轻轻地抱我起来。在这短短的十来米路，我觉得幸福极了。文一兵把我放在床上。

"一兵，我会成为一个好姑娘的，我一定会的，爱我吧一兵，要我吧一兵，我们结婚吧一兵！"

我把他拉住，大颗的泪珠滚出我的太阳穴。文一兵坐了下来，把我泪水擦掉。可我的泪水出得更多。我把他拉了下来。

"一兵，爱我吧，我会成为一个好妻子，好老婆。现在要我吧。"

我把他的手放在了我的乳房上。

这时，文一兵抱着我，说："我爱你小玉，永远爱你，我相信你一定会好的，会好的。"

文一兵这么说着，开始脱我的衣服。我泪流满面。当文一兵进入我身体时，我大声地说，一兵，我爱你，永远爱你！文一兵也激动地说我爱你小玉。

整个做爱过程我的泪水就没有停过。尽管文一兵很快就结束了，但我还是非常满意，是心理和精神上的。文一兵终于接受我了。我下定决心，做个好姑娘，和文一兵好好过日子。

但生活并没有向我张开笑脸。我的灾难并没有因为我的努力和真诚而有所减少，我掉进了更深的深渊。

那天晚上，文一兵回来后，脸上的表情很十分严峻。我看到他的表情，心慌得浑身发软。我想到西山那天对我说的威胁的话。莫不是西山真的对文一兵报复了？我没想到西山真的会这么做。但我是期望文一兵只是遇到了什么不顺心的事情而不是西山的报复。可是，女人的直觉真是太准了。文一兵确实因为西山而丢了饭碗。

"一兵，怎么啦？"我怯怯地问。

他抬起头来看着我。良久说：

"小玉，我今天辞职了。"

"什么？"

我睁大眼睛。

"我离开了机关。"

"为什么？"

"今天领导找我去，说我的一些文章政治上有问题，而且很严重，都引起了市委的注意。副市长说，我这样政治上有问题的人不能再在机关待了。他说，让我自己辞职，这样还能找别的工作，否则，被单位除名，以后找工作都难了。"

西山真的对一兵下手了，我心里对西山恨得真想咬他一口。

文一兵看着我，良久说：

"小玉，你是不是有什么仇人？"

我没说话心里发虚地看着文一兵。

"在我走出办公室时，副市长又问我，是不是在和你谈恋爱？我觉得很奇怪，副市长是不可能知道我和你谈恋爱的。"

"一兵，我对不起你。"

"不，小玉，这是是我自己的事情。没关系，我能找到工作。"

我的泪水流了下来。我可以肯定文一兵被辞退是西山搞得鬼。西山这么做完全是为了让我回到他身边。可我心里对西山产生了更大的仇恨。同时还夹杂着厌恶。天底下还真有这么卑鄙的男人。他被人称作是大作家，竟是这么肮脏。我现在真后悔没有在第一时间去警署报案，否则最坏的结果是文一兵离开我，但绝不可能还会让文一兵弄丢了饭碗。

我一个人跑到卫生间哭了。我把淋浴打开，我怕我的哭声被一兵听到。我真的非常悲伤。我爱一兵，却让他丢了饭碗。现在要找一份工作是多么艰难。更何况一兵的工作是多么让我羡慕的工作。哭够了，我洗了脸。洗脸时我下定决心：出去找工作，然后和一兵结婚，只要一兵愿意娶我。

我走了出去，走到文一兵边上。这时他已经在电脑前工作了。我在他边上坐了下来。

"一兵，明天我就去找工作。如果，如果你愿意，我就嫁给你。"

文一兵停止了打字，抬头看着我。

"小玉，你是应该出去找份工作，人有了工作，就会使自己充实起来。我这几天非常高兴，因为我看到你在变，变得像一个正常的人了。我真的非常非常高兴。我的工作，你不用着急，我一定会很快找到的。"

说完文一兵吻了我，而且在我搂着他以后，他非常热烈地吻了我。我非常幸福，他以前从来不主动吻我。

第二天，文一兵刚一回来，就叫我。

"小玉，你到底遇到什么麻烦没有？"

"没有呀。"

"或者以前遇到过什么事情或得罪过什么人没有？"

"怎么啦？"

我有些紧张地看着文一兵。

"今天上午，我刚一出门，就有三个三十来岁的男人拦住我，对我说，小玉是塞壬的小玉，你不能独占，你必须立刻离开小玉，或者让小玉离开你，否则，我们将对你不客气。他们说完两人抓住我，一人用剪刀剪掉了我的一缕头发。他们说这是警告。"

文一兵说着撩起头发。我看到他的头上少了一块。我心里明白，这肯定又是西山指使人干的。

我看了看文一兵的头发，然后双手捧住他的脸颊盯住他的眼睛，我心里充满内疚。我深情地吻着文一兵。他轻轻把我的手拿下来。

"小玉，你真的在外面没有什么矛盾吧？"

"没有，一兵，你要相信我。真的没有。"

他以前也没问过我过去的事情，我也没告诉他。过去他不知道我过去的事情，今后我也不想让他知道我过去那些不耻的事情。

文一兵还是很狐疑地看着我。

"小玉，世界上有各种各样的世界观，过去我们讲无产阶级世界观资产阶级世界观，现在我们不再讲这些了，但世界观还是存在的。每一种世界观都有一种处世哲学，我认为要正直地做人，要堂堂正正的做人，多年来我一直这么要求自已，也一直以这个准则生活的。小玉，人生下来是一种幸运，人活一辈子是很不容易的，我们都要珍惜人生，珍惜生命。你说是不是？"

我用力点点头。

"小玉，我们以后都要当心，做任何事情都要合法合理合情。"

39.绑架

自从文一兵的头发被割去一缭后，我和文一兵的关系不像过去那么亲近了，心里上总有些别扭或者内疚。而我的毛病却改掉了。我非常吃惊竟然没有再吃过摇头丸了。这让我十分高兴。但文一兵仿佛并没有因为我的变化而对我产生更多的爱情。他甚至连拥抱我也很少了。我也没心思或者不敢再去挑逗他。我们像结婚了十年的老夫老妻一样过着平静的日子。我知道，剪头发的事情对我们的打击太大了，尤其是对文一兵的打击更大。我深知，文一兵是个自尊心极强的人。剪头发对他的心灵的创伤一定非常大。我想，只有时间来慢慢医治我们的创伤。

这样平静但并不幸福的日子又过了一个多月。什么事情也没有发生。我甚至产生了剪头发究竟是不是西山叫人干的疑问。但是立刻我又否定了我的想法。一定是西山指使人干的，我在心里这样肯定着。因为我的直觉让我强烈地感觉是西山让人干的，而且，直觉还告诉我，这一个多月的平静，只是西山还没想出用什么招来对待我们。西山还会来找我们的麻烦的。我心里很烦恼，我在想以后怎么办？西山是个不达目的不会罢休的人。我脑中闪过回到西山身边的想法，因为这样可以让文一兵过上平静的日子。但是一想到那天晚上的耻辱，我就怎么也没法容忍再回到西山身边的现实。但这样，我又觉得自己太自私，我这样不是连累了一兵了吗？一兵应该有他的安静生活，白天工作，晚上写他爱读书写文章，他是个生活得很充实的人。他曾对我说过，工作读书打电脑尽管平淡却是他追求的生活方式，以后若再和一个爱他的他爱的姑娘结婚，他觉得那样的生活是他此生最向往的生活，他觉得那就是最幸福的生活。现在，我却连累了他。我心里暗暗祈祷：老天给我安宁的生活吧。

又过了一个月，天已经开始就冷了。风吹在脸上已经有刺痛的感觉了。但我和文一兵的感情在升温。文一兵可能是因为找到了工作，心里的一块石头卸掉了，也可能是我这几个月的变化使他确信我真的变好了。他吻我了，并且又开始和我做爱，而且是那种非常迷恋我的那种做爱。我觉得非常非常幸福。有好几次在做爱时我都哭了，是因为太幸福而哭了。

"小玉，我们结婚吧。"

我一听眼泪哗地流了下来。

"谢谢你，一兵，我一辈子爱你，感激你。"

文一兵把我泪水吮掉后紧紧地抱紧我。

"小玉，我爱你，永远爱你，我也从心里感激你，让我们好好珍惜，好好过日子。"

"嗯，我们一定珍惜，一定好好过日子。"

那段时间我精神焕发变得美丽异常。文一兵说我非常非常漂亮，比世界上任何一个女人都漂亮，说我的精神状态非常好。我自己也在镜子里看，确实我比以前更美丽了。真是爱情让人美丽啊！

可是，这样的好日子并没有给我多长时间。苦难又一次落到我身上。

西山还是对我们下黑手了。

他竟然像黑社会一样让人把我抢到他家里去了。

那天早上，太阳像往常一样灿烂地升起来了。我起床后，看到红太阳心里真的非常幸福和兴奋。我想起了妈妈在我小的时候教过我的一首歌。妈妈说那是一首陕北民歌。那时候跟妈妈学这首歌曲时，非常快乐和幸福。这种快乐和幸福冲淡了生活的苦涩和艰难。那天早上，我走出大楼去买菜时，心里也像儿时唱歌时一样快乐和明亮。我竟轻轻地哼了起来。

"东方红，太阳升，中国出了个毛泽东，他为人民谋幸福，他是人民的大救星。"

那天早上我的心情非常快乐，我情不自禁地唱起了《东方红》。因为唱《东方红》时让我回到儿时幸福的感觉中。只有唱《东方红》才能让我平息从心底里涨出来的幸福。

我刚走出小区的大门不远，在一个十字路口，我就被四个穿黑西装的小伙子截住，他们问我，你是小玉小姐吧，我点点头。在我还没有反应过来的时候，他们就把我推进了停在路边的车里。然后车子快速开了出去。

我大叫你们干什么，他们没有人理我。在我一再问他们干什么时，一个人对我说：

"小姐，你别叫了，是一个大作家让我们请你过去。"

我不再说话。我知道我再说也没用。我心里对西山恨到了极点。我想定，到了西山那儿后要把他骂得狗血淋头。

很快就到了。我自己下了车，径直走向西山的房子的大门。西山好像知道我到了似的，我还没敲门，西山就把门开了。他满脸堆笑地看着我说：

"小玉，你终于回来了。"

然后他对四个人说，你们走吧。

西山把门关上。

"小玉，你还没吃早饭吧，来，我已经给你准备好了早餐，来吃吧。"

我愤怒地看着西山。我知道我的眼神一定都冒出火了。

"西山，你什么意思？"

我还是没有像在路上想的那样狠狠地骂他。

"我什么意思你还不明白吗？"

"你为什么要这样？"

我真没用，我竟然流出了眼泪。

"小玉，我为什么要这样你不明白吗？"

"西山，你是不是要把我的生活全毁掉你才甘心啊！"

"不小玉，我不想毁掉你的生活，相反，我要尽我的最大努力让你幸福。"

"西山，你过去若爱我是真的，你若真的如你所说的要尽最大努力让我幸福，那就请你别再打扰我的生活，别再破坏我的幸福。"

西山猛地走到我跟前，双手搂住我的肩："我是因为爱你我才这样！你知道吗？你走了后，我的一切全乱了，我神魂颠倒，我没心思工作，我写不出一首诗，写不出一行文字，我甚至没兴趣和任何人交往。就是一个天仙似的姑娘在我面前脱光了衣服，我都产生不了性欲。你走了，把我毁了你知道不知道。我真不明白我做错了什么要让你这么决绝地离开我。"

"那天晚上你们的无耻还不够吗？那天晚上发生了那样的事情我还能够和你在一间房间里待下去吗？"

我使劲把他的双手甩掉。

"小玉，那晚上什么也没发生，那晚上很正常。"

我盯住西山，良久，轻蔑地说：

"西山，那晚上你们已经像原始人一样全裸着睡在一起了，还什么也没发生？西山，我真轻视你，你一个男人敢做怎么不敢承认？居然还敢说什么也没发生？而且脸都不红。你怎么变得这么无耻！"

"小玉，你可能真的不了解，不了解作家是怎么回事，我们真的什么事情也没发生，就是发生了，也不当回事。我们一样读书，工作，写作。你怎么会有这么强烈的反应？居然要离开爱你的人？"

我没话可说。如果说，因为那晚上的事情，导致我离开他，现在已经不存在什么爱和恨的话，那么，他把文一兵的头发剪掉，则让我对西山充满了新的仇恨和鄙视。

"西山，我们没有必要再来讨论那晚上的事情。我们现在已经没有关系了。"

我说完就要走。可是西山根本没有让我走的意思。他一把把我抓住，从后面把我抱住，双手竟然捂住了我的乳房。我顿时一阵颤栗，浑身上下起了鸡皮疙瘩。

"放开！"

西山非但没有放开我，而且把我抱到了床上。

"西山，你要敢再像上次那样，别怪我把你咬出血来。而且我还要到警署报案。"

"我知道你小玉不会咬人，更不会去报案，因为你是个善良的人，因为你不会咬一个爱你的人。"

　　我真是没用啊！我确实让西山说到了，我没有胆量咬人。他还是像上次一样，在我精疲力竭的时候强暴了我。我泪流满面。西山却抱着我疯狂地说：

　　"小玉，我爱你！我不能没有你！我决不会让你离开我！任何人都别想把你从我身边夺走！"

　　他这么说完，疯狂地吻我。

　　我听了他的话，脊背阵阵发冷。

　　我要回去。西山没让我走。我一定要走。西山说：

　　"小玉，你不是很爱那个男人吗？那就别走，和我一起生活。我对你的感情我已经说了，没你我活不下去，没你我什么也做不成。而他不是，肯定不是。他肯定不如我这么爱你。你离开他，他一定很快就会爱上另一个姑娘。你不是说，他的头发被人剪了吗？这是我的那些兄弟干的。这只是一个警告。你若执意要回去，那下次，那个男人被伤的就不是头发了。或许是只耳朵，或许是一只眼睛。"

　　"西山，你别胡来。"

　　我恐惧地看着西山，我没想到西山已变成这么我根本想不到的恶棍的地步。

　　"不是我要胡来。而是你小玉要胡来。你回去就是不顾实际胡来。你若回去了，就算我就让你回去，自己一个人心痛算了，但是，我那帮弟兄怎么会咽下这口气呢？他们不找那个小伙子报复才怪呢。小玉，别走了，回来和我一起生活吧。"

　　"不！西山，我们已经没法一起生活了。我没法和你再在一起。你要原谅我。西山，你是个作家，你不会像流氓恶棍一样毁了我的幸福，西山，你不会的是吗？"

"不，小玉，我会的。因为我现在什么都毁了，什么也干不了，只有你回来，我才能得救。所以我什么都做得出来。"

西山平静地说着，脸上充满微笑。

40.暴行

但我还是走了，我不相信他西山一个作家会做出那种黑社会一样的事情。

我回来后，把一切都咽进了肚子，所有的痛苦和耻辱我都一个人承受。我装得什么也没发生过一样，把痛苦和耻辱深深地埋在心底。

我和文一兵的生活又回到了幸福之中。文一兵继续着刚刚重新开始的对我的爱情。每天下班回来，总是先吻我，亲我，有时甚至马上就和我做爱，之后我们再一起做饭，吃饭。有时我们还一起喝点啤酒。然后他去读书或者打电脑，我在房间看电视看书或者看他写的诗和小说。有时，我们坐在沙发上说说话，谈谈我们对未来生活和打算。

我终于找到了工作，一兵很高兴，他说，有工作人就会充实，但一定要小心认真对待工作。要珍惜工作。

我很听一兵的话，工作认真负责。老板对我挺满意。晚上回到家，心情就特别好。吃过饭，我们说一会儿话，之后他看书，我洗碗。洗完后我就看书看电视。有时会突然跳出西山说过的话，心里便担心起来。但几个月过去了，文一兵还是好好的。我便很感激地想，西山还算是个有情谊的人，他不忍心害我，不忍心毁了我的幸福。因为他过去是爱过我的，而且现在还非常爱我。我这么想的时候竟然原谅了西山对我的强暴。

可是，我想错了，我们的幸福生活并没有过了多长时间。冬天没有过去，西山就动手了。

那天，已经过了文一兵回家的时间一个多小时了，他还没有回来。我心里突然紧张起来。我立刻想到西山说过的话，心脏突突地急跳。我急得在房间里来回走。我在心里祈祷，一兵你千万别出事情。他一定是在加班，或者他在路上遇到了一个需要帮助的小姑娘。我这么安慰自己。

忽然，电话响了。我心里猛地一惊，顿时浑身发软，瘫坐在沙发上起不来。电话响了很长时间，我才去接。我声音发抖地说喂。

"是小玉吗？"

我的泪水流了出来，灾难终于来了。

"是我。"

我几乎哭出声了。我怎么连妈妈的声音也听不出来了？

"小玉，怎么了？我是妈妈。"

我大哭起来。

"妈妈，怎么是你，妈妈？"

"小玉，你怎么了？"

"妈妈，我很好。"

"你怎么哭了？"

"妈妈，我是高兴，我太高兴了妈妈。"

那一瞬间，我高兴得几乎快疯了。不是一兵不好的消息，而是妈妈的电话，而妈妈是很少给我打电话的呀。我在那时竟然迷信地想，是妈妈在保佑我。

我和妈妈说了一会儿话就挂了。我心情比先前好多了，我打开电视机，开始安下心看。不久，电话响了。

　　我又一次陷入了极度紧张之中。我的脊背冒出了冷汗。我站起来，腿有些软。我拿起电话。

　　"你是哈小玉吗？"

　　"我是。"

　　"你爱人文一兵出了点麻烦，请你马上到市三医院急诊室来。"

　　我知道西山真的对一兵动手了，我腿一软，坐到椅子上，过了几秒钟，强烈的仇恨，在我心里涌动。我忽然变得非常镇定和坚强，我心里涌上了许多力量，拿上钱和小包冲出门。

　　我来到医院急诊室时，看到医生正在为一兵包扎头部，白白的绷带几乎把整个头全包起来了。我脑袋一阵发晕，心想完了，这么包扎还不知一兵被伤成什么样呢？但马上我又想，一兵都没躺下来，坐着让医生包扎，说明他的伤不重。

　　我走进急诊室，急问："一兵，你怎么啦？哪里受伤了？"

　　"我遇到了几个流氓。"

　　一兵看着我，眼神是冷峻的怪怪的。我看明白了他的眼神。他在怀疑他的遭遇和我有关。但他并没有对我有一句过头的话。

　　"伤在哪儿啦？"

　　一兵的头已经全包起来了。我看不清他哪里受伤。

　　一兵没有再和我说话。医生说可以回家治疗，也可以住院治疗。我还没有说话，一兵就对医生说回家。医生就开了一些药让我们带回去。我要扶他，一兵没让我扶。他轻轻地把我的手推开。尽管是一个很轻的动作，尽管他一句话也没说，我心里却一阵一阵发冷。

　　我们到家后，一兵就到床上躺下。我把枕头替他放好。

　　"小玉，我本来是应该回家休养的，但我怕我父母亲担心，所以就在你这儿了，请你原谅。"

听了他的话，我泪水涌了上来。

"一兵。"

我说不下去，我哭了起来，我被一兵如此客气的话伤了。

"一兵，我爱你，我不知道什么地方伤害你了。"

实际上我知道一兵为什么被伤害。但我不知道怎么跟他说。

"一兵，你现在告诉我你伤在什么地方，是怎么受伤的，告诉我一兵。"

文一兵看着我。良久，说："我下班后就被几个小青年拦住并拖上了一辆车。车开到外环线外的一个地方停住。他们和我谈话。他们说了半天的话，让我有些摸不到头，但最终让我明白了，他们想说的只是一个意思，那就是离开你。我对他们说，我不能离开你，倒不仅仅是因为爱情，更主要的是我觉得，我有责任和你在一起。我和他们这样反复说了很长时间，他们说他们的道理，实际上我听不明白他们的道理，我一直对他们说我不能离开你的理由。我还问他们，为什么要叫我离开你。他们什么也不说，只是告诉我，不离开你我会有危险。从他们说话的语气及态度，我没有感觉到会有什么危险，我们这样互相说了很长时间。到了天黑了，他们叫我下车，忽然拥上来抓住我，一个人说，最后再问我一句，离不离开你，否则就动手了。我不知道他们会怎么样，更没想到他们会动刀子。我没答应，一个人就把我的耳朵割了下来。"

"什么？他们割了你的耳朵？"

我冲到床前，想看看他的伤口，心疼得仿佛他们把刀割在了我的心上。

"他们上车前还对我说，如果不离开你，我还会有更大的麻烦。"

我心里咯噔一下。

"医生怎么处理你的？"

"小玉，我现在非常痛，麻药过去了，我不想再多说话，你替我拿两片止痛片来。"

就在那天晚上，我第一次萌动要对西山进行报复的念头。那天晚上，我在一兵的床前坐了一夜。一兵在昏睡中因痛苦不断的呻吟声伴随着我一夜。那晚上对我的性格和人生产生了重大影响。那晚上我觉得，我忽然就变了。

一兵不能去上班，他向公司请了假。公司老板说请一两天假可以，但再长，他手上的工作由谁来干呢？一兵休息了几天后就去上班了，但老板还是婉转地表示了请一兵另谋高就的想法。老板说，他头上包着上班，会给客户很不好的影响，就是以后伤好了，没有耳朵也是会影响公司形象的。老板说的很实在，老板说，等一兵装好了假耳朵他一定会让一兵再来上班。

一兵又一次失去了工作。但一兵是个很有修养的人，他并没有对我有一点过火的话。他只是问我到底发生了什么事情。他看着我，眼神是那么痛苦和专注。我心里痛苦极了。但我没法对他说清楚，我也不想对他说清楚。

"小玉，我已经这样了，你还不能把事情告诉我吗？"

我泪流满面，仿佛有一把刀在剜我心壁上的肉。

"一兵，我真不知道发生了什么？我真不知道他们为什么要对你这样？"

我为我的撒谎痛苦万分。

在一兵伤好了后我给他留下一封信离开了他。我绝不能再让一兵因为我受伤了。通过这件事情我明白了，西山是个什么事都干得出来的人。

一兵：

我亲爱的一兵，我爱你，只要我不死，我这辈子都爱你。我真想和你好好过完这一生。我欠你的感情这一生都还不了，若真有来生，我一定还要找到你，爱你，偿还你，报答你。但我现在必须离开你了。我要去办我自己的事情。等事情办完后，我还会回到你的身边。这房子你就住着。我已经把房主过户给你了，房产证和经过公证的赠予书都在抽屉里。若两年内我不回来，你就另外找一个好姑娘结婚。

永远爱你永远属于你的小玉

撕心裂肺般的疼痛在我心里翻腾。我擦干泪走出了家门。

43.我扎了西山十几刀

我来到西山的住宅门口时已经是下午三点多了。房间里乱得不能再乱了。我真想收拾一下，但还是忍住了。我到这儿来不是来做家务的。

我给西山打了个电话，告诉他我已经在他的房间里了。西山在电话兴奋地大叫：我马上回来。

西山回来后还是要做那件事。我一把把他推开，从包里拿出匕首说：

"西山，你要再敢动粗，我就死给你看。"

西山看着我，怔住了，脸色苍白。

"小玉，小玉，你把刀放下，快放下，我不碰你，快放下。"

我放下匕首。西山开始整理房间，之后倒了杯水给我。

"小玉，你终于回来了。从今天开始，我的身体就会好起来，要胖起来。你没发现我瘦多了？自从你走后，我瘦了十二斤。"

我都已经准备好了毒药，想把他毒死或者用其他方式把西山弄死。真到了西山面前我却没有勇气了。杀人确实不是件正常人所能干的事情。看到西山活生生地坐在我面前，我怎么也不敢想象我能把毒药放入西山吃的食品里或者他的杯子里，不敢想象西山因中毒而倒在地上痛苦的状态。

我心里充满了痛苦。我不知道怎么来每天面对西山。西山在我到的当天就请我到对面的纽约饭店吃了顿饭。然后跟什么也没发生似的。他还是要求和我做爱。他在这之前把我的匕首藏了起来。我痛苦屈辱至极。

第二天吃过晚饭后，我问西山：

"西山，你怎么可以真的像黑社会一样把他的耳朵割下来？"

西山吃惊地看着我，表情严肃：

"怎么可能？我怎么可能做这种事情？"

"西山你不用再装了，我只是问你，你为什么要这样做？你这样做了，我还能和你在一个房间里生活下去吗？我还能和一个黑社会的人生活在一起吗？"

心里的痛恨又慢慢地涌起。

西山冲到我身边，抓住我的双臂："小玉，我是个作家，我是个有基本道德的人，我还是个企业高管，我怎么可能做出这种事情？我爱你，我了解你，我若做了这种事情，我怎么还有可能得到你的爱情？正如你所说的，我如果真做了那种事情，怎么还有可能让你重新回到我的身边，重新和我一起生活？你不想想，你想想就明白了小玉。"

西山真可以当演员了。我怎么也不相信不会和人结怨的一兵会被人这样？而且伤害一兵的人走前还说要让他离开我。不是西山让人干的还会有谁。

"西山，你别再装了，你敢做，为什么不敢当？"

泪水滚出了我的眼眶。

"小玉，你要相信我，我不可能做出这种事情。我向你发誓，我要是让人做了这事，我明天就出车祸死掉。"

西山真可以当功勋演员了。他居然说完话后流出了泪水。

"小玉，我爱你，你不能这样怀疑我这样伤害我。"

这样的讨论没有一点意义。西山像个无赖一样在表演，而且越表演越当真。

西山那天回来满嘴酒气，一进门就兴奋得把我抱到卧室，说他就快当副总裁了。我厌恶得心里发呕。他立刻粗暴地几乎是撕掉了我的衣裤。这次我没有特别反抗，我知道也反抗不了，我心如死灰，同时心里涌荡着强烈的仇恨。西山却在做爱时用恶毒的语言谩骂我，他恶狠狠地说："是因为你的屄让大色鬼李白（我想李白就是那个强奸我的邓一宇）操了才有了我的今天！"

他的谩骂因他的动作而一高一低断断续续。

屈辱羞耻让我的心里恨上加恨，心灰绝望的我那时做了一个强烈的决定：一定要杀了西山。

之后西山呼呼大睡，我怎么也睡不着。我呆坐在沙发上，两眼发直地看着黑黑窗外。我在黑暗中一动不动地坐着，心里的仇恨像茫茫大雾一样弥漫。我也不知道我坐了多长时间。之后我穿好衣服。

我耳边又想起了歌星沙米文的歌《是谁绝望了我的心》：

是谁绝望了我的心？

是谁让我的血液慢慢变冷？

是谁让我的心充满绝望？

我问苍天，我问大海，我问茫茫众生，

我却什么也不知道。

　　我从抽屉里拿出那把早已准备好的匕首，我慢慢地走向西山。这时我心里充满了勇气，我双手剧烈地颤抖着，但我的心里坚定而充满力量。我盯住西山那张脸，所有的屈辱所有的伤害被割掉耳朵的一兵像电影蒙太奇一样在我脑中闪过，我流出了仇恨的泪水。我颤抖的双手紧紧握住匕首，我深深地吸了口气高高举起匕首，对着西山的心窝扎了下去，西山惨叫一声，我拔出匕首，又发疯一样连着扎了十几刀，至到我精疲力竭瘫软在地上。紧接着我开始呕吐起来，同时巨大的恐惧像网一样把我罩住。我要尽快离开这个看上去是那么丑陋那么让人恐怖的西山，我用尽最后一点力气，跌跌撞撞地走到客厅，摔倒在沙发上，闭上眼睛，泪水止不住地流了出来。我身子剧烈地发抖，心里害怕极了，无穷的恐惧和害怕像一面巨大的黑旗帜在脑海的上空猎猎飘荡。我悲伤难过到了极点，我的生命就要走到终点了，杀人偿命，天经地义。一想到走上刑场，像电影中那样，被五花大绑，我一阵哆嗦，浑身发冷。我的人生为什么会走成这样呢？为什么呀？！老天！生活有无数条无数条路，有无数种无数种生活，我不能过上富贵幸福的生活，但我起码可以和大多数人一样，过上不富贵却普通平安的生活，最差，我总可以过上贫穷少钱但平安健康的生活吧，我为什么就会走上这样一条绝路呢？我怎么办？我怎么办？我就这么走到生命的尽头了吗？我心痛难过悲伤痛苦悔恨，我泪如雨下，我哭出声来。我哭了很长很长时间，我哭晕了。终于在我快晕睡过去时，我忽然听到冥冥中，上苍对我说的话：哈小玉，你快去自首，不然，你将万劫不复。我惊醒过来。不不，我不能就这样，我才二十八岁，听说向公安局自首，法院就不会判死刑，不判死刑，我在监狱里好好改造，我就能减刑，我总是能出来，就算过上二十年监狱生活再出来，那时，我才四十八岁，我还可以好好地健康地生活，若爸爸妈妈还在，不不，那时爸爸妈妈应该还在的，那我还可心好好孝敬他们。这十来年来，我还没孝敬过爸爸妈妈，我的泪水再次滚滚而下。我立刻拨通了110。是110警察吗？我刚听到一个女警察柔和的声音，我大哭起来。我边哭边说，你们快来呀，我要自首，我杀了人。我刚说完我的住址，我就瘫在地上，我虚软地却又是坚决地想定：若能活着出监狱，以后一定要好好地做人……